ग्यारहवीं-A के लड़के

गौरव सोलंकी

ग्यारहवीं-A के लड़के

सार्थक
राजकमल प्रकाशन का उपक्रम

ISBN : 978-93-87462-71-7

मूल्य : ₹ 150

पहला संस्करण : जनवरी, 2018
पाँचवाँ संस्करण : जनवरी, 2020

राजकमल प्रकाशन का उपक्रम
सार्थक

प्रकाशक
राजकमल प्रकाशन प्रा. लि.
1-बी, नेताजी सुभाष मार्ग, दरियागंज
नई दिल्ली-110 002

शाखाएँ
अशोक राजपथ, साइंस कॉलेज के सामने, पटना-800 006
पहली मंज़िल, दरबारी बिल्डिंग, महात्मा गांधी मार्ग, इलाहाबाद-211 001
36 ए, शेक्सपियर सरणी, कोलकाता-700 017

वेबसाइट : www.rajkamalprakashan.com
ई-मेल : info@rajkamalprakashan.com

मुद्रक : यश प्रिंटोग्राफिक्स
नोएडा-201 301 (उत्तर प्रदेश)

GYARAHAVEEN-A KE LADKE
Stories by Gaurav Solanki

अनुक्रम

प्रस्तावना

गौरव सोलंकी की कहानियों को पढ़ना किसी ख़ाली कैनवस पर अपने स्वप्न और हुनर में डूबे एक चित्रकार के ब्रश के एक-एक स्ट्रोक के जादू को देखना है। मान्यता यह है, जो क्लीशे बन चुकी है, कि कहानी का पहला वाक्य या कैनवस पर ब्रश की पहली स्ट्राइक ही कहानी या चित्र की दिशा और उसके अंत का फ़ैसला कर देती है। कहानी का पहला वाक्य एक विस्फ़ोट (एक्स्प्लोज़न) हुआ करता है। रंग का पहला छींटा भी कैनवस के ख़ालीपन या सन्नाटे के ख़िलाफ़ एक विस्फोटक विध्वंस है। लेकिन जब आप किसी अपूर्व कलाकार के कैनवस के दर्शक होते हैं तो इस पुराने क्लीशे के पुर्ज़े उड़ते हुए देखते हैं। यहाँ हर आने वाला वाक्य, कैनवास के सन्नाटे पर रंग का हर अगला छींटा किसी अप्रत्याशित विस्फोट की तरह आता है। कभी विख्यात कवि पाल एलुआ की महान कविता 'लिबर्टी' के बारे में कहा गया था कि इस कविता का हर अगला वाक्य किसी अप्रत्याशित (अनप्रिडेक्टिबल) बिम्ब का ऐसा विस्फोट है, जो सिर्फ़ कविता ही नहीं, समूची मानवता की 'लिबर्टी' (मुक्ति) के पक्ष में घटित होता है। गौरव सोलंकी की कहानियों की संरचना और विन्यास के बारे में ठीक-ठीक ऐसा ही कुछ पूरी संज़ीदगी के साथ कहा जा सकता है।

अप्रतिम कहानियाँ हैं। अपनी कथा-रेखा (नैरेटिव लाइन) या अपने कथा-स्वप्न की अदृश्य सतह पर, अनगिनत अवांतर, अप्रत्याशित, दिशाओं पर अटकती-भटकती, हर वाक्य या पैराग्राफ़ में किसी स्मृति-बिम्ब को 'विजुअल आर्ट' की तरह दिखाती चलती ये बे-मिसाल या अद्वितीय कहानियाँ हमारे समय का मार्मिक एक ऐसे संगीत की तरह संयोजित करती हैं कि उसकी

अनुगूँजें पाठक की स्मृति का लम्बे समय तक पीछा करना नहीं छोड़तीं।

ये कहानियाँ हिंदी कहानी की नयी पीढ़ी के समूचे परिदृश्य में एक अप्रतिम कथा-प्रतिभा का विस्फोटक हस्तक्षेप हैं।

इक्कीसवीं सदी के शुरुआती दशकों में अगर आपने इन कहानियों को जन्म लेते नहीं देखा, तो समकालीन हिंदी कहानी के दिक् और काल में एक बड़ी घटना का दर्शक बनने से चूक गए।

जनवरी, 2018

—उदय प्रकाश

कितनी तो मुहब्बत मिली तुम्हें

अब याद आता है तो लगता है कि और ही दिन थे वे, जब ये कहानियाँ लिखी गई थीं। एक जुनून-सा था, एक लम्बा बुखार जैसे, जिसमें मेरे पास कोई और विकल्प नहीं था सिवा इसके, कि लिखता रहूँ। और उस बुखार में सुकून था।

बस पैसे कम थे, पर यह उतना महसूस भी नहीं होता था। क्योंकि पैसे कमाने का जो ऑप्शन था उस वक़्त, जो डिग्री थी मेरे पास, मैं उससे दूर जाना चाहता था। आईआईटी का बहुत नाम था। बहुत मुश्किल से दाख़िला होता था। इसलिए सब कहते थे कि अब दाख़िल ही रहो, इसी दुनिया में। पर मैं भाग निकलना चाहता था, इसलिए भाग निकला।

इंजीनियरिंग वाला काम कुछ महीने में ही छोड़ दिया था। एक तरह से मुश्किल दिन थे, एक तरह से बहुत आसान। 'तहलका' में लिखता था और यह मुझे याद नहीं रहता था कि पैसा भी कमाना है।

एक लड़की थी जिससे इश्क़ करता था, और जिसने मुझे बचाए रखा। कभी-कभी ख़ुद की क़ीमत पर भी।

पर ये कहानियाँ थोड़ा पहले शुरू हुईं। सबसे पहले 'यहाँ वहाँ कहाँ'। उसका काफ़ी हिस्सा कॉलेज में ही लिखा था, 2008 में। फिर कॉलेज से निकलने के अगले कुछ महीनों में 'तुम्हारी बाँहों में मछलियाँ क्यों नहीं हैं' और 'सुधा कहाँ है' लिखी, 2008 के आख़िर तक। फिर अगले कुछ महीनों में 'ब्लू फ़िल्म' लिखी गई, अलग-अलग शहरों में रहते हुए, बेयक़ीनी और नाउम्मीदी के बीच—इन सलाहों के बीच कि सरकारी इंजीनियर ही बन जाओ कम से कम।

कुछ दिन उस घर में रहा, जहाँ बचपन बीता था। फिर दिल्ली लौट आया। कहानी कभी हफ़्तों तक छूट जाती थी, फिर अचानक कुछ दिन फिर से लिखने लगता था। वह शायद मेरी ज़िंदगी का दूसरा

सबसे अँधेरा वक़्त था। सबको लगता था कि मैं भटक गया हूँ। उन दिनों इन्हीं कहानियों ने मुझे रोशनी दिखाई और उस लड़की ने - जिससे मुझे इश्क़ हुआ, और जिसने मुझे बचाए रखा।

'पतंग' और 'ग्यारहवीं-ए के लड़के' उसके बाद की कहानियाँ हैं। 'ग्यारहवीं-ए के लड़के' तो शायद बस दो बार में पूरी लिखी गई थी—बस दो-चार दिन में ही।

2008 से 2010 के बीच की कहानियाँ हैं इस किताब में—लगभग 22 से 24 की उम्र के बीच की।

कहानियाँ छपने लगी थीं। लोग पढ़ने लगे थे। और मुझे फ़िल्में दिखती थीं लगातार—जो बन रही थीं, और वे भी जो मुझे बनानी थीं। मुम्बई आने से पहले का वक़्त था वो। ज्ञानपीठ ने नवलेखन पुरस्कार दिया कविता की पहली किताब पर और उसके साथ-साथ कहानी की पहली किताब भी ले ली छापने के लिए। साल-भर से ज़्यादा बीत गया। मैं मुम्बई आ गया था। और जब किताब आने को थी—अप्रैल, 2012 में—तब मुझे लगा कि कुछ गड़बड़ है।

तब किताब का नाम 'सूरज कितना कम' होना था। और एक दिन मुझे कहा गया कि एक कहानी हटा दो—ग्यारहवीं-ए के लड़के—क्योंकि यह अश्लील और अनैतिक है और हिंदी के पाठक अभी इस तरह की कहानियों के लिए तैयार नहीं हैं। करीब दो साल से मेरी कहानियाँ उनके पास थीं। मैं कितने दूसरे प्रकाशकों को मना कर चुका था और उन्हें अब याद आया था।

अश्लीलता एक दिलचस्प शब्द है। यह हवा की तरह है, इसका अपना कोई आकार नहीं। आप इसे किसी भी ख़ाली जगह में भर सकते हैं।

और सिर्फ़ अश्लीलता या शुद्धिकरण के फ़तवे नहीं थे, साहित्य की एक अजीब-सी पॉलिटिक्स थी, बीहड़ गलियों में हँसते हुए कुछ लोग थे और मामूली उपलब्धियों के लिए मामूली-से षड्यंत्र थे।

मुझे वरिष्ठ लेखकों और आलोचकों की एक ज्यूरी ने पुरस्कार के लिए चुना था। ज्ञानपीठ के लिए एक इज़्ज़त थी मन में। एक रात उनके एक ट्रस्टी ने फ़ोन किया और चिल्लाए मुझ पर—तुम गंदगी लिखते हो और हमें अफ़सोस है कि हमने तुम्हें पुरस्कार दिया।

उबल गया था मैं। बाहर युवाओं को मिल रहा एक सम्मान था, अंदर हिंदी के मठ थे और अपमान था।

मंटो का जन्मदिन था, जब मैंने एक लम्बा ख़त लिखा ज्ञानपीठ

के नाम—ओपन लैटर, और पुरस्कार और उसके पैसे लेने से मना कर दिया और अपनी दोनों किताबें वापस ले लीं। यह बात और है कि कविता की वह किताब वे अब तक बेच रहे हैं।

यह इतनी भी पुरानी बात नहीं, पर तब इतने ओपन लैटर नहीं आते थे। बात बढ़ गई। बहुत सारे लेख और स्टेटस लिखे गए, कुछ मेरे समर्थन में और कुछ मेरे ख़िलाफ़। बहुत सारे लोग साथ आए। कम से कम चार बड़े प्रकाशकों ने मुझसे कहा कि वे यह किताब छापना चाहते हैं। और मैंने कहा कि नहीं, और फिर ग़ायब हो गया।

'यह गौरव सोलंकी की किताब है'—एक ज़िद-सी में लिख दिया मैंने अपने ब्लॉग पर और हिंदी प्रकाशन की दुनिया का फ़ोन अपनी ज़िंदगी से काट दिया। इसमें कुछ समझदारी नहीं थी पर समझदारी ज़रूरी भी नहीं थी। मुझे नहीं चाहिए थी किताब। कुछ था जो टूट गया था। इसे अब देखूँ तो ऐसा लगता है कि जैसे मुझे लगा था कि किसी ने मेरे किरदारों और कहानियों पर हमला कर दिया है। एक तमाशा-सा बन गया है और मैं उन्हें अपनी बाँहों में भरकर भाग लिया हूँ फिर से। इस बार दूसरे शहर। जहाँ मुझे फ़िल्में लिखनी और बनानी थीं।

और मैंने ब्रेक लिया, पहले सोचा कि कुछ महीनों का है, वो साल हुआ और जब तक साल हुआ, तब तक वो रिश्ता टूटने लगा जो घर था।

एक फ़िल्म के गाने लिख चुका था इस बीच—'अग्ली'—जो रिलीज़ हुई 2014 के आख़िर में। एक और स्क्रिप्ट लिख चुका था। और फिर बहुत दिनों तक मुझसे लिखा नहीं गया।

वह सबसे अँधेरा वक़्त था। कभी-कभी मार्केज़ याद आते थे जिन्होंने लिखा था कि इस यातना को जी-भर के भोग लो जब तक जवान हो, क्योंकि ये सब हमेशा नहीं रहेगा।

हमेशा रहा भी नहीं, लेकिन मैंने कुछ ज़्यादा ही वक़्त लिया बेहतर होने में। वो एक-डेढ़ साल का वक़्त ऐसा था कि ये कहानियाँ किसी और दौर की ही बात लगती थीं और कविताएँ लिखने लगता था तो लिख नहीं पाता था। शायद यही था राइटर्स ब्लॉक जिसमें कोएन ब्रदर्स ने 'बार्टन फ़िंक' लिखी थी। कम से कम यही होता कि राइटर्स ब्लॉक पर ही कुछ लिख देता मैं भी। पर यह भी नहीं होना था।

पर जैसा कि सब भले लोग और पुरानी किताबें कहती हैं—उस

दौर ने सब्र करना सिखाया, थोड़ा तराशा मुझे और कहीं-न-कहीं मेरे पुराने अँधेरों को भी ठीक किया।

मुम्बई मुश्किल शहर था शुरू में, लेकिन फिर गले लगाने लगा। मेरी कई ज़िदों को इसने अपनी गलियों में जगह दी। हर साल कुछ ज़्यादा मन के काम देने लगा और कुछ ज़्यादा जायज़ मेहनताने भी। और होश आया तो मैं बेतहाशा लिखने लगा जैसे बीच में जो खाली वक़्त गुज़रा है, उसे भी भरने के लिए।

25-26 की उम्र का वह ग़ुस्सा कम होने लगा था। इन सालों में कई सम्पादक और प्रकाशक दोस्तों ने बार-बार कहा था किताब छापने को। ऐसे ही एक बार निरुपम ने फिर से कहा और शायद उन्हें उम्मीद नहीं थी, पर मैंने कह दिया कि हाँ।

ब्लॉग पर अब भी वही लिखा था पर ये और दिन थे, जिनमें इस किताब को आ ही जाना चाहिए था। यही मेरा फ़र्ज़ था और सुकून का जो हिस्सा बाक़ी और ज़रूरी था, उसके लिए यह ज़रूरी भी था।

एक वक़्त के बाद ग़ुस्सा उतना नहीं रहता। यह ज़्यादा याद रहता है कि तुमने जो भी लिखा, उसके लिए कितनी तो मोहब्बत मिली तुम्हें। कुछ लोगों की रातें कटीं तुम्हारे लिखे से। कुछ लोगों ने तुम्हें ऐसे गले लगाया कि तुम्हें फिर-फिर यक़ीन हुआ कि कितने ज़िंदा होते हैं शब्द। कि वे पुल होते हैं जिन पर चलकर हम हरी घास वाले जंगल में पहुँच सकते हैं, जहाँ बारिश हो रही है। कि वे भी तुम्हें लिखते हैं, जब तुम उन्हें लिखते हो।

ये कहानियाँ आपके बीच में हैं। इसलिए मुझे अब उठकर चले जाना चाहिए।

—गौरव सोलंकी

जनवरी, 2018
अंधेरी (वेस्ट), मुंबई

सुधा कहाँ है

शनिवार की रात-अमिताभ के साथ

वे दोनों अक्सर साथ ही रहती थीं। जैसे आपका मन किया कि आज सिर्फ़ अकेली मिनी को देखना है गोलगप्पे खाते हुए, जब एक बड़ा-सा गोलगप्पा मुँह में भरे हुए उसका पानी उसके होठों के बीच से चोरी-चोरी बाहर निकल रहा हो, ठीक उस क्षण या तब, जब रँगरेज़ के सामने खड़ी होकर वह दो उँगलियों के बीच फँसी कतरन में एक हल्की-सी डार्क मैरून शेड पर ज़ोर देकर उससे ग़लत रंग में दुपट्टा रंग देने पर झगड़ रही हो, तो अच्छी-खासी सम्भावना है कि ऐसे मन को आपको महीनों तक मसोसकर रखना पड़े।

ऐसा होता था कि मिनी गोलगप्पा खा रही होती थी तो फ़्रेम में उसकी कटोरी में से पानी पी रही नीलम ज़रूर होती थी या मिनी दुकान वाले से झगड़ रही होती थी तो उसके पास बड़ी सी पॉलीथीन लेकर खड़ी नीलम रिक्शे वालों को रोक-रोककर सतबाग का किराया पूछ रही होती थी। उन्हें अलग-अलग देख लेना क़स्बे की ब्रेकिंग न्यूज़ बन जाने लायक घटना तो ज़रूर थी। कई लड़के मिनी या नीलम के एक हफ़्ते के अन्दर एक बार अकेले दिख जाने की शर्त लगाकर हार चुके थे और ऐसा भी नहीं था कि वे बाहर कम निकलती थीं। दिन में गोलबाज़ार के दो चक्कर तो पक्के ही थे लेकिन एक दूसरी के बिना?

शायद कभी नहीं।

वैसे कुछ लोगों को इसमें फ़ायदा भी नज़र आता था। जैसे मेरे कटपीस वाले दोस्त संजय का कहना था कि इस बहाने दो माल एक साथ देखने को मिलते हैं और अगर क़िस्मत से वे आपकी दुकान में आ गईं तो दुगुनी बिक्री भी पक्की। नीलम को अगर जयपुरी कढ़ाई वाला कपड़ा पसन्द आया तो ऐसा हो ही नहीं सकता था कि मिनी कुछ न ख़रीदे या कुछ और ख़रीदे। वे दोनों 'मेड फॉर ईच अदर' टाइप थीं।

मिनी स्टेट बैंक में नौकरी करती थी (यह मुझे पता नहीं कि किस पोस्ट पर थी। वैसे भी बैंक में काम करने वाले सब लोग मुझे एक ही पद पर एक-सा काम करते हुए लगते हैं), लेकिन होमसाइंस कॉलेज के गर्ल्स हॉस्टल में रहती थी। नीलम उसी कॉलेज में पढ़ती थी और उसी हॉस्टल में रहती थी। मिनी हाज़िरजवाब थी और थोड़ी गरम मिजाज भी। हॉस्टल की लड़कियों ने नीलम के अलावा किसी से भी उसे सीधे मुँह बात करते नहीं देखा था। नीलम शान्त थी और सुन्दर भी। इन दोनों में से ही कोई वजह रही होगी कि एक रात अचानक ग्यारह बजे मुझे उसकी याद आने लगी और तड़के चार बजे तक मैं सो नहीं पाया। सुबह 7:10 पर ब्रश करते हुए मुझे अचानक लगा कि मुझे उससे प्यार हो गया है। मैंने हड़बड़ी में कुल्ला किया और फिर पराँठे खाते हुए अपना ध्यान उससे हटाने के लिए देर तक ज़ी सिनेमा देखता रहा। वह शायद शनिवार की रात-अमिताभ के साथ वाली सुबह थी।

वे सुबहें कुछ अलग-सी थीं। मेरे पड़ोस की सुधा ज़िद करके अंग्रेज़ी का ट्यूशन पढ़ने लगी थी और उसके भाई को अपनी ममेरी बहन से इश्क़ हो गया था। वह एसएमएस का ज़माना नहीं था, लेकिन सुधा अपने भाई की प्रेमिका के लिए उन दिनों भी उसकी तरफ़ से अंग्रेज़ी वाली हिन्दी में ख़त लिखती थी। उसका भाई सिगरेट पीने लगा था और मन्दिर जाने लगा था। मेरे घर आने वाले अख़बार में राजनीति, चोरी-चकारी तथा गाँव-देहात की ख़बरें कम हो गई थीं और उनका स्थान 'एक छोटी सी लव स्टोरी' की रसीली गपशप ने ले लिया था। उन दिनों मुझे रणवीर शौरी की क़िस्मत से रश्क़ होता था। नींद पूरी हो जाने पर भी कुछ खास सपनों की प्रतीक्षा में सुबह को लम्बा खींचकर मैं देर से उठने की कोशिश करता था। टीवी पर व्हिस्पर और स्टेफ़्री नामक कम्पनियों के विज्ञापन कुछ ज़्यादा आने लगे थे, जिनमें लड़के-लड़कियाँ एक बहुत ख़ूबसूरत पहाड़ी पर जाकर अन्ताक्षरी खेलते थे और 'लागा चुनरी में दाग, छिपाऊँ कैसे' के बाद 'स' से अगला गाना गाने की बजाय एक विश्वसुन्दरीनुमा लड़की हीनभावना से ग्रस्त होकर रुआँसी हो जाती थी। फिर एक पट्टी पर नीली स्याही डालकर दिखाई जाती थी और लड़की का खोया हुआ आत्मविश्वास लौट आता था। जालंधर के खानदानी वैद्य बवेजा जी का कहना था कि वे खोई हुई जवानी भी तीन हफ़्ते में लौटा सकते हैं। शायद अमिताभ के साथ का असर था कि मैं तल्लीनता से मनोहर कहानियाँ पढ़ते हुए जगजीत सिंह की ग़ज़लें सुना करता था।

हॉस्टल वाली लड़कियाँ

एक दिन मैंने उनका रास्ता रोक लिया। अकेले नीलम से राह में मिल पाना बहुत कठिन काम था, इसलिए बहुत दिनों तक इन्तज़ार करने के बाद आख़िरकार मैंने

गणेश प्रोविजन स्टोर के ठीक सामने खड़ी साइकिल को अपनी हड़बड़ी से गिराते हुए 'सुनिए' कह ही दिया। नीलम नज़रें झुकाए हुए चल रही थी और मिनी अपनी बड़ी-बड़ी आँखें इधर-उधर डुलाते हुए। मिनी ने ही मेरा क्षीण-सा स्वर सुनकर मेरी ओर पहले देखा और प्रश्नवाचक चिन्ह को अपनी भाव-भंगिमाओं से अभिव्यक्त करती हुई वहीं थम गई। नीलम जब दो-तीन क़दम आगे जाकर रुकी, तब तक मिनी मुझसे 'जी कहिए' कह चुकी थी। अब मैं जब तक उधर पलटता, जिधर ठहरी हुई नीलम खड़ी थी, तब तक गणेश प्रोविजन वाले ने आकर मेरा कॉलर पकड़ लिया था। मेरी टक्कर से गिरी साइकिल उसकी दुकान के बाहर की ओर रखी कोल्ड ड्रिंक की बोतलों पर गिरी थी और नश्वर बोतलें नीचे गिरकर टूट गई थीं। मैं नीलम के चेहरे के भाव भी नहीं देख पाया था और दुकान वाला मुझे घसीटकर अपना नुक़सान दिखाने लगा था। वह जो बोल रहा था, मुझे सुनाई नहीं दे रहा था। ऐसा लग रहा था जैसे मेरी बन्द हुई आँखें वहीं नीलम से पीठ फेरे खड़ी हैं और उन आँखों का चेहरा कोकाकोला की टूटी हुई बदज़ात बोतलों के सामने जबरदस्ती खड़ा कर दिया गया है। वे दोनों तुरन्त वहाँ से चल दी थीं। मैं उसके बाद आधे घंटे तक उस दुकान वाले को गालियाँ बकता रहा था। ग़लती मेरी थी लेकिन जब झगड़े का अन्त हुआ तो मैं गणेश प्रोविजन स्टोर वाले को खरी-खोटी सुना रहा था और वह सिर झुकाकर खड़ा था।

शाम को मैंने संजय को पूरी कहानी सुनाई तो उसने दार्शनिकों वाले अन्दाज़ में कहा था कि मुझे चिन्ता करने की कोई आवश्यकता नहीं है क्योंकि हॉस्टल वाली लड़कियों से सैटिंग करना अपेक्षाकृत आसान होता है और यह तब और भी आसान हो जाता है, जब लड़की का पहले कोई चक्कर न चला हो। उसने बताया कि लड़कियों के हॉस्टल का वातावरण प्रेम कहानियों के लिए उत्प्रेरक का काम करता है। उदाहरण के लिए एक लड़की का कुछ लफड़ा चल रहा है तो वह दिन भर उसी की बातें करेगी। खाना खाएगी तो बताएगी कि उसके उसे पुलाव कितना पसन्द है और पनीर की सब्जियों की ओर तो वह देख तक नहीं पाता, फ़िल्म देखेगी तो बताएगी कि मुझ से पहले वह सिर्फ़ सुष्मिता सेन से ही प्यार करता था, रोज़ शाम को लौटकर आते ही आसपास के कमरों की लड़कियों को इकट्ठा करके बताएगी कि उसने आज कहाँ-कहाँ छुआ, क्या-क्या किया। दूसरी लड़कियाँ, जिनका कभी कोई चक्कर नहीं चला, इन बातों को सुनते हुए उनकी पुतलियाँ फैलती-सिकुड़ती रहेंगी, कभी आहें भरेंगी, कभी हँसेंगी और उनमें प्यार के प्रति उत्सुकता और उत्तेजना एक्सप्रेस स्पीड से बढ़ेगी। फिर वे अपने आसपास के लड़कों को लाइन देना शुरू करेंगी और जिसका चांस पहले लग गया, वह डांस भी जल्दी ही कर लेगा। फिर उसने अपनी बगल में रखे हुए फ़ोन का रिसीवर उठाकर कान से लगाया और फिर रख दिया। मुझे लगा कि उसने यह व्यस्तता अपनी बात

का प्रभाव बढ़ाने के लिए दिखाई है। वाकई मुझ पर प्रभाव बढ़ा भी था। फिर उसने अपनी दुकान की रसीद वाली कॉपी के पन्ने पलटते हुए मुस्कुराकर धीरे-से कहा कि लड़कियाँ आपस में एक-एक बात शेयर करती हैं और यह एक-एक बात ही आग में घी डालती है। मैं संजय के ज्ञान पर गद्‌गद हो गया था और मैंने तभी दो कटिंग चाय मँगवाई थीं। चाय पीते हुए उसने कहा था कि चूँकि वे दोनों दिन-भर साथ रहती हैं, इसलिए उनमें से किसी की किसी लड़के से सैटिंग होने का सवाल ही नहीं उठता।

मेरा दिन, जो सुबह बिगड़ गया था, शाम को संजय ने फिर से बना दिया था। मैं कोई भूला-बिसरा गाना गुनगुनाते हुए घर लौटा और फिर अँधेरा होने तक छत पर टहलता रहा। नीचे आने से पहले मैं कुछ देर के लिए छत की चारदीवारी पर कुहनी टिकाकर खड़ा हो गया। मैं नीलम के बारे में सोच रहा था और मेरा चेहरा अनजाने में ही सुधा के घर की ओर था। मैं भी अँधेरे में खड़ा था और उसके घर में भी घुप्प अँधेरा था। फिर अचानक उसके कमरे की बत्ती जली तो मेरा ध्यान उधर चला गया। यदि परदे न लगाए जाएँ तो उसका कमरा मेरी छत से बिल्कुल साफ़ दिखता था। उस दिन भी शायद वह परदे लगाना भूल गई थी। वह कुर्सी उठाकर लाई थी और उसका अंग्रेज़ी का मास्टर कमरे के दरवाज़े के पास खड़ा था। फिर वह कुर्सी पर बैठ गया और सुधा उसके सामने बेड पर बैठ गई। सुधा का चेहरा और मास्टर की पीठ मेरी तरफ़ थी। फिर मास्टर ने उसे कुछ कहा तो वह उठकर कमरे से बाहर निकली और तेज़ी से सदर दरवाज़े की ओर गई। फिर दरवाज़ा बन्द करने की आवाज़ सुनाई दी। घर में शायद कोई और नहीं था। वह तेज़ी से लौटी और फिर वहीं बेड पर बैठ गई। सुधा सोलह-सत्रह साल की थी और उसका ट्यूटर अट्‌ठाईस-उनतीस का रहा होगा।

छिकु मिकु छत्तीस यानी छः बजे गोलबाजार में मिलो

मैं उनके हॉस्टल के नम्बर पर फ़ोन मिलाता था तो वॉर्डन उठाती थी। उसकी आवाज़ से ऐसा लगता था कि वह हॉस्टल वॉर्डन बनकर ही पैदा हुई होगी और उसकी सुहागरात पर उसके पति ने घूँघट उठाया होगा तो घूँघट के पीछे वह मोटे काँच वाला चश्मा लगाकर हॉस्टल का आगंतुक रजिस्टर ही देख रही होगी। जाहिर था कि उसने कभी नीलम से बात नहीं करवाई। इसी बीच मैंने होमसाइंस कॉलेज के एक लेक्चरर से जान-पहचान बढ़ा ली थी। वैसे मैंने कुछ नहीं किया था। जो कुछ कमाल किया था, संजय ने ही मेरे लिए किया था। उसका नाम अनुराग था और वह अक्सर संजय की दुकान पर आया करता था।

उदासी एक अलग ही क़िस्म का नशा है। बाक़ी नशे सुकून देते हैं, सन्तुष्टि देते हैं, जीवन के प्रति आस्था पैदा करते हैं, नशे के प्रति लगाव पैदा करते हैं जबकि उदासी वैराग्य जगाती है, उदासी से दूर भाग जाने की इच्छा जगाती है और एक प्यास बढ़ाती रहती है। उदासी धरती की सबसे पुरानी धरोहर होगी। यह प्यार से हज़ारों साल पुरानी होगी।

मेरे जीवन में सब कुछ ठीकठाक ही चल रहा था कि मैं अचानक उदास रहने लगा। मुझे उदास रहना प्यार करने से ज़्यादा अच्छा लगने लगा। सोने से भी ज़्यादा। मैंने टीवी देखना भी बन्द कर दिया था और किसी से मिलना-जुलना भी। संजय भी एक दो बार मिलने आया और मैंने मिलने से मना कर दिया तो वह भी अपनी दुनिया में मगन हो गया।

तभी एक दिन मिनी ने मेरे घर फ़ोन किया। नहीं, इस तरह कहना ठीक नहीं होगा। मेरे फ़ोन पर एक ब्लैंक कॉल आई और उधर की ख़ामोशी को सुनकर न जाने मुझे क्यों लगा कि फ़ोन मिनी ने किया है। मैंने 'सुनिए' और 'जी कहिए' के अलावा उससे कभी बात नहीं की थी, लेकिन उस पचास-पचपन सेकेंड की चुप्पी को सुनकर मुझे लगा कि उधर मिनी ही है। शाम को फिर एक ऐसा ही फ़ोन आया और पचास-पचपन सेकेंड पूरे होने से पहले ही मैंने पूछ लिया—तुम मिनी हो ना?

फ़ोन तुरन्त कट गया। मैं सोचता रहा कि मुझे क्यों लग रहा है कि ये कॉल मिनी ने किए थे, लेकिन कोई कारण नहीं मिला।

उसी शाम कोई दरवाज़े के नीचे से एक काग़ज़ का पुर्जा सरका गया, जिस पर लिखा था—छः बजे गोलबाजार में मिलो। मैंने तुरन्त दरवाज़ा खोलकर बाहर गली में देखा। कुछ बच्चे खेल रहे थे और एक सब्जी वाला जा रहा था। मैंने घड़ी देखी, छः बजने में पच्चीस मिनट थे। मैंने फिर से काग़ज़ देखा। काली स्याही से जल्दबाज़ी में लिखा गया था। मैं कोई हैंडराइटिंग एक्सपर्ट नहीं था, लेकिन मुझे वह किसी स्त्री के हाथों की लिखाई लगी। शायद यह मेरी ख़ुशफ़हमी ही हो।

मैंने जींस पहनी, बाल कुछ ठीक किए और ताला लगाकर निकल गया। उस दिन गोलबाज़ार में बाक़ी दिनों से अधिक भीड़ थी। ऐसा लग रहा था कि शहर-भर के घरों में किसी ने ऐसा ही 'छः बजे गोलबाजार में मिलो' पुर्जा फेंक दिया हो और सबने फिर तेज़ी से अपने घर से बाहर निकलकर देखा हो। शायद किसी ने भागकर सड़क पार करती हुई कोई लड़की भी देख ली हो। कोई महज़ उसका उड़ता हुआ दुपट्टा देख पाया हो या किसी की दहलीज के पास गीली मिट्टी हो और वह तेज़ी से शीशे के सामने रखा तीखे दाँतों वाला कंघा ढूँढ़ने से पहले देर तक उस मिट्टी में उकड़ूँ बैठकर ऊँची एड़ी की सैंडल के चार निशान देखता रहा हो। कोई घड़ी देख रहा था, कोई अपनी जेब से काग़ज़ निकालकर देखता था और फिर कहीं भी मुड़ जाता था, कोई अचानक रुककर किसी लड़की से बातें करने लगता

था। बहुत सारे लोग मुझे अपने जैसे ही लगने लगे। एक बच्चा छः का पहाड़ा ज़ोर-ज़ोर से दोहराते हुए मेरी बगल से गुजरा। मैंने तेज़ चलकर उसे पकड़ लिया। वह डर-सा गया और मेरी पकड़ से छूटने का यत्न करने लगा।

—क्या बोल रहे हो बेटा?

—छिकु मिकु छत्तीस...

और वह छूटकर भाग गया। मैं हारकर एक फलूदे वाले के पास रखे स्टूल पर बैठ गया। छः बजकर पाँच मिनट हुए थे। मुझे अपने आप पर ग़ुस्सा आया कि मैं क्यों किसी की शरारत पर यहाँ आ गया हूँ। किसी को मिलना होता तो वह इतने बड़े गोलबाज़ार का पता नहीं देता। अब वह मुझे कहाँ ढूँढ़ेगा और मैं उसे कहाँ ढूँढ़ूँगा?

फिर भी मैं साढ़े छः तक वहाँ बैठकर किसी के आ जाने की प्रतीक्षा करता रहा। फिर आख़िरकार झुँझलाकर संजय की दुकान पर आ गया।

—चलो तुम्हारा एकान्तवास ख़त्म तो हुआ भई। मैंने तो सोच लिया था कि इस जन्म में तो तुमसे मिलना अब होगा नहीं...

संजय उठकर गर्मजोशी से गले मिला। अनुराग भी वहीं बैठा था। अब तक संजय से उसकी अच्छी-खासी पटने लगी थी।

—दाढ़ी-वाढ़ी क्यूँ बढ़ा रखी है यार?

अनुराग ने पूछा।

मेरे बोलने से पहले ही संजय बोल पड़ा—जनाब आशिक़ हो गए हैं।

मैं हल्का-सा मुस्कुरा दिया।

—हम भी तो जानें...कौन हैं मोहतरमा?

—आप जान जाएँगे। बस एक बार मेरा लड़कियों के हॉस्टल में जाने का जुगाड़ करवा दीजिए।

इस बात को मजाक में उड़ा देने के प्रयास में संजय मेरी खुली हुई हथेली पर अपनी हथेली मारकर ज़ोर-ज़ोर से हँसने लगा और अनुराग अवाक् होकर मेरी ओर देखता रहा।

—अनुराग भाई, बस एक बार। बहुत ज़रूरी है मेरे लिए।

—अरे लड़कियाँ कौन-सा जेल में कैद हैं यार? जिससे मिलना है, बाहर मिल लो।

अनुराग भी हँस दिया। मैं चुप हो गया। उसके बाद मैं चुपचाप ही घर लौट आया। संजय कोई मज़ेदार किस्सा सुना रहा था, जिसे मैं आधे में ही छोड़ आया।

मैंने ताला खोला तो दरवाज़े के अन्दर की तरफ़ एक गुलाबी रंग का काग़ज़ गिरा पड़ा था। मैंने उठाकर पढ़ा। इस बार नीली स्याही से लिखा था—आज नहीं। क़िस्मत में हुआ तो फिर कभी।

मैंने जेब से पहले वाला काग़ज़ निकालकर देखा। वह कोरा सफ़ेद काग़ज़ था। मैं दोनों की लिखावट मिलाने लगा। 'र' एक जैसा सा ही था, लेकिन 'ज' अलग-अलग सा लगा। मैं सोचता रहा कि यह भी हो सकता है कि दोनों सन्देश अलग-अलग हाथों ने लिखे हों। लेकिन किसने और क्यों?

सुधा कहाँ है?

सुधा घर से भाग गई थी। उसके घर में रोआपीटी मची रहती थी। आस-पड़ोस की औरतें उसकी माँ को ढाढ़स बँधाने आतीं और मन्द-मन्द मुस्कुराती हुईं अपने घर लौटतीं। मोहल्ले में यह चर्चा थी कि सुधा पेट से थी। उसका भाई पहले की तरह ही चुप-चुप रहता था। मुझे तो किसी ने यह भी कहा था कि सुधा के गायब होने में उसके भाई का भी हाथ है।

मेरे लिए सुधा के भाई का अपना कोई नाम नहीं था, जैसे मेरी गाँव वाली चाची का किसी के लिए भी अपना कोई नाम नहीं था। वे किसी दिन अँधेरे-अँधेरे गाय के नीचे बाल्टी रखकर दुहने बैठ रही होती और चाचा ग़लती से 'भोरकली', 'भोरकली' कहकर पुकारते रहते तो वे मुड़कर भी नहीं देखती थीं। उन्हें चलते-चलते कुँए में गिर जाने वाला या दौड़ते-दौड़ते आसमान में उड़ जाने वाला सपना भी ओमपाल की घरवाली के नाम से दिखता था। चाची के पंचायत के चुनाव का पर्चा भरने से पहले चाचा दो दिन तक उन्हें उनका नाम रटवाते रहे थे।

अँधेरा ढलने के बाद उसका भाई देर तक अपनी छत पर अकेला टहलता रहता था। मैं उसकी ओर देखता था तो मुझे लगता था कि वह पलकें भी नहीं झपकता। मैं उससे नज़रें नहीं मिला पाता था। दोनों घरों की छतों के बीच में एक पतली-सी दीवार थी। कई बार अपनी शर्ट उतारकर घंटों तक वह उस दीवार पर उसे झोली की तरह फैलाए बैठा रहता था जैसे किसी दिन टप से सुधा उसमें आ गिरेगी। मुझे डर लगता था कि अगर वह मेरी छत की ओर गिरकर मर गया तो जैसे मैं उसका हत्यारा हो जाऊँगा। मैंने एक दिन पुरानी काँच की बोतलें तोड़कर उस दीवार पर काँच बिखेर दिया था। लेकिन फिर भी मुझे लगता था कि वह रोज रात को वहाँ आकर बैठ जाता है। मैंने अपनी छत पर जाना छोड़ दिया था। वह गली में से गुजरता था तो मैं बाहर वाले कमरे की खिड़की से झाँककर देखता था। मुझे लगता था कि अभी उसकी पैंट से कुछ काँच के टुकड़े निकलकर नीचे गिरेंगे और वह लहूलुहान होकर ज़मीन पर गिर जाएगा। लेकिन ऐसा कभी नहीं हुआ या शायद किसी दिन मैं खिड़की से देखना भूल गया होऊँ और वह मेरे घर के सामने पड़ा देर तक कराहता भी रहा हो।

उन्हीं दिनों, जब मैं फिर से उसी उदास अचानक पागलपन में डूबने लगा था, जब अख़बार का फ़िल्म वाला पन्ना पढ़ते-पढ़ते मैं अचानक रोने लगता था, जब सपने में मेरे पिता मर जाते थे और मैं आधी रात उठकर रोने लगता था, जब निठल्ले पड़े-पड़े भी मुझे 1994 खोई हुई फ़ुर्सत की तरह याद आता था, जब मेरा चींटियों के बिल में घुसकर उनकी दुनिया में रहने का मन करता था, जब मेरी कामवाली बाई के पीछे-पीछे उसका दो साल का लड़का रोता-रोता आ जाता था और मैं कामवाली को भगाकर देर तक आधे मैले छूटे फ़र्श पर औंधा लेटकर रोया करता था, जब मेरी स्कूल की एक दोस्त अपनी शादी का कार्ड देने अपनी सहेली के साथ मेरे घर आई थी और मैं उससे लड़ते-लड़ते रोता रहा था, जब कोई भी दिन भरी-पूरी दोपहर में छुट्टी लेकर ख़त्म हो जाता था और आधी रात में अचानक करारा सूरज चौंधियाने लगता था, उन्हीं दिनों में से एक दिन अचानक मेरे घर नीलम का फ़ोन आया। फ़ोन बिल्कुल हमेशा की तरह ही बजा जैसे उसे इस कॉल के असाधारण होने का पता ही नहीं चला हो। बेवकूफ़ फ़ोन!

फिर से मिनी की साँसों वाली चुप्पी थी। मैं कुछ पूछता, बोलता, उससे पहले ही वह बोल पड़ी।

—मैं मिनी नहीं बोल रही हूँ।

—तुम कौन हो? तुम्हारी साँसें मिनी की साँसों के चेहरे के क्लोजअप की तरह हैं।

वह सब कुछ जानती थी। वह उत्तर पहले देती थी, मैं प्रश्न बाद में पूछता था। वह भगवान होने से इतनी ही दूर लग रही थी जैसे प्लेटफ़ॉर्म पर 'भगवान होना' रखा हो और वह ट्रेन के उस आख़िरी स्टेशन पर पहुँचकर थम जाने के बाद भी साइड लोअर बर्थ पर सोती रही हो।

उसने जवाब पहले दिया—हाँ, मैं तुम्हें तुमसे ज़्यादा जानती हूँ।

मैंने बाद में पूछा—तुम मुझे जानती हो?

उसने जवाब पहले दिया—हाँ, दोनों बार।

मैंने बाद में पूछा—उस दिन भी तुमने ही फ़ोन किया था?

उसने जवाब पहले दिया—तुम सवाल बहुत पूछते हो।

मैंने बाद में पूछा—तुम नीलम हो ना?

उसने जवाब पहले दिया—तुम्हारी ज़िन्दगी में बहुत सारे गोल-गोल कनफ़्यूज़न हैं, इसीलिए तुम पर प्यार आता है।

मैंने बाद में पूछा—गोलबाज़ार में भी तुम ही थी ना, जो नहीं आई थी?

उसने पहले कहा—जबकि इतनी रोशनी है कि दो हज़ार मील दूर उड़ती एक बया मेरी हथेली पर बैठी दिख रही है, मैं तुम्हें नहीं देख पाती।

मैंने बाद में कहा—जबकि इतना अँधेरा है कि दायाँ हाथ बाएँ से टकरा जाने पर डर जाता है, तुम मेरी आँखों में तैर रही हो।

उसने कहा—सुधा कहाँ है?

मैंने कहा—सुधा कहाँ है?

बया ने कहा—सुधा कहाँ है?

नहीं, बया ने कुछ नहीं कहा।

क्लीन दिल्ली, ग्रीन दिल्ली

हॉस्टल में रह रहे लोगों को देखकर लगता है कि उनका जन्म भी हॉस्टल में ही हुआ होगा, जब पास के किसी कमरे में तेज़ आवाज़ में संगीत बज रहा होगा और उन्हें जन्म देने के तुरन्त बाद उनकी माँ लड़कियों के किसी झुंड में बैठकर किसी की आर्टीफिशियल बालियों के आर्टीफिशियल होने को जानकर चौंक रही होगी।

मिनी जन्म से ही अपने पिता से नफ़रत करती थी और अपनी माँ से बहुत प्यार। वह बाहर की दुनिया में आते ही ज़ोर से मुस्कुराई थी। नहीं, वह मुस्कुराना नहीं था, वह हँसना हो गया था। दाई के थप्पड़ भी उसे रुला नहीं सके थे लेकिन सोलहवें मिनट में अपने बलिष्ठ पिता की गोद में जाते ही वह चीख़कर रो पड़ी थी। वह इतनी ज़ोर से रोई थी कि पूरे शहर के लोगों को लगा था कि कोई गुरुद्वारे के लाउडस्पीकर पर रो रहा है। फिर वह तब तक रोती रही थी, जब तक उसकी माँ के स्तन उसके होठों से छुआए नहीं गए।

बड़ी होने पर भी वह उदास होती थी तो माँ के गले लगकर उसकी उदासी कुछ कम हो जाती थी। सब बच्चों के साथ ऐसा ही होता था। जब वह दूसरी क्लास में थी तो चित्रकला की कॉपी में उसने पहले पन्ने पर अपनी माँ के वक्ष ही उकेरे थे और फिर गुरुजी ने सब बच्चों को अपने चित्र के नीचे उस चीज़ का नाम भी लिखने को कहा था। किसी ने झोंपड़ी लिख दिया था तो किसी ने फूल। मिनी की कॉपी देखकर गुरुजी ने कुछ क्षण सोचा था और फिर उससे पूछे बिना ही लाल पेन से फल लिख दिया था। गुरुजी बच्चे नहीं थे इसलिए गुरुजी ने अपनी सोच की सीमाएँ बना ली थीं। मिनी को ग़ुस्सा आया था।

उसके पिता इतने सपाट इन्सान थे कि उनसे प्यार भले ही न किया जा सके, नफ़रत तो की ही नहीं जा सकती थी। वे कभी ऊँचा नहीं बोलते थे, शराब पीकर घर नहीं लौटते थे, बीमारी में भी किसी से पानी नहीं माँगते थे। वे कभी उत्साहित भी नहीं होते थे और निराश भी नहीं। कभी ऐसा भी नहीं हुआ कि घर में किसी चीज़ की ज़रूरत हो और उन्हें एक बार भी कहना पड़ा हो। वे सब कुछ बिना माँगे

ले आते थे लेकिन सरप्राइज़ की तरह भी नहीं, बिल्कुल ऐसे जैसे रोज सुबह-सुबह दूधवाला आ जाता है।

लेकिन मिनी अपने समतल पिता से इतनी नफ़रत करती थी कि एक बार उसने अपने पिता की चाय में कैमिस्ट्री लैब से लाया हुआ सल्फ़्यूरिक एसिड मिला दिया था। उसके पिता ने चाय पी ली थी और उन्हें कुछ नहीं हुआ था। फिर ढाई साल बाद उसके पिता अचानक चल बसे थे। वे इतनी सामान्यता के साथ मरे थे कि सबको लगा था कि वे मरे नहीं हैं, चलकर कहीं और जा बसे हैं। बहुत दिन तक उनके दफ़्तर के लोग घर पर उनका नया पता पूछने आते रहे थे। एल आई सी वालों ने उनकी लाश देखकर भी बीमे की रकम नहीं दी थी। जाँच अधिकारी ने अपनी टिप्पणी में लिखा था कि बीमाधारक मरने का नाटक रचकर किसी और स्थान पर जा बसा है।

हमारे क़स्बे में नए-नए खुले 'ब्लू स्काई फ़ास्ट फ़ूड कॉर्नर' पर मैं नीलम से पहली बार मिल पाया था। अनुराग ने मेरा सन्देश उस तक पहुँचाया था और वह मिनी के साथ मुझसे मिलने आई थी। उस छोटे-से कमरे के सामने की दीवार पर दूर तक आसमान बिखरा हुआ था। मैं जब घुसा तो वे दोनों आसमान में ही थीं। आसमान पर एक पोस्टर चिपका था, जिस पर अंग्रेज़ी में—Clean Delhi, Green Delhi—लिखा था। पोस्टर पर एक साफ़-सुथरा कूड़ेदान बना था और उसकी बगल में एक पेड़। अपने छोटे-से क़स्बे की उस दुकान पर मुझे उस पोस्टर को चिपकाने का औचित्य समझ नहीं आया। मैं मन ही मन दोहराने लगा—क्लीन ग्रीन, क्लीन ग्रीन, क्लीन ग्रीन...

नीलम ने कहा—आपकी शर्ट पर ततैया बैठा है।

मैं डर गया। मेरे डरते ही ततैया उड़कर आसमान के पेड़ पर जा बैठा। उसके बाद मैंने नीलम के उस कथन को फिर से सुना। उसकी आवाज़ वाकई खनखनाती थी। शायद उसके पर्स में छोटा टेपरिकॉर्डर हो और वह जब भी बोलती हो, पर्स से 'खनखन' की आवाज़ आती हो।

मिनी ने कहा—आपने पीली शर्ट पहन रखी है, इसलिए ततैया आपकी शर्ट पर बैठा था। नीलम ने कहा—फिर आप बसन्त पंचमी पर क्या पहनेंगे? यह शर्ट आपको आज नहीं पहननी चाहिए थी।

मैंने कहा कि मेरे पास ऐसी एक और शर्ट है। नहीं, ऐसी नहीं है, वह नारंगी है लेकिन मैं उसे पीली कहकर पहन लेता हूँ।

मिनी ने पूछा कि क्या उस पर भी फूल कढ़े हुए हैं? मैंने कहा, हाँ।

मैं *क्लीन ग्रीन* का हिन्दी में अनुवाद करके तुकबन्दी बनाने की कोशिश करने लगा। साफ़ हराफ...नहीं...स्पष्ट हष्ट...नहीं नहीं, क्लीन माने स्पष्ट नहीं होता...स्वच्छित हरित... नहीं। मुझे लगा कि अंग्रेज़ी बहुत समृद्ध भाषा है।

मैंने कहा कि यह शर्ट भी धोकर फिर से पहनी जा सकती है। नीलम ने कहा कि यदि ज़्यादा मैली न हो तो बिना धोए भी फिर से पहनी जा सकती है। मैं उसकी इस बात से बहुत प्रभावित हुआ।

एक लम्बे बालों वाले लड़के ने मेन्यू लाकर रख दिया था। मैंने सोचा कि उसने हम तीनों को देखकर उन दोनों में से किसी एक को मेरी गर्लफ्रेंड मान लिया होगा। मैं उससे पूछना चाहता था कि उसने किसे माना है, लेकिन मैंने उससे पूछा कि पानी मिलेगा क्या? उसने नहीं कहा कि हाँ, मिलेगा। वह चला गया। वह शायद पानी लाने ही गया हो। उसे जवाब देने की बजाय काम करने की आदत पड़ चुकी थी। मैंने मिनी से पूछा कि बैंक में अगर कोई आकर पूछे कि ड्राफ्ट बनेगा क्या, तो वह क्या करेगी? मिनी ने कहा कि वह कह देगी—हाँ, बनेगा।

मुझे लगा कि मिनी जब मुझसे कुछ कहती है तो मेरी ओर नहीं देखती। नीलम जब कुछ कहती है तो एक साथ हम दोनों की ओर देखती है। उन दोनों ने एक दूसरे का हाथ पकड़ रखा था। मैंने चाहा कि काश ततैया उन पकड़े गए हाथों पर बैठ जाए और वे डरकर हाथ छोड़ दें। मैंने *क्लीन ग्रीन* की ओर देखा। ततैया वहाँ नहीं था। मुझे डर लगा और ख़ुद पर ग़ुस्सा भी आया कि मैं उस पर नज़र भी नहीं रख पाया था। अब वह कहीं भी बैठा हो सकता था। मेरी शर्ट पर भी।

लड़का पानी रख गया था। पानी को रखा नहीं जा सकता था, केवल बिखेरा जा सकता था, इसलिए वह पानी के गिलास रखकर गया था। मैंने उन्हें मेन्यू देखकर कुछ मँगवाने के लिए कहा। मिनी ने लगभग मेरी तरफ़ देखते हुए पूछा कि मेरा नाम क्या है? मैंने हँसकर कहा कि नीलम उसे मेरा नाम बता देगी। नीलम ने कहा कि वह मेरा नाम नहीं जानती। मुझे बुरा लगा। मैं मन में दोहराने लगा—*क्लीन दिल्ली, ग्रीन दिल्ली।*

मिनी ने कहा कि वे दोनों चाउमिन खाएँगी। मैंने कहा कि नीलम, मैं तुमसे प्यार करता हूँ। *क्लीन दिल्ली, ग्रीन दिल्ली। क्लीन दिल्ली, ग्रीन दिल्ली।*

नीलम ने कहा कि सॉरी, अनुराग सर ने बताया था लेकिन हमें आपका नाम याद नहीं रहा। प्लीज़ बुरा मत मानिए।

मुझे लगा कि उसे मेरी बात सुनाई ही नहीं दी। मैंने फिर से कहा—नीलम, आई लव यू।

मिनी ने ऑर्डर देने के लिए लड़के को आवाज़ लगाई। नीलम एक हाथ की उँगलियाँ अपने बालों में फिराने लगी। मैं उठकर चल दिया। दरवाज़े से बाहर निकलने से पहले मैंने मुड़कर देखा कि लम्बे बालों वाला लड़का ऑर्डर लिख रहा था और वहाँ कुर्सी पर बैठे हुए मैं उसे एक फ़ैंटा लाने को कह रहा था। मैं पागल था।

शर्ट को उतारकर फेंका गया तो उसकी सलवटें भी उसके साथ नीचे गिर गईं

पहले एक दफ़्तर था और उससे लगता हुआ एक लम्बा गलियारा था, जिसके दोनों तरफ़ दस-दस कमरे थे। उसके आख़िरी सिरे पर एक बड़ा कमरा था, जिसे टीवी रूम बना दिया गया था। वहाँ से बिल्कुल नब्बे डिग्री का मोड़ लेकर एक और दस-दस कमरों का गलियारा था। उसके आख़िरी सिरे पर मैस था। दफ़्तर में वॉर्डन कभी होती थी और कभी नहीं, लेकिन उसके दरवाज़े पर एक चौकीदार हमेशा बैठा रहता था। नहीं, दो चौकीदार थे, जो एक-एक करके बैठते थे। पहला चौकीदार जब दिन-भर की ड्यूटी के बाद घर जाता होगा तो वह घर में भी रात-भर चौकीदार होने की मन:स्थिति में ही रहता होगा। उसकी बेटी हिन्दी की किताब से ज़ोर-ज़ोर से कविता पढ़ती होगी, ''नर हो न निराश करो मन को...'', तो वह ग़ुस्से में कहता होगा, ''आवाज़ कम कर लीजिए मैडम।'' उसकी पत्नी चाय लाती होगी तो चाय लेने के लिए खड़ा हो जाता होगा। उसकी पत्नी मुड़ती होगी तो उसके बालों में लगे फूल को देखकर पूछता होगा कि यह फूल कहाँ से तोड़ा? फिर घर के सारे गमलों के फूल गिनता होगा और टोपी लगाए हुए ही चाय पीता होगा। उसने घर के दरवाज़े पर एक शिकायत पेटी भी लगा रखी होगी, जिस पर लाल अक्षरों में लिखा होगा—अपनी शिकायत लिखकर इस बॉक्स में डालें, और कोई सनकी आदमी उसमें कुछ डालना चाहता होगा तो उसका दिल काँप जाता होगा। वह उसे बातों में लगाने के लिए 'जी साहब', 'जी साहब' कहकर अपने फ़ौज के दिनों का कोई किस्सा सुनाने लगता होगा। दोनों चौकीदार ड्यूटी बदलते वक़्त आपस में मिलते होंगे तो ज़्यादा बात नहीं करते होंगे। दोनों चौकीदारों ने पक्का तय कर रखा होगा कि अपनी बेटियों की शादी किसी से भी करेंगे, लेकिन किसी चौकीदार से नहीं। चौकीदार चौकीदारी के पेशे से नफ़रत करते होंगे। कमरा नम्बर सात को छोड़कर सब कमरों पर ताला लगा हुआ था। लड़कियाँ 'देस में निकला होगा चाँद' देख रही थीं, जो 'des mein nikla hoga chand' था। कमरा नम्बर सात को बाहर से खटखटाकर पूछा जाता तो अन्दर से मिनी बोलती कि वह सो रही है। 'लाइट जलाकर?' पूछे जाने पर वह कहती कि उसकी मर्ज़ी। कोई पूछता कि नीलम कहाँ है तो वह कहती कि मुझे सोने दो, मैं नहीं जानती। ऐसा बहुत बार होता था। नीलम एक-दो घंटे के लिए बिना किसी से कुछ कहे गायब हो जाती थी।

मिनी सो नहीं रही थी। थोड़ी-सी भी रोशनी में मिनी का सो पाना उसके लिए इंग्लिश चैनल तैरकर पार करने जितनी बड़ी महाभारत थी। फिर भी महीनों से पूरे हॉस्टल के लिए वह लाइट जलाकर सोने वाली मिनी थी।

यदि उस समय कोई ततैया नीलम के पहने हुए कपड़ों पर बैठने का सपना पालकर उस कमरे में घुसता तो उसे हताश होकर शराब पीकर ही अपने घर लौटना पड़ता। नीलम निर्वस्त्र थी। उसके पूरे शरीर पर कुल तीन तिल थे। एक दायीं हथेली पर, एक दाएँ कान के नीचे और एक तिल को उसकी गोद में लेटी मिनी ने ढँक लिया था। मिनी ने तीसरा तिल चूम लिया। नीलम ने कहा कि वह चाहती है कि मिनी उस तिल को देर तक चूमे। नीलम ने इस तरह कहा जैसे अब तक हमेशा वही होता आया है, जो वह चाहती है। मिनी ने कहा कि वह उसके साथ कहीं पहाड़ों पर जाकर रहना चाहती है, जहाँ कड़ाके की सर्दी पड़ती हो। नीलम ने कहा कि वह बोलते हुए भी चूमती रहे। मिनी ने कहा कि बोलते हुए चूमना, चुम्बन का अपमान होगा। नीलम ने आगे झुककर उसके होठों पर अपने होठ रख दिए। उनकी साँसें एक दूसरी की साँसों के साथ गुत्थमगुत्था हो गईं, ऐसे कि नीलम उस वक़्त किसी को फ़ोन करती तो सुनने वाले को लगता कि मिनी का फ़ोन है या फिर फ़ोन नीलम का है और साँसें मिनी की।

उस कमरे में इतना सामान था कि कमरा भी एक बड़ा-सा सामान लगता था। ऐसा लगता था कि कमरा भी किसी बड़े गत्ते के डिब्बे में बन्द करके लाया गया होगा, जिस पर लिखा होगा—Handle with Care। डिब्बे के अन्दर कमरे के कोनों पर बाहर की तरफ़ थर्मोकोल के टुकड़े रखे होंगे। कमरा लाने के लिए ट्रक लाया गया होगा। ट्रक के पीछे 'होरन ओके प्लीज' लिखा होगा। कमरे को ट्रक में लादने के बाद ड्राइवर ने जल्दी में चाय ख़त्म करके ट्रक स्टार्ट किया होगा। ड्राइवर ने तब अपने काम को गाली दी होगी। ड्राइवर ड्राइविंग के पेशे से नफ़रत करता होगा।

होठ हटे तो मिनी ने कहा कि वह चाहती है कि वह अभी एक सुई कहीं नीचे गिरा दे और नीलम पूरे कमरे में उसे खोजे। घुटनों के बल, कुहनियों के बल, छाती के बल, ठुड्डी के बल, बालों के बल। नीलम ने कहा कि वह बिना खोई हुई सुई को मिनी के लिए ढूँढ़ना चाहती है।

नीलम ने सूटकेस के नीचे घुटनों के बल ढूँढ़ा, अलमारी के अन्दर कुहनियों के बल, रोशनदान में ठुड्डी के बल, छत में बालों के बल और मिनी की शर्ट की जेब में छाती के बल। शर्ट की जेब में सुई नहीं मिली, इसलिए शर्ट को और टटोलकर देखना पड़ा। शर्ट पर 'हैंडल विद केयर' नहीं लिखा था, इसलिए उसे मुट्ठी में भींचा जा सकता था, मसला जा सकता था। शर्ट पर लिखा था कि उस पर इस्तरी की जा सकती है। हॉस्टल के दरवाज़े के सामने बैठने वाला धोबी एक कपड़े पर लोहा करने के पचास पैसे लेता था। वह यह भी नहीं पूछता था कि शर्ट में इतनी सलवटें कैसे पड़ीं? सुबह आठ बजे तक शर्ट उसे दी जाती तो वह दस बजे तक लौटा देता। उसे कोई फ़ोन भी नहीं करता था इसलिए ऐसा होने का भी डर

नहीं था कि दस बजे उसके पास जाकर खड़े हुए और वह साढ़े दस तक हाथ के इशारे से एक-एक मिनट माँगकर फ़ोन पर बतियाता रहे। धोबी के लिए सब कपड़े बराबर होंगे। धोबी के लिए लड़कियाँ, लड़कियाँ भी नहीं होंगी। उसके लिए कोई कपड़ा लड़की का कपड़ा भी नहीं होगा कि हाथ लगाए और झुरझुरी होने लगे। उसके लिए शर्ट का हर हिस्सा समान महत्व रखता होगा। ऊपर, बीच और नीचे, तीनों एक से। उसके मन और हाथों को सब उभारों को समतल कर देने की चाह की आदत पड़ चुकी होगी। उसे सलवटों, उभारों और प्रेम से चिढ़ होती होगी। धोबी अपने पेशे से निश्चित तौर पर नफ़रत करता होगा।

शर्ट को उतारकर फेंका गया तो उसकी सलवटें भी उसके साथ नीचे गिर गईं, लेकिन लगा यही कि सिर्फ़ शर्ट नीचे गिरी है। किसी और से पूछा जाता तो वह भी यही बताता कि नीचे जूतों के पास शर्ट गिरी पड़ी है। धोबी से पूछा जाता तो वह कहता कि सलवटें गिरी पड़ी हैं। फिर सब धोबी पर हँसते।

बंडल कहानी

वात्स्यायन ने कामसूत्र में लिखा है कि संसार की कोई भी स्त्री, चाहे वह कितनी भी कठोर क्यों न हो, घुटनों पर झुके पुरुष के प्रणय निवेदन को नहीं ठुकरा सकती।

हम दोनों एक ही बस में बैठे थे। 'हम दोनों' माने मैं और नीलम। वह शायद 'मैं एक बस में बैठी थी' थी। मैं 'हम दोनों एक ही बस में बैठे थे' था। वह मुझसे बिल्कुल अगली सीट पर थी। दो सीटों के बीच में इतनी जगह नहीं थी कि कोई घुटनों पर झुक सके। यदि मैं घुटनों पर झुकता तो अपनी सीट पर घुटने रखता और ऐसे में मेरा सिर बाक़ी यात्रियों से कुछ ज़्यादा ऊँचा हो जाता। सब तमाशे की तरह के कौतूहल से मुझे देखते। सबको लगता कि अब मैं कुछ करूँगा। मेरी बगल की सीट पर बैठा बच्चा यह सोचता कि मैं ऊपर रखे अपने सामान को उतार रहा हूँ और ऊपर रखे किसी और के थैले की ओर देखने लगता। उस थैले पर लिखा था—502 पताका बीड़ी, और उसके नीचे बस पर लिखा था—सवारी अपने सामान की खुद जिम्मेदार है। वह सोचता कि उतारते हुए थैला गिर भी सकता है। फिर वह सोचता कि लिखा है—चश्मे वाला लड़का अपनी 502 पताका बीड़ी का ख़ुद ज़िम्मेदार है। लेकिन वह थैले की ओर देखते-देखते थक जाता और थैला नहीं उतरता। उसे अपेक्षाओं के डूब जाने वाला दुख होता। वह सोचता कि वह थोड़ा और छोटा होता तो इस बात पर ठुनक-ठुनक कर रोया जा सकता था। मैं उसके कान में कहता कि वह सोचे—चश्मे वाला लड़का अगली सीट पर बैठी सुन्दर लड़की का ख़ुद ज़िम्मेदार है। तब सुन्दर नीलम हिकारत से मुझे देखती और सोचती, ''हे भगवान! ये पजेसिव लड़के!''

मैं घुटनों पर नहीं झुका। कुछ देर बाद उसके पास की सीट खाली हो गई। मैं उसके पास जाकर बैठ गया। मेरे पैर उसके पैरों को छूकर गुजरे। उसने मुझे पहचान लिया था। वह कुछ बोली नहीं, लेकिन मुस्कुराई। मैं खिड़की की ओर था। उसकी तरफ़ से देखने पर लगता होगा कि मैं खिड़की वाली हरी पीली सीनरी के केन्द्र में हूँ। मैंने एक हाथ इस तरह पीछे कर लिया कि तस्वीर में आधा टूटा हुआ काँच और उस पर चिपका हुआ बवेजा दवाखाने का विज्ञापन न दिखाई दे। मैं चित्रों और मूर्तियों की सुन्दरता को लेकर कुछ ज़्यादा ही सतर्क रहता था। क्या पता कि उसका मन किया हो कि सीनरी पर नीचे अंग्रेज़ी में ज़िन्दगी के बारे में कुछ आशावादी कथन लिखकर हॉस्टल के अपने कमरे में टाँग लिया जाए। नीलम इतनी सुन्दर थी कि मुझे लगा, मेरी तस्वीर उसके कमरे में नहीं जँचेगी। मैं कुछ सेकेंड के लिए नीचे झुक गया। मेरी इस हरकत पर वह चौंककर मुझे देखने लगी। मैं उठकर बैठ गया। वह फिर मुस्कुरा दी।

मैंने पूछा—तुम्हें तो सपने भी बहुत सुन्दर आते होंगे? ताजमहल के, पहाड़, झरनों, जंगल और अन्तर्देशीय पत्रों के...

—क्योंकि मैं इतनी सुन्दर हूँ, इसलिए?

वह बाक़ी सुन्दर चीज़ों से अलग थी। ताजमहल नहीं जानता कि वह सुन्दर है। वह जानती थी कि वह सुन्दर थी। शायद इसीलिए वह बात की शुरुआत न करती हो। कोई उसके पास की सीट पर बैठता हो तो उसे पता रहता हो कि वह उससे ख़ुद बात करना शुरू करेगा। कुछ लोग तो वहीं का टिकट लेते होंगे, जहाँ का वह लेती होगी। स्कूल में छमाही परीक्षा में उसे और लड़कियों से दो-तीन नम्बर ज़्यादा मिलते होंगे। लड़कों से तो कई नम्बर ज़्यादा, शायद दस-बीस भी।

ताजमहल के पास तो कोई बैठता होगा तो कभी-कभी ताजमहल स्वयं भी बात शुरू कर देता होगा। छमाही परीक्षा में नकल करते हुए पकड़े जाने पर उसे अनदेखा नहीं किया जाता होगा, उसकी कॉपी छीन ली जाती होगी। अपने आप से याद करके लिखा हुआ उत्तर भी काट दिया जाता होगा।

मैंने कहा, "हाँ, इसलिए। हाँ, इसीलिए।" फिर उसने कहा कि सब जंगल सुन्दर नहीं होते। मैंने कहा कि मैंने कभी जंगल नहीं देखे। उसने बताया कि जंगल वैसे नहीं होते, जैसे कॉमिक्स में बने होते हैं। उसने कहा कि इसीलिए जंगलों को देखकर उनके जंगल होने का पता नहीं चलता। हम उन्हें दो गाँवों के बीच खड़े पेड़ समझते रहते हैं। कोई हमसे पूछता है तो हम कहते हैं कि ये पाँच हज़ार पेड़ हैं क्योंकि उनकी अलग-अलग गिनती हुई है और उन पर नम्बर लगाकर सफ़ेदी भी पोत दी गई है। हम कभी यह नहीं कहते कि यह एक जंगल है, जिसका नाम चम्पकवन या सुन्दरवन है। उसकी इस बात से भी मैं बहुत प्रभावित हुआ। लेकिन

साथ ही मैंने कहा कि हो सकता है, कुछ लोग जंगल को पहचानते भी हों। उसने कहा, ''हाँ''।

मैंने उससे कहा कि फ़ोन पर उसकी आवाज़ और भी मीठी लगती है। वह कुछ रुककर मुस्कुराई जैसे भूलकर मुस्कुराई हो। फिर मेरी एक बात उसे बहुत अच्छी लगी, जो मुझे बाद में याद नहीं रही। वह बात उसे इतनी अच्छी लगी कि अगले महीने हम दोनों ने शादी कर ली।

संजय कहता है कि शादी भले ही अचानक कर ली जाए लेकिन बड़ी बातों को इस तरह अचानक नहीं कह देना चाहिए। पहले भूमिका बाँधनी चाहिए और पूरी भूमिका के दौरान सुनने वाले को अन्त से विपरीत दिशा में ले जाने का प्रयास करना चाहिए। फिर एकदम से भेद खोलना चाहिए। वह कहता है कि किसी भी कहानी का असली मज़ा चौंकने और चौंकाने में है और अगर कोई कहानी चौंकाती नहीं है तो वह बंडल है।

मिनी शादी में नहीं आई। नीलम ने कहा कि उसे बैंक के काम से जयपुर जाना पड़ रहा है। मैंने सच मान लिया। एक ब्लैंक फ़ोन कॉल कुछ दिन तक हमें परेशान करती रही। हर फ़ोन कॉल की साँसों का अपना अलग रंग होता है, अपनी अलग-अलग गुत्थमगुत्थियाँ। ऐसा भी होता था कि नीलम मेरी गोद में बैठी सन्तरा छील रही होती थी और फ़ोन उठाने पर लगता था कि उधर भी वही है। फिर मैं नीलम को आँख भर के देखता था तो वह मुस्कुरा देती थी। उसके मुस्कुराने में दूध का उबाल था। उसे पा लेना इतनी बड़ी बात थी कि उसके लिए हज़ारों कहानियों को बंडल बनाया जा सकता था।

'हम दोनों' माने मैं और सुधा

सुधा मुझसे छः-सात साल छोटी थी। उसे गिलहरियों और चींटियों की कहानियाँ बहुत पसन्द थीं। अब गिलहरियाँ और चींटियाँ महाभारत या रामायण की नायिकाएँ तो हैं नहीं कि उन पर अलग-अलग दृष्टिकोण से ढेरों कहानियाँ लिख दी गई हों। तो इसलिए वह मेरे पास आकर उनकी कहानियाँ सुनने की ज़िद करने लगती थी। ज़िद करना फिर भी बहुत शालीन है, वह तो आसमान सिर पर उठाने जैसा कुछ करती थी। मुझे भी सुबह-सुबह उसके सिर पर उठा हुआ उनींदा आसमान बहुत भला लगता था। मैं जितनी कहानियाँ जानता था, उन सबके पात्रों को गिलहरियों या चींटियों में तब्दील करके उसे सुनाता रहता था। उसे मेरी सुनाई हुई एक-एक कहानी याद थी। हम दोनों के साहित्य का एक बड़ा हिस्सा गिलहरी साहित्य और चींटी साहित्य के रूप में था। 'हम दोनों' माने मैं और सुधा। वह भी 'हम दोनों के साहित्य का एक बड़ा हिस्सा गिलहरी साहित्य और चींटी साहित्य के रूप में था'

थी और मैं भी 'हम दोनों के साहित्य का एक बड़ा हिस्सा गिलहरी साहित्य और चींटी साहित्य के रूप में था' था। तब सुधा नौ दस साल की थी। उसका जन्मदिन चौदह अक्टूबर को आता था और दसवीं की फेल वाली मार्कशीट में एक जुलाई को। उन दिनों सब अख़बारों में भविष्यफल सूर्यराशियों के आधार पर आने लगा था। चौदह अक्टूबर वाले जन्मदिन की तरह चन्द्रराशियाँ बिना कारण के छिपाई जाने लगी थीं। एक जुलाई वाली सुधा की सूर्यराशि कर्क थी। उसमें झूठी कर्क राशि की सच्ची निरन्तर बेचैनी भी आ गई थी। शायद मार्कशीट से निकलकर आई हो।

सुधा भी सबकी तरह बड़ी हो गई, लेकिन उसकी चंचलता कहीं नहीं गई। उसके घरवालों ने उसे कभी रोका-टोका नहीं कि यहाँ मत जाओ, वो मत करो, ये मत पहनो, वो पहनो। लेकिन मैं उसे टोकता रहता था। उसने स्कूल जाना भी छोड़ दिया था और अंग्रेज़ी का ट्यूशन पढ़ने लगी थी। सुधा के बाल लम्बे थे। मेरा उन बालों से अपना चेहरा ढँक लेने का मन करता था। एक दिन सुधा वे बाल भी कटवा आई। उस दिन मैं उससे बहुत लड़ा। वह भी घर जाकर बहुत रोई। उस रात मैंने दो बजे तक टीवी देखा। उन्हीं दिनों में मुझे यह आदत पड़ी थी। जब भी ग़ुस्सा आता या उदास होता तो टीवी के सामने बैठ जाता था। संजय शराब से जो काम करता था, मैं उसे टीवी से करता था। टीवी वाले लोग बहुत हँसते थे। धारावाहिकों में बैकग्राउंड के रंग कुछ ज़्यादा ही उजले होते थे। उन्हें देखकर रोने को स्थगित करने में अक्सर कामयाबी मिल ही जाती थी।

इसी बीच एक दोपहर वह मेरे घर आ गई। घर में और कोई नहीं था। मैं भी घर में था या टीवी में था, यह अन्तर कर पाना मुश्किल काम था। मैं लेटा था। लेट कर टीवी देखने से मेरी आँखें दुखने लगती थीं। मैं उन्हें दुखने देता था। ऐसा करने पर ऐसा लगता था, जैसे किसी पर अपना ग़ुस्सा उतार दिया हो। वह अपना ग़ुस्सा उतारने के लिए पुरानी किताबें फाड़-फाड़कर फेंका करती थी। मेरी माँ अपना ग़ुस्सा उतारने के लिए ज़्यादा रोटियाँ बनाती थी और गर्मियों के दिनों में चूल्हे के सामने सिकती रहती थी। मेरा अख़बार वाला अपना ग़ुस्सा उतारने के लिए हर अख़बार पर नीचे कोने में कोई गाली लिख देता था। बचपन में जिस प्राइवेट स्कूल में मैं पढ़ा था, उसमें हज़ार रुपल्ली पर आठ घंटे पढ़ाने वाले एक सर अपना ग़ुस्सा उतारने के लिए हमारी कनौती के बालों से पकड़कर हमें हवा में उठा देते थे। मेरी दीदी अपना ग़ुस्सा उतारने के लिए अपने बेटे को बहुत मारती थी। उनका बेटा अपना ग़ुस्सा उतारने के लिए रोया करता था। साथ में दीदी भी।

वह आसमानी रंग की स्कर्ट में थी। मुझे लगा कि वह अपने घर से मेरे घर तक गायब होकर आई होगी, नहीं तो तब तक मेरे मोहल्ले में और हल्ला मच गया होता। और हल्ला इसलिए क्योंकि हल्ला तो पहले से ही था। कोने वाली त्यागन

अपने सामने वाली पहाड़न से लड़ रही थी। बात यह थी कि पहाड़न ने पिछली दोपहर अपने घर आए त्यागी जी को चाय पिला दी थी और घर में और कोई नहीं था। घर कम थे, आदमी ज़्यादा लेकिन फिर भी अक्सर घरों में कोई नहीं होता था। नहर के पास वाला मैदान भी खाली पड़ा रहता था। दोपहर में क़स्बे के सब दुकानदार ऊँघते-ऊँघते ग्राहकों की बाट जोहते रहते थे। कई रूटों की बसें यात्रियों की कमी की वजह से बन्द हो गई थीं इसलिए यह भी नहीं कहा जा सकता था कि लोग सफ़र में रहते हैं। दफ्तरों में जाओ तो कुर्सियाँ खाली पड़ी रहती थीं और हर काम बाद के लिए छूटा हुआ रहता था। मुझे कभी समझ नहीं आया कि आख़िर सब लोग होते कहाँ थे! इतवार की दुपहरी में भी!

उसने स्कर्ट के ऊपर अपने भाई की चेक वाली शर्ट पहन रखी थी। उसकी स्कर्ट में दायीं तरफ़ एक जेब बनी हुई थी। जेब में चार इलायचियाँ थीं। वह बन्द दरवाज़े का सहारा लेकर उस पर झुकी हुई खड़ी थी। जैसे ही मैंने दरवाज़ा खोला, उसकी जेब से दो इलायचियाँ निकलकर नीचे गिर पड़ीं। उसने नीचे झुककर उन्हें उठा लिया। उसकी शर्ट के सब बटन बन्द थे। नीचे बैठे-बैठे ही उसने मुझसे बाक़ी दोनों इलायचियाँ उसकी जेब से निकालकर खा लेने के लिए कहा। मैंने उसके हाथ वाली दोनों इलायची ले लीं और घर के भीतर की ओर चल दिया। वह मेरे पीछे-पीछे बरामदे में आकर खड़ी हो गई। वह फ़िल्मों के सीन की तरह ऐसे खड़ी थी कि सामने टँगे छोटे से आईने में मुझे दिख रही थी। उसकी आँखों में राजस्थान था, प्यासा और उदासा। उसकी शर्ट के ऊपर के दो बटन मुझे दिख रहे थे, जो खुले थे। उनके पीछे गिलहरियों और चींटियों की कहानियाँ सुनने वाली सुधा नहीं थी। उनके पीछे लाइब्रेरी में छिपाकर रखी गई एक परीकथा थी, जिसे पढ़ने के लिए बिगड़ जाने का मन करता था।

मैं दो बातों के लिए ज़िन्दगी-भर पछताया। एक, उस दोपहर जंगली होकर उसे प्यार नहीं करने के लिए।

दूसरी वजह भी यही थी।

वह रोती-रोती गई। वह जाते-जाते रोई।

बाद में एक दिन वह रिनॉल्ड्स के दो बॉलपेन ख़रीदकर लाई, एक नीला और एक काला। उसका ट्यूशन बन्द हो गया था। अब वह हिन्दी को हिन्दी में ही लिखती थी। काले पेन से सफ़ेद काग़ज़ पर लिखती थी—*छः बजे गोलबाजार में मिलो।* नीले पेन से गुलाबी काग़ज़ पर लिखती थी—*आज नहीं। क़िस्मत में हुआ तो फिर कभी।* अजीब लड़की थी, दोनों बातें एक साथ लिखकर रख लेती थी और पहली बात मेरे दरवाज़े के नीचे से सरका देती थी। फिर अपनी छत पर बैठकर मुझे बेचैन

होते हुए देखती थी, मुझे हड़बड़ी में तैयार होकर गोलबाज़ार की ओर भागते हुए देखती थी, थके क़दमों से मुझे लौटते हुए देखती थी, लौटकर दूसरी बात पढ़ते हुए देखती थी, जूते उतारकर बिना हाथ धोए घड़े से पानी पीते हुए देखती थी, नीलम का नाम ले-लेकर रोते हुए देखती थी और नाखून चबाते-चबाते अचानक अपनी उँगली काट लेती थी।

यह सब बाद में हुआ। पहले एक दिन उसने मुझसे कहा कि मैं उसे फ़िल्म दिखाने ले चलूँ। ऐसा कहते हुए वह ऊपर से नीचे तक शर्म से भीग गई थी। ऐसा सुनते हुए मैंने उसका भीगकर बर्फ़ हो जाना देखा। बर्फ़ मुलायम थी, जिस पर उँगलियों से अपना नाम लिख देने का मन करता था। मैं उसे अँगूठा चूसने के दिनों से जानता था। सिनेमा हॉल के अँधेरे में मैंने दूसरी सुधा देखी। उसके बाल फिर लम्बे हो रहे थे। उसने उन्हें खोलकर मेरे चेहरे पर रख दिया। हमने छूने का एक खेल खेला, शायद लूडो, छूने की लूडो। उसने मुझसे पूछा कि मुझे कौन-से रंग की टिक्कियाँ पसन्द हैं? मैंने पूछा, "कौन-सी टिक्कियाँ?" उसने कहा कि लूडो खेलने वाली। मैंने लाल रंग चुना। हम कभी किले तक नहीं पहुँचे। पहुँचने वाले होते तो जान-बूझकर हार जाते थे और फिर से शुरू करते थे। हमने जी-भर के एक दूसरे को छुआ और हारते रहे। लौटते हुए वह बहुत ख़ुश थी, लेकिन मुझे एक ग्लानि-सी होती रही। मुझे लगा कि जैसे मैंने अपनी गिलहरी जैसी प्यारी सुधा को मैला कर दिया है। सुधा ने कहा कि वह मैली होना चाहती है। मैंने उसे ज़ोर से डाँट दिया। वह रोती-रोती गई। वह जाते-जाते रोई। मुझे न जाने कौन-सी बीमारी हो गई थी कि मैं बार बार साबुन से रगड़-रगड़कर हाथ धोता रहता था।

सुधा के भाई ने नई मोटरसाइकिल ख़रीदी थी। लाल रंग की स्प्लेंडर। वह उस पर बैठकर अपने ननिहाल जाता था और ख़ुश-ख़ुश लौटता था। मैं जहाँ भी गया, जहाँ से भी लौटा, इतना ख़ुश कभी नहीं लौटा। कभी-कभी सुधा भी उसके साथ जाती थी। वह एक तरफ़ पैर लटकाकर बैठती थी। वह दोनों तरफ़ पैर करके बैठती तो लोग बात बनाते, इसलिए वह एक तरफ़ पैर रखती थी। उसका दायाँ पैर उदास रहता था। उनकी मोटरसाइकिल पर लिखा नहीं होता था कि डबली जा रहे हैं, लेकिन मुझे मालूम रहता था।

डबली नाम के दो गाँव थे, डबली राठान और डबली कलाँ। ऐसा लगता था कि एक नाम के दो व्यक्ति हों और गोत्र अलग- अलग हों। अपने गोत्र में विवाह वर्जित थे इसलिए डबली राठान का भालगढ़ राठान से विवाह नहीं हो सकता होगा चाहे दोनों कितना भी प्रेम करते रहे हों। समान गोत्र के कारण डबली बहन होगी और भालगढ़ भाई। गाँवों के नाम में कलाँ बहुत कॉमन था। कलाँ गोत्र के गाँव प्यार करते हुए बहुत सतर्कता बरतते होंगे। स्त्री गाँव आरम्भ में ही पुरुष गाँव से उसका, उसकी माँ का, उसकी दादी का, उसकी नानी का गोत्र पूछ लेती होगी।

पुरुष गाँव शुरुआत से ही रूमानी होना चाहता होगा। स्त्री गाँव दुनियादारी की बातें पहले तय कर लेती होगी। कई बार इस कारण पुरुष गाँव का मन भी उचट जाता होगा। वह स्त्री गाँव को छोड़कर कविताएँ लिखने लगता होगा। कई जिलों तक स्त्री गाँव बुरी कहाई जाती होगी।

उन दोनों के दो मामा थे, जो डबली राठान में रहते थे। डबली राठान एक बड़ा गाँव था। उनके नाना का छोटा परिवार था और बड़ा घर था। घर के मुख्य दरवाज़े पर लगे पत्थर पर 'ओम' के नीचे '1980-उन्नीस सौ अस्सी' लिखा था। सेकंड उसे देखकर उन्नीस सौ अस्सी का एक चित्र मन में उभरता था। उस पत्थर को छूने का मन करता था। ऐसा लगता था कि इस पत्थर को छूने से उन्नीस सौ अस्सी में जाया जा सकता है। उसे देर तक देखो तो दीवार में वह पत्थर चुन रहे एक आदमी का श्वेत-श्याम चित्र भी दिखता था। हालाँकि उन्नीस सौ अस्सी में रंगीन चित्र खिंचने लगे थे लेकिन कल्पना करो तो चित्र काला और सफ़ेद ही दिखता था।

उनके दोनों मामा दो-दो बेटियों और एक-एक बेटे के पिता थे। बड़े मामा की छोटी बेटी का नाम रवीना था। कहने को तो वह नीलम के कॉलेज में पढ़ती थी और उसी के हॉस्टल में रहती थी लेकिन हॉस्टल में रहने वाली लड़कियों के बारे में सुधा की मामी के ख़याल कुछ ज़्यादा नेक नहीं थे, इसलिए साल में आठ महीने वह गाँव में ही रहती थी। सुधा अकेले में रवीना को भाभी कहती थी। वह शरमा जाती थी। उसका छोटा भाई सात साल का था। एक दिन उसने सुधा का रवीना को भाभी कहना सुन लिया। वह रोने लगा। दोनों लड़कियों ने उसे बहुत मुश्किल से चुप करवाया। फिर उन्होंने उसे समझाया कि वह भाभी नहीं, बॉबी कह रही थी। बच्चे को बताना पड़ा कि सुधा रवीना को प्यार से बॉबी कहती है क्योंकि इसी नाम की एक फ़िल्म में रवीना टंडन ने बॉबी का किरदार निभाया था। उस दिन के बाद वह भी उसे बॉबी दीदी कहने लगा। उस लड़के का इतिहास बोध और सामान्य ज्ञान जीवन-भर गड़बड़ाया रहा।

गाँव में एक टूटा हुआ घर था। घर तो क्या था, सिर्फ़ दरवाज़ा बचा था। दूर तक कुछ नहीं, सिर्फ़ एक छोटी-सी टूटी-फूटी दीवार और उसमें दरवाज़ा। गाँव वाले उसे लागी बाबा की चौखट कहकर पूजते थे। चौखट के उस तरफ़ जाना मना था। हालाँकि उस तरफ़ भी मैदान ही था लेकिन उधर जाना पाप माना जाता था। ऐसा नहीं कि चौखट ने पूरी दुनिया दो भागों में बाँट दी थी और डबली राठान के लोग दूसरे गोलार्द्ध में जाते ही नहीं थे। बस चौखट के उस पार जहाँ तक पहले कभी घर के होने का अनुमान होता हो, वहाँ जाना वर्जित था। घर का आकार सबके लिए अलग-अलग था इसलिए सबने उस काल्पनिक घर की सीमाएँ अपनी-अपनी सोच के अनुसार तय कर रखी थीं। नेमीचन्द कुम्हार एक झोंपड़ी जितनी

जगह ही छोड़ता था और रामस्वरूप गोदारा उसके पार दस-बारह बीघा तक क़दम नहीं रखते थे। मान्यता थी कि लागी बाबा वहाँ आराम करते हैं। शायद चाय भी पीते हों, ताश खेलते हों, अख़बार भी पढ़ते हों। बारिश होती हो तो भीग जाते हों। यह मान्यता नहीं रखी गई थी कि बारिश के दिनों में चौखट के पार छतरी फेंक दी जाए। ताश भी अकेले खेलना मुश्किल होता होगा।

चौखट के इस पार अगरबत्तियाँ, सरसों के फूल और बिन्दियाँ रखी रहती थीं। वहाँ कुँवारी लड़कियाँ ब्याह की मन्नत माँगने आती थीं और विवाहित स्त्रियाँ सुहाग सलामती की मन्नत माँगने। विवाह का होना और फिर हुए रहना ही जीवन का एकमात्र उद्देश्य था। स्त्रियाँ बेचारी थीं।

रवीना और सुधा और सुधा का भाई और रवीना का भाई, सब शाम को चौखट पर घूमने जाते थे। रवीना के भाई का नाम रवि था। घर के बाक़ी भाई-बहन घर में रहते थे। रवीना की बड़ी बहन शादी के बाद अपनी ससुराल में रहती थी। सुधा का भाई उन तीनों को बिठाकर कहानी सुनाता था। तब सुधा को मेरी बहुत याद आती थी। वह कहती कि वह एक चप्पल घर में ही भूल आई है और उसे लेने जा रही है। सब देखते कि उसने दोनों पैरों में चप्पलें पहन रखी हैं लेकिन कुछ न कहते। सुधा अँधेरिया मोड़ पर मुड़कर दीवार की टेक लगाकर मुझे याद करती रहती। अँधेरिया मोड़ पर खड़ा आदमी किसी तरफ़ से नहीं दिखता था। उसे मुड़ते हुए तीस-चालीस सेकेंड के लिए ही देखा जा सकता था। लड़की खड़ी होती तो मुड़ना डेढ़ दो मिनट तक खिंच जाता था। चौखट पर सुधा का भाई रवीना और रवि को कहानी सुनाता रहता था। उसकी कहानियों के पात्रों में कभी आपस में कोई रिश्ता नहीं होता था। उसकी कहानी कभी ऐसी नहीं होती थी कि राम और श्याम नाम के दो भाई थे या एक गरीब किसान था, जिसके बेटे का नाम घुच्ची था या एक राजा की चार रानियाँ थीं। कभी-कभी बीसियों पात्र हो जाते थे और किसी में आपस में कोई रिश्ता नहीं। इस कारण अक्सर कहानियाँ बहुत उलझ जाती थीं। अन्त में सब पात्र एक साथ किसी मंजिल पर भी नहीं पहुँच पाते थे। रवि अक्सर उकताकर खेलने निकल जाता था। अँधेरा होने लगता था। सुधा का भाई रवीना के साथ देर तक चौखट पर बैठा रहता था। लागी बाबा के दिन ढलने से पहले सो जाने की मान्यता थी। सुधा चप्पल लेकर आख़िर में लौटती थी। भूल जाना रोज होता था।

रात-भर जागना अपराध की तरह माना जाता था। सुधा की बड़ी मामी का बस चलता तो रात-भर जागने के जुर्म में काले पानी की सजा का प्रावधान करवा देती। घर के सब लोग रात-भर चैन से सोए रहें, यह ज़िम्मेदारी रवीना की थी। प्रत्यक्ष रूप से तो ज़िम्मेदारी केवल सबको सोने से पहले गर्म दूध का गिलास देने की थी लेकिन रवीना ने इस उत्तरदायित्व में चैन से सुलाना अर्थात दूध में नींद की गोलियाँ मिलाना भी जोड़ लिया था। एल्प्रेक्स की एक गोली खाकर आठ घंटे से

पहले आँख नहीं खुल सकती थी। सुधा का भाई सबके साथ दूध नहीं पीता था। रवीना को दूध देखकर ही उबकाई आती थी। सुधा रोज दूध पीती थी ताकि उसे दो बातों के लिए ज़िन्दगी-भर पछताने वाले लड़के के सपने न आएँ। बेहोश होना सपने न आना नहीं था, लेकिन ऐसा लगता था।

सुधा के लिए

चींटीपुर नाम का एक छोटा-सा कस्बाई बिल था। हालाँकि ऐसा कहने का रिवाज़ था कि उसमें रहने वाली सब चींटियाँ बहुत प्रेम से एक साथ रहती थीं लेकिन शक्कर के बँटवारे को लेकर छोटी-मोटी झड़पें होती ही रहती थीं। छोटे झगड़ों में बड़ी गालियों का प्रयोग कस्बाई बिलों की बड़ी विशेषता थी। महानगरीय बिलों में छोटे झगड़ों में मुस्कुराकर काम चला लिया जाता था और बड़े झगड़े कभी होते नहीं दिखते थे। बड़े झगड़े होते ज़रूर थे।

सुधा चींटी अनार की तीसरी जड़ वाली गली में रहती थी। पाँचवीं जड़ वाली सड़क पर एक होमसाइंस कॉलेज था जहाँ चींटियों को अच्छी गृहणियाँ बनना सिखाया जाता था। अच्छी गृहणियाँ सिलाई, कढ़ाई और बुनाई जानती थीं, शक्कर को सर्दियों तक सुरक्षित रखना जानती थीं, पति चींटियों को प्रसन्न रखने के तरीक़े जानती थीं। अच्छी गृहणियाँ महिला चींटियों की मासिक पत्रिका बिलशोभा पढ़ती थीं। वह चींटी समाज की सर्वाधिक बिकने वाली पत्रिका थी। उसमें सम्पादक मंडल द्वारा गढ़ी गई पाठकों की व्यक्तिगत समस्याओं पर परामर्श भी दिया जाता था, जिन्हें पढ़ना सब उम्र की चींटियों को बहुत रोचक लगता था। जड़ों की गिनती ज़मीन में गड़ी हुई जंग लगी एक कील के नज़दीक वाली जड़ से शुरू की गई थी।

सुधा, तुम कहाँ हो ? सुधा चींटी के अनार की तीसरी जड़ वाली गली में रहने वाली बात पर तुम हँस-हँसकर दुहरी हो जाती। तुम हँसती थी तो तुम पूरी हँसती थी। तुम्हारे आँख, नाक, कान, भौंहें, कन्धे, बाल, छाती, बाँहें, कमर, कूल्हे, घुटने, एड़ी सब हँसते थे। उतनी सम्पूर्णता से दुनिया में और कोई नहीं हँसता। तुम्हारी गुमशुदगी का विज्ञापन निकलवाना हो तो यही निशानी लिख देना काफ़ी है कि एक पूरी हँसने वाली लड़की गुम है। जिस किसी भी सज्जन को मिले, अनार की तीसरी जड़ वाली गली तक उसे पहुँचा दे। वह याददाश्त भी खो चुकी होगी तो भी आगे का रास्ता उसके पैरों को याद रहेगा। उचित ईनाम दिया जाएगा।

लेकिन तुम्हारी गुमशुदगी तो कहीं दर्ज़ भी नहीं करवाई गई थी। तुम यूँ गुम हुई जैसे गुम होना तुम्हारा जन्मसिद्ध कर्तव्य हो। तुम यूँ गुम हुई जैसे कोई ग़लती से धानमंडी में सब्ज़ी ख़रीदने निकल गया हो और फिर वहाँ से स्पेयर पार्ट्स वाले

बाज़ार की तरफ़ और वहाँ से अस्पताल की तरफ़ और वहाँ से बस अड्डे और वहाँ से डबली राठान।

आप जो पहली चीज़ माँगते हैं

वह उम्र ही कम्बख़्त ऐसी थी कि बाक़ी दिल-विल एक तरफ़, हम सब सुन्दर लड़कियों को पाने के लिए कुएँ में भी कूद जाने को तैयार हो जाया करते थे। संजय का कहना था कि लाइट बुझाने के बाद तो सभी ऐश्वर्या राय लगती हैं। लेकिन इस परम सत्य को जान लेने पर भी कोशिश यही रहती थी कि दिन के उजाले में भी ऐश्वर्या राय नहीं तो कम से कम दिव्या दत्ता तो लगे। हम सब अपनी अपनी दिव्या दत्ताएँ ढूँढ़ रहे थे। नीलम मेरी दिव्या दत्ता थी। वह मेरा सबसे बड़ा मेडल थी, मेरी अब तक की सबसे बड़ी उपलब्धि। मेरा मन करता था कि मैं चिल्ला-चिल्लाकर पूरे शहर से कहूँ कि होमसाइंस कॉलेज की सबसे सुन्दर लड़की मेरी पत्नी है। यह ख़याल ही इतनी तुष्टि देता था कि मैं कई दिन तक बिना अन्न-पानी के रह सकता था। मैं उसके साथ चलता था तो मेरा सीना तन जाता था। मैं चलते-चलते अक्सर उसके कन्धे पर हाथ रख लेता था। मेरा उसे बैठक में सजाकर रख देने का मन करता था। मेरा उसे फूले हुए गुब्बारे की तरह भींचकर फोड़ने और नींबू की तरह निचोड़ने का मन करता था। शुरू के दिनों में तो यह बेहद अमानवीय-सा अनुभव लगा था कि सुन्दरता को कुचलना और निचोड़ना अच्छा लग रहा है लेकिन बाद में ऐसा लगने पर गर्व होने लगा। मेरी दिव्या दत्ता हर सुबह और उजली, और खट्टी, और नींबू दिखाई देती थी। वह मुझसे बहुत प्यार करती थी और मैं उससे। ऐसा हम एक दूसरे से बार-बार कहते थे। एक बहुत रूमानी रात में जब हम आमने-सामने बैठकर चाय पी रहे थे और एक दूसरे को अनवरत निहार रहे थे तो वह अचानक अपना कप रसोई में रख आई। उसमें आधी चाय बची थी।

मैंने पूछा—क्या हुआ जान?

—यूँ ही किसी की याद आ गई।

—तुम सामने होती हो, तो मैं तो सब कुछ भूल जाता हूँ बाइ गॉड।

—मेरी एक जूनियर थी रवीना...

रवीना यानी सुधा का भाई। सुधा का भाई यानी सुधा।

सुधा कहाँ है?

मैं कुछ बोला नहीं, लेकिन मेरा मुँह खुला रहा कि वह कुछ खास बोलेगी।

—वह चाय बहुत अच्छी बनाती थी।

—बस्स?

मेरा मुँह गहरी साँस के साथ अब बन्द हुआ। फिर वह हँसी।

—उसकी एक अजीब-सी बात है, लेकिन तुम रहने दो। तुम्हें नहीं बताती।

—अब ऐसी भी क्या अजीब है?

वह मुस्कुराती हुई चुपचाप उठकर चल दी।

—इतना माहौल क्यों बना रही हो? अब बता भी दो ना।

मैंने उसे पकड़कर खींच लिया। वह मेरी झोली में आ गिरी। मुझे दीवार पर शर्ट फैलाकर बैठा कोई याद आया।

—वह अपनी बुआ के बेटे से प्यार करती थी।

वह फिर मुस्कुराने लगी।

—तुम्हें एक और बात बताऊँ?

—हाँ...

—यह और भी अजीब है।

मैंने तीन सेकेंड में अपनी पहुँच की सब विचित्र बातें सोच लीं। लेकिन मैं जानता था कि जो वह बोलेगी, वह मैंने सोचा नहीं होगा।

—पर ये नहीं बताऊँगी। जब हम साठ साल के हो जाएँगे, तब किसी दिन बताऊँगी।

—एक साथ हम साठ साल के कभी नहीं होंगे। जब मैं साठ का हूँगा, तुम अट्ठावन की होगी और जब तुम साठ की होगी, तब मैं बासठ का।

—ठीक है बाबा। जब तुम साठ के हो जाओगे, तब।

—और तब तक मैं टपक गया तो?

—उंहूँ...

—अच्छा ये बताओ कि रवीना का क्या हुआ?

मैं उसके चेहरे पर गिरे बालों से खेल रहा था। वह कमाल की सुन्दर थी। उसके लिए हत्या भी की जा सकती थी।

—होना क्या है? अब प्राइवेट पढ़ रही है। मुझे तो तुम पढ़ने नहीं देते।

—और?

—और किसका क्या हुआ पूछना चाहते हो?

वह गहरे तक मेरी आँखों में देख रही थी। मुझे लगा कि वह मेरे साथ खेल रही है। जैसे उसे सब कुछ पता है, लूडो, इलायची, गिलहरी...सब कुछ। जैसे वह प्लेटफॉर्म पर उतरकर भगवान हो गई है।

मैंने हल्के से उसका माथा चूमा। कहीं पढ़ा था कि माथा चूमना किसी की आत्मा चूमने जैसा है। लेकिन मेरे चूमने में डर था और बहुत सारा दुख। दुख हर भाव के साथ स्थायी था। वे रूमानी विषाद के दिन थे।

वह एक किताब उठाकर उसके पन्ने पलटने लगी। वह अब भी मेरी बाँहों की ज़द में थी। मेरा मन हुआ कि यदि वह उत्तर देने के बाद तुरन्त ही मेरा कहा

भूल जाए तो मैं उससे पूछ लूँ कि सुधा कहाँ है? मुझे सच में लगने लगा था कि नीलम को दुनिया की हर बात पता होगी। अनुराग ने एक दिन कहा था कि जिसके पास देने को सब कुछ हो, बोले तो एक तरह से भगवान ही हो, उससे आप जो पहली चीज़ माँगते हैं, वह तय करता है कि असल में वह क्या है जिसका ना होना साला आपको खाए जाता है। बाक़ी तो आप ज़िन्दगी-भर बस अपनी फ़ेवरेट चीज़ों की झूठी लिस्ट ही बनाया करते हैं।

—लेकिन सबकी लव स्टोरी में हमारी तरह सब कुछ अच्छा-अच्छा नहीं होता।

—क्या हुआ उनकी लव स्टोरी में?

—उसके पापा को पता चल गया था।

—फिर?

—छोड़ो चलो। रात में बुरी बातें नहीं बतानी चाहिए।

—बताओ ना। मैं वादा करता हूँ कि सुनते ही भूल जाऊँगा।

—नहीं, अभी नहीं।

—प्लीज़ बताओ ना निलि...

—तुम बहुत मासूम हो। मेले चुन्नू मुन्नू... —उसने दोनों हाथों से मेरे गाल पकड़कर खींचे—तुम्हें सब बुरी बातों से दूर सँभालकर फ़्रिज़-व्रिज़ में रखने का मन होता है।

फिर वह खिलखिलाकर हँसी। फिर हमने देर तक प्यार किया और देर तक सोए।

ब्लू फ़िल्म

जिस तरह ज़रूरी नहीं कि चाट-पकौड़ियों की सब कहानियाँ करण-जौहरीय अन्दाज़ में चाँदनी चौक की गलियों से ही शुरू की जाएँ या बच्चों की सब कहानियाँ 'एक बार की बात है' से ही शुरू की जाएँ या ग़रीबी की सब कहानियाँ किसानों से ही शुरू की जाएँ या कबूतरों की सब कहानियाँ प्रेम-पत्रों से ही शुरू की जाएँ, उसी तरह ज़रूरी नहीं कि सच्चे प्रेम की सब कहानियाँ सच से ही शुरू की जाएँ। इसीलिए मैंने रागिनी से झूठ बोला कि वही पहली लड़की है, जिससे मुझे प्यार हुआ है। ऐसा कहने से तुरन्त पहले वह अपने विश्वासघाती प्रेमी की कहानी सुनाते-सुनाते रो पड़ी थी। "तुम रोते हुए बहुत सुन्दर लगती हो," यह कहने से मैंने अपने आपको किसी तरह रोक लिया था। फिर मैंने उसके लिए एक लैमन टी मँगवाई थी। मैंने सुन रखा था कि लड़कियों को खटाई पसन्द होती है, खाने में भी और रिश्तों में भी।

उसे कोई मिनर्वा टाकीज पसन्द था। मुझे बिल्कुल भी अन्दाज़ा नहीं था कि यह इमारत दुनिया के किस कोने में है। वह देर तक उसके साथ वहाँ बिताए हुए ख़ूबसूरत लम्हे मुझे सुनाती रही। बीच में और एकाध बार मैंने दोहराया कि वही पहली लड़की है, जिससे मुझे प्यार हुआ है। मेरी आँखें उसकी गर्दन के आसपास कहीं रहीं, उसकी आँखें हवा में कहीं थीं। मैंने सुन रखा था कि लड़कियों के दिल का रास्ता उनकी गर्दन के थोड़ा नीचे से शुरू होता है। मैं उसी रास्ते पर चलना चाहता था। वैसे शायद सबके दिल का रास्ता एक ही जगह से शुरू होता होगा। सबका दिल भी एक ही जगह पर होता होगा। मैंने कभी किसी का दिल नहीं देखा था, लेकिन मैं फिर भी इस बात पर सौ प्रतिशत विश्वास करता था कि दिल सीने के अन्दर ही है। हम सब को इसी तरह आँखें मूँदकर विश्वास करना सिखाया गया था। हम सब मानते थे कि जो टीवी में दिखता है, अमेरिका सच में वैसा ही एक देश है। यह भी हो सकता है कि अमेरिका कहीं हो ही न और किसी फ़िल्म की शूटिंग के लिए कोई बड़ा सैट तैयार किया गया हो, जिसे अलग-अलग एंगल से बार-बार हमें दिखाया जाता रहा हो। जो लोग अमेरिका का कहकर यहाँ से

जाते हों, उन्हें और कहीं ले जाकर कह दिया जाता हो कि यही अमेरिका है और फिर इस तरह एमिरलैंड अमेरिका बन गया हो। क्या ऐसा कोई वीडियो या तस्वीर दुनिया में है, जिसमें किसी देश के बाहर 'अमेरिका' का बोर्ड लगा दिखा हो? लेकिन टीवी में देखकर विश्वास कर लेना हमारी नसों में इतने गहरे तक पैठ गया था कि कुछ लोग अमेरिका न जा पाने के सदमे पर आत्महत्या भी कर लेते थे। ऐसे ही कुछ लोग प्रेम न मिलने पर भी मर जाते थे, चाहे प्रेम सिर्फ़ एक झूठी अवधारणा ही हो।

लेकिन डॉक्टर समझदार थे। कभी किसी पोस्टमॉर्टम रिपोर्ट में नहीं लिखा गया कि अमुक व्यक्ति प्यार की कमी से मर गया। यदि दुनिया-भर की आज तक की सब पोस्टमॉर्टम रिपोर्टें देखी जाएँ तो यही निष्कर्ष निकलेगा कि दुनिया में हमेशा प्यार बहुतायत में रहा। लोग सिर्फ़ कैंसर, पीलिया, हृदयाघात और प्लेग से मरे।

वह एक पुराना शहर था जिसे अपने पुराने होने से उतना ही लगाव था जितना वहाँ की लड़कियों को अपने पुराने प्रेमियों से। रागिनी ने मुझे समझाया कि लड़के कभी प्यार को नहीं समझ सकते। मैंने सहमति में गर्दन हिलाई। गर्दन के थोड़ा नीचे मेरे दिल तक जाने वाला रास्ता भी उसके साथ हिला। फिर हम एक मन्दिर में गए, जिसके दरवाज़े पर कुछ भूखे बच्चे बैठे हुए थे। अन्दर एक आलीशान हॉल में सजी-सँवरी श्रीकृष्ण की मूर्ति के सामने वह सिर झुकाए कुछ बुदबुदाती रही। मैं इधर-उधर देखता रहा। जब हम लौटे तो भूखे बच्चे भूखे ही बैठे थे। उनमें से एक ने दूसरे को एक भूखी गाली दी, जिस पर भड़ककर दूसरे ने पहले के पेट पर एक भूखा घूँसा मारा। और बच्चे भी लड़ाई में आ मिले। वहाँ भूखा झगड़ा होता रहा। अपने में खोई रागिनी ने यह सब नहीं देखा। मैंने जब उसे यह बताया तो उसने कहा कि भूख बहुत घिनौना-सा शब्द है और कम-से-कम मन्दिर के सामने तो मुझे मर्यादित भाषा का प्रयोग करना चाहिए। यह सुनकर मेरा एक भूखा सपना रोया। मैं हँस दिया।

वहीं पास में एक सफ़ेद पानी की नदी थी जो दूध की नदी जैसी लगती थी। सर्दियों की रातों में जब उसका पानी जमने के नज़दीक पहुँचता होगा तो वह दही की नदी जैसी बन जाती होगी। उस नदी के ऊपर एक लकड़ी का पुल था जिस पर खड़े होकर लोग रिश्ते तोड़ते थे और दो अलग-अलग दिशाओं में मुड़ जाते थे। उस पुल का नाम रामनाथ पुल था। मुझे लगता था कि रामनाथ बहुत टूटा हुआ आदमी रहा होगा। हम उस पुल के बिल्कुल बीच में थे कि एकाएक रागिनी रुककर खड़ी हो गई। रिश्ते टूटने वाला डर मुझे चीरता हुआ निकल गया। वह पुल के किनारे की रेलिंग पर झुकी हुई थी। फिर उसने कुछ पानी में फेंका, जो मुझे दिखा नहीं।

मैंने कहा—रागिनी, तुम ही दुनिया की एकमात्र ऐसी लड़की हो, जिससे प्यार किया जा सकता है।

वह गर्व से मुस्कुराई। वह मुस्कुराई तो मुझे अपने कहने के तरीक़े पर गर्व हुआ।

वह एक ख़ूबसूरत शाम थी, जिसमें एक अधनंगी पागल बुढ़िया पुल पर बैठकर ढोलक बजा रही थी और विवाह के गीत गा रही थी। कॉलेज में पढ़ने वाले कुछ लड़के वहाँ तस्वीरें खिंचवा रहे थे। रागिनी ने अपना दुपट्टा हवा में उड़ा दिया जो सफ़ेद पानी में जाकर गिरा। उसका ऐसा करना उन लड़कों ने अपने कैमरे में कैद कर लिया। चार लड़कों वाली फ़ोटो के बैकग्राउंड में दुपट्टा उड़ाती रागिनी।

उन चारों लड़कों को उससे प्यार हो गया था। वे जीवन-भर वह तस्वीर देखकर उसे याद करते रहे। उन्होंने एक-दूसरे को यह कभी नहीं बताया।

फिर रागिनी ने अपना मुँह मेरे कान के पास लाकर धीरे से कहा कि वह मुझे कुछ बताना चाहती है। उसके कहने से पहले ही मैंने आँखें बन्द कर लीं। उसने हाथ हवा में उठाकर कोई जादू किया और उसके हाथ में शादी का एक कार्ड आ गिरा। वह जादू जामुनी रंग का था जिस पर लिखा था, 'रागिनी संग विजय'।

यह बहुत पहले ही किसी ने तय कर दिया था कि सब शादियों के निमंत्रण पत्र गणेश जी के चित्र से ही शुरू किए जाएँ। कहानी यहीं से आरम्भ हुई।

मार्च की बारह तारीख़ को उन दोनों की शादी हो गई। मार्च की बारह तारीख़ को बृहस्पतिवार था। मैं उदास था। मेरा मन नहीं लगता था। मैंने कोई नौकरी कर लेने की सोची। साथ ही मैंने सोचा कि नौकरी करके आज तक कोई करोड़पति नहीं बना इसलिए नौकरी-वौकरी में कुछ नहीं रखा है। मेरा एक बार कश्मीर घूम आने का मन था, थोड़ी-सी जल्दी भी थी। अख़बार में रोज युद्ध की सम्भावना की ख़बरें आती थीं और मैं कश्मीर के उस पार या आसमान के पार चले जाने से पहले उसे एक बार देख लेना चाहता था। मेरे पास पैसे नहीं थे। मेरे पिता स्कूलमास्टर थे। वे 'धरती का स्वर्ग' नामक पाठ पढ़ाते हुए कश्मीर का बहुत अच्छा वर्णन करते थे लेकिन मुझे लगता था कि उन्होंने कभी कश्मीर के बारे में सोचा नहीं होगा। अशोका पास बुक्स वाले उन्हें हर कक्षा की एक 'ऑल इन वन' उपहार में दे जाते थे तो उन्हें बहुत ख़ुशी होती थी। लेकिन वे ज़ोर से नहीं हँसते थे। उनके पेट में दर्द रहने लगा था। जब हम छोटे थे तो वे कभी-कभी ग़ुस्से में बहुत चिल्लाते थे। माँ कहती थी कि उस चिल्लाने की वजह से ही उनके पेट में दर्द रहने लगा है। डॉक्टर उसे अल्सर बताते थे। डॉक्टरों को लगता था कि वे सब कुछ जानते हैं। माँ को भी अपने बारे में ऐसा ही लगता था।

डॉक्टर बनने के लिए बहुत सालों तक चश्मा नाक पर टिकाकर मोटी-मोटी किताबें चाट डालनी पड़ती थीं। हमारे राज्य में उन दिनों पाँच मेडिकल कॉलेज थे जिनमें छ: सौ सीटें थीं। जनरल के लिए कितनी सीटें थीं, यह पता लगाने के लिए बहुत हिसाब-किताब करना पड़ता था। अधिकांश लोग जनरल ही थे। बाक़ी लोगों में से कोई खुलकर अपनी जाति नहीं बताता था इसलिए भी ऐसा लगता होगा कि अधिकांश लोग जनरल ही थे। ब्राह्मण दोस्त के सामने कुम्हार दोस्त कुछ दबा-सा रहता था लेकिन फिर भी अपना कुम्हार होना, अपने चमार होने जितना शर्मनाक नहीं लगता था। बनिया होना परीक्षा में मुश्किल से पास होना था लेकिन फिर भी बनिया होना खुलकर स्वीकार किया जाता था।

हमारे क़स्बे में एक बहुत विश्वसनीय अफ़वाह थी कि उस परीक्षा की तैयारी करते-करते एक लड़की पागल भी हो गई थी। उस लड़की का नाम किसी को नहीं पता था। किसी को पता होता तो मैं उससे एक बार मिलना चाहता था। वह लड़की किस जाति की थी, यह भी पता नहीं चल पाता था।

माँ कानों के हल्के से कुंडलों और चाँदी की घिसी हुई पायलों के अलावा कोई गहना नहीं पहनती थी। माँ को गहने न पहनने का शौक़ हो गया था। मुझे सिनेमा न जाने का शौक़ हुआ था और मेरी बहन लता को अचानक नए कपड़े न ख़रीदने का शौक़ हो गया था। उसकी उम्र तेईस साल थी। वह एम.एस-सी. करके घर बैठी थी और ब्यूटी पार्लर का काम सीख रही थी। कुछ न कुछ करते रहना एक ज़रूरी नियम था। वह पच्चीस तरह से साड़ी बाँधना सीख गई थी। मुझे एक ही तरह से पैंट पहननी आती थी। कभी-कभी उसमें भी टाँगें देर तक फँसी रहती थीं। मैं बी.एड. कर चुका था और नई सरकार के इन्तज़ार में था। मुझे उम्मीद थी कि नई सरकार आएगी तो थर्ड ग्रेड की ख़ूब भर्तियाँ निकलेंगी। विधानसभा चुनाव होने में एक साल बाक़ी था। मुझे लगता था कि पिताजी चाहते होंगे कि तब तक मैं किसी प्राइवेट स्कूल में पढ़ा लूँ लेकिन उन्होंने ऐसा कभी कहा नहीं था। माँ को अख़बार पढ़ना बहुत अच्छा लगता था लेकिन हमने घर में अख़बार नहीं लगवा रखा था। पिताजी कभी-कभी स्कूल से पिछले दिन का अख़बार उठा लाते थे। उस शाम हम सब को बहुत अच्छा लगता था। हालाँकि पिताजी के स्कूल में 'राजस्थान पत्रिका' आती थी और माँ को 'भास्कर' ज़्यादा पसन्द था।

किसी-किसी इतवार को मैं सुबह घूमकर लौटते हुए अड्डे से 'भास्कर' भी ख़रीद लाता था। बाक़ी दिन का डेढ़ रुपए का और शनिवार, इतवार का ढाई रुपए का आता था। उन दो दिन साथ में चिकने काग़ज़ वाले चार रंगीन पन्ने होते थे।

माँ कभी-कभी बहुत बोलती थी और कभी-कभी बहुत चुप रहती थी। स्कूल के टाइम को छोड़कर माँ हमेशा घर में होती थी इसलिए घर में रहो तो माँ के होने का ध्यान नहीं रहता था। बाहर जाकर माँ की बहुत याद आती थी। मैं

सोचता था कि आज घर लौटकर उसे बताऊँगा कि तेरी याद आई, लेकिन घर आने पर फिर उसके होने का ध्यान चला जाता था। रागिनी कहीं नहीं होती थी इसलिए उसकी याद दिन-भर आती थी। मुझे लगता था कि वह भी घर में रहने लगती तो चार-छ: महीने बाद उसकी याद भी बाहर आती और घर में उसे भूल जाया करता।

पिताजी बोर्ड की परीक्षा की ख़ूब सारी कॉपियाँ मँगवाते थे। हर उत्तरपुस्तिका को जाँचने के दो रुपए मिलते थे। मई और जून में मैं, माँ और लता उनके साथ मिलकर पूरी दोपहर कॉपियाँ जाँचते थे। किसी-किसी कॉपी में सिर्फ़ एक पत्र मिलता था जो जाँचने वाले अज्ञात गुरुजी के नाम होता था। अक्सर वह गाँव की किसी तथाकथित लड़की द्वारा लिखा गया होता था जो घरेलू कामों में फँसी रहने के कारण ठीक से पढ़ाई नहीं कर पाई होती थी और जिसकी सगाई का सारा दारोमदार उसके दसवीं पास कर लेने पर ही होता था। आख़िर में आदरणीय गुरुजी के पैर पकड़कर निवेदन किया गया होता था और कभी-कभी दक्षिणास्वरूप पचास या सौ का नोट भी आलपिन से जोड़कर रखा होता था। माँ उन रुपयों को मंदिर में चढ़ा आती थी। मैं और लता ऐसी कॉपियों पर बहुत हँसते थे। पिताजी ऐसी पूरी ख़ाली उत्तरपुस्तिकाओं में किसी पन्ने पर गोला मारकर अन्दर चौंतीस लिख देते थे।

रागिनी एक दिन लाल किनारी वाली साड़ी में बाज़ार में दिखी थी। वह कार से उतरी थी। कार में उसका पति बैठा होगा। मैं काले शीशों के कारण उसे नहीं देख पाया। रागिनी ने मुझे देखा और उसकी नज़र एक क्षण के लिए भी मुझ पर नहीं ठहरी। ऐसा करने के लिए मानसिक रूप से बहुत मज़बूत होने की आवश्यकता थी। मैं ऐसा कभी नहीं हो सकता था। फिर वह सुनार की दुकान में घुस गई। कार का नम्बर ज़ीरो ज़ीरो ज़ीरो चार था। मुझे बहुत दुख होता था। मुझे दुख का शौक़ हो गया लगता था। मैं भिंडी ख़रीद रहा था जिसका भाव सोलह रुपए किलो था। वह सोना ख़रीद रही थी जिसका भाव मुझे नहीं मालूम था। उसे भी भिंडी का भाव नहीं मालूम होगा। मैंने तराजू में से दो-तीन खराब भिंडी छाँटकर अलग कीं और आधा किलो के सात रुपए दिए। सब्जी वाला बहुत मोटा आदमी था और उसकी एक आँख नहीं खुलती थी। वह हँसता भी नहीं था। रागिनी तुरन्त ही बाहर निकल आई। शायद लॉकेट वग़ैरह बनना दिया होगा जो बना नहीं होगा। इस बार उसने मेरी ओर नहीं देखा। कार का दरवाज़ा खुला। ड्राइविंग सीट पर एक पीली टी शर्ट वाला आदमी दिखा। रागिनी उसकी बगल में ही बैठ गई थी। फिर उसने ऊपर लगा शीशा कुछ ठीक किया और दरवाज़ा बन्द कर लिया।

उस रात मुझे कई सपने दिखे। एक में मैं जादूगर था। मैं लड़की को बीच में से आधा काटने वाला जादू दिखाने ही वाला था कि लड़की मेरे हाथ से माइक छीनकर मेरे जादू की असलियत दर्शकों को बताने लगी। दर्शक एक-एक करके

उठकर चले गए और पूरा हॉल ख़ाली हो गया। फिर वह लड़की ज़ोर से हँसी। फिर उस लड़की में मुझे रागिनी का चेहरा दिखा, फिर कुछ देर बाद माँ का, फिर कुछ देर बाद लता का।

दूसरे सपने में मैं ट्रक ड्राइवर था। मेरी एक आठ-नौ साल की बेटी थी। मैं रोज़ रात को देर से घर आता था। तब तक मेरी बेटी सो जाती थी। सुबह उसके उठने से पहले मैं निकल जाता था। कई बार बहुत दिन में घर आना होता था। बहुत दिन का सपना एक ही रात में एक साथ दिख गया था। मैं दिन-भर बहुत गालियाँ देता था और बहुत गालियाँ खाता था। मेरा रोने का मन होता था तो हाइवे पर किसी ढाबे वाले को कहकर लड़की का इन्तज़ाम करवा लेता था। लड़की हर दुख की दवा थी। मुझे मेरी बेटी की भी बहुत याद आती थी। उसकी आवाज़ सुने हफ़्तों बीत जाते थे। एक ही सपने में हफ़्ते भी दिख गए थे। एक दिन मैं घर लौटा तो मेरी पत्नी ने मुझे एक काग़ज़ दिया जो रात को सोने से पहले मेरी बेटी ने उसे मेरे लिए दिया था। टूटी-फूटी लिखाई में दो लाइनें लिखी थीं।

नदी किनारे बुलबुल बैठी, दाना चुगदी छल्ली दा।
पापा जल्दी घर आ जाओ, जी नहीं लगदा कल्ली दा।

फिर मैं बहुत रोया और जग गया। सच में रागिनी की बहुत याद आती थी। सोने का भाव दस हज़ार के आसपास कुछ था।

लता ने कहा—वहाँ देखो, कितने जाले लगे हैं।

और माँ दौड़कर मेज उठा लाई और उस पर चढ़कर फूलझाड़ू से जाले उतारने लगी।

मैंने कहा—मुझे और भूख लगी है।

माँ दौड़कर रसोई में गई और आटा छानकर गूँथने लगी।

पिताजी ने कहा—मैं आज खाना नहीं खाऊँगा।

माँ ने उनकी रोटियों पर थोड़ा ज़्यादा घी चुपड़ दिया। मैंने देखा कि मेरी तीन माँएँ हैं, एक रोशनदान पर टँगी हुई, एक आटा छानती हुई, एक घी चुपड़ती हुई।

मैंने लता को दिखाया—देख लता। तीन-तीन माँ।

—हाँ।

उसने भी देखा।

मैं दौड़कर बरामदे में बैठे पिताजी के पास गया। —देखो पिताजी, तीन-तीन माँएँ।

—हाँ।

उन्होंने भी देखा।

मैंने लता से पूछा—क्या टाइम हुआ है?

—साढ़े दस।

—फिर तो एक माँ स्कूल में भी गई होगी।

—यानी हमारी चार माँ हैं?

—और एक को सुबह मैंने कपड़े धोते हुए भी देखा था।

—मतलब पाँच हैं?

—हाँ।

—यानी घर में हम आठ लोग हैं?

पिताजी ने बीच में कहा—नहीं, चार ही हैं।

—पिताजी, आपका पेट दर्द कैसा है? पिताजी बीच में बोले तो मुझे याद आया।

—खाना खाने के बाद हल्का-हल्का होता है। आजकल जी कुछ ठीक नहीं रहता।

पिताजी अपना पेट पकड़कर सहलाने लगे। लता उनके लिए पानी लाने चली गई। मैंने कहा कि मेरे भी सीने में बहुत दर्द रहता है। उन्होंने सुना नहीं। लता ने रसोई में से ही सुन लिया था। वह दो गिलास पानी लेकर आई। स्टेनलेस स्टील के गिलास थे जिन पर लता का नाम खुदा हुआ था।

मैंने उससे पूछा, ''पानी पीने से दर्द ठीक हो जाता है?''

पिताजी ने कहा, ''नहीं, दवा खाने से भी नहीं होता।''

मैंने कहा, ''आजकल नकली दवाइयाँ बहुत बनने लगी हैं।''

मेरी इस बात पर किसी ने ध्यान नहीं दिया। हम दोनों ने पानी पी लिया।

तकलीफ़ के बदले तकलीफ़ देना प्यार के बदले प्यार देने से ज़्यादा ज़रूरी लगता था। रागिनी एक लड़की का नाम था जिसके दो हाथ, दो पैर, दो आँखें, दो कान, दो वक्ष, एक नाक, एक माथा, एक सिर था। रागिनी पहली लड़की नहीं थी, जिससे मुझे प्यार हुआ, और न ही आख़िरी थी। वह सब लड़कियों जैसी थी। अब मुझे लगता था कि वह बुरी थी। जिन-जिन लड़कियों से मैंने प्यार किया था वे बेहद स्वार्थी लड़कियाँ थीं। उनमें और लड़कियों से अलग कुछ भी नहीं था इसलिए मुझे सब लड़कियाँ बुरी लगने लगी थीं। लेकिन ऐसा सबको नहीं लगता था। ऐसा सबको नहीं लगता था इसलिए इसे खुलकर कहना फ्रस्ट्रेशन कहा जाता।

लेकिन ऐसा था। ऐसा था तो लता भी बुरी लड़की होगी। मेरी अच्छी बहन बुरी लड़की लता गिलास लेकर चली गई।

लता जाते-जाते बोली—आज 'यस बॉस' आएगी।

हम सबने अनसुना कर दिया। पिताजी अख़बार उठाकर पढ़ने लगे। मैं उठकर अपने जूते पॉलिश करने चल दिया। लता एक पुराना और एक कम पुराना गाना

गुनगुनाने लगी। ऐसे जैसे कि गीत की किसी पंक्ति को ग़लत सुनकर 'आज यस बॉस आएगी' समझ लिया गया हो।

आजकल तेरे मेरे प्यार के चर्चे हर जबान पर...

और नया गाना चालू-सा था। वह उसने कुछ मन्द आवाज़ में गाया।

आज अभी इसी वक़्त ही मुझको पता चला है...कि मुझे प्यार प्यार प्यार हो गया है...

हमारे घर में बुश कम्पनी का एक पुराना टीवी था जिसमें चित्र कभी स्थिर नहीं रहते थे। वे ऊपर से नीचे नदी की तरह लगातार बहते रहते थे। टीवी पर आगे लगी चार घुंडियों में से एक पर वी. होल्ड लिखा हुआ था जिसका अर्थ हममें से किसी को नहीं पता था। उसको घुमाने से नदी का प्रवाह धीमा और तेज़ होता था और एक सीमा के बाद प्रवाह की दिशा भी उलट जाती थी। हम उसको झटके से लगातार दोनों तरफ़ ऐसे घुमाते थे जिससे पर्दे पर दृश्य लगभग स्थिर दिखता रहे। यह बहुत मेहनत और धैर्य का काम था। इसके लिए एक व्यक्ति को टीवी के बराबर में बैठे रहना पड़ता था। सब टीवी देख रहे होते थे तो मैं और लता बारी-बारी से यह ज़िम्मेदारी सँभालते थे। अकेले टीवी देखना बहुत मुश्किल काम लगता था। हम बड़े होते गए तो हमारा टीवी देखना कम होता गया। हमें टीवी न देखने का शौक़ हो गया था। 'यस बॉस' लता की फ़ेवरेट फ़िल्म थी जो उसने कभी नहीं देखी।

मैं और पिताजी शाम को घूमने गए। ऐसा कई सालों बाद हुआ था कि हम बिना काम के एक साथ घर से बाहर निकले हों। मैं लाल दरवाज़ा, रामनाथ पुल, श्रीकृष्ण मन्दिर, गोल बाज़ार, शहद की छतरी और शहर की और भी बहुत सारी जगहों से बचता था। जिन-जिन जगहों पर रागिनी की यादें चिपकी हुई थीं, उन जगहों के पास जाते ही आत्महत्या के ख़याल आते थे। मूँगफली खाना भी मर जाने जैसा लगने लगा था। मुझे लगने लगा था कि मैंने एक बार और प्यार किया तो इस छोटे से शहर में मेरे जाने को कोई जगह नहीं बचेगी। मुझे लगता था कि इसीलिए ज़्यादातर लोग नौकरियों के बहाने से अपने बचपन और जवानी का शहर छोड़ देते होंगे। नए शहरों में नए प्रेम होते होंगे। फिर कुछ साल बाद पैसे देकर तबादला करवाना पड़ता होगा। जिनके पास तबादले के पैसे नहीं होते होंगे, उन्हें खुदकुशी के ख़याल के साथ जीना पड़ता होगा। मैंने अपने पिता की ओर देखा। वे बीस साल से इसी शहर में थे। उनके चेहरे पर झुर्रियाँ पड़ रही थीं। वे और दुबले होते जा रहे थे।

—पिताजी आपने कभी कछुआ देखा है?

—नहीं।

—आप पढ़ाते तो थे कि बहुत धीरे-धीरे चलता है कछुआ।

—रोज़गार समाचार देखता रहता है ना?

—हाँ पिताजी। हरियाणा में वेकेंसी निकली हैं।

—वहाँ तो पैसा चलता है बस।

—पैसा कैसे चलता होगा? कछुए की तरह धीरे-धीरे तो नहीं ना?

उन्हें नहीं सुना।

आधी बातें बिना सुने भी जीवन उसी तरह जिया जा सकता था। वैसे भी हमारे शहर में सुनने को ज़्यादा बड़ी बातें नहीं होती थीं। दो पड़ोसी एक कीकर के पेड़ को लेकर सालों तक झगड़ते रहते थे और फिर अगली पीढ़ी जवान होकर लड़ने लगती थी। लड़के अनजान लड़कियों के लिए झगड़ बैठते थे और हॉकी स्टिक और लाठियाँ लेकर आ जाते थे। अनजान 'बुरी' लड़कियों को अक्सर ख़बर भी नहीं होती थी और ख़बर हो जाती थी तो यह गर्व का विषय होता था। लड़के बसों की यात्रा मुफ़्त करवाने के लिए कभी-कभार स्कूल कॉलेजों में दस-बीस दिन की हड़ताल भी कर देते थे। किसी दिन सरकारी स्कूल का कोई शिक्षक अपने ही छात्रों के हाथों पिट भी जाता था। बसें और सिनेमाहॉल जी भर के तोड़े जाते थे। कोल्ड ड्रिंक की बोतलें उठाकर भाग जाना होता था। पुलिस आँसू गैस छोड़ती थी। आँसू गैस नाइट्रस ऑक्साइड नहीं थी। नाइट्रस ऑक्साइड हँसाने वाली गैस थी लेकिन कुछ भी करवाने वाली गैस का नाम पूछा जाए तो नाइट्रस ऑक्साइड का नाम ही दिमाग़ में सबसे पहले आता था। नाइट्रस ऑक्साइड की दुनिया में भारी कमी हो गई लगती थी। पुलिस हँसाने वाली गैस छोड़ती तो शायद दुनिया ज़्यादा बेहतर बन सकती थी।

घर के बाहर भीड़ लगी थी। तीन लड़के लता का पीछा करते हुए घर तक आए थे। लता ने तेज़ी से अन्दर घुसकर माँ को बाहर बुला लिया था और बताया था कि कई दिन से ये लड़के ब्यूटीपार्लर से घर तक उसके पीछे आते हैं। माँ उन लड़कों को रोककर गालियाँ देने लगी थी। वे लड़के भी हँस-हँसकर जवाब दे रहे थे। आस-पड़ोस के और राह चलते लोग आ जुटे थे। अच्छा-खासा तमाशा बन गया था।

पिताजी कुछ देर से बाहर आए। तब तक माँ अकेली बोलती रही। उसने लता को अन्दर भेज दिया। मैं घर में नहीं था। मैं यादव के घर में पड़ा रागिनी को याद कर रहा था। कोई पड़ोसी कुछ बोल नहीं रहा था। माँ चिल्लाती-चिल्लाती रोने को हो गई थी। लड़के खड़े बेशर्मी से हँसते रहे थे।

पिताजी चश्मा लगाते हुए बाहर निकले। उन्होंने सफ़ेद कुरता-पायजामा पहन रखा था। उनके चेहरे पर कुछ था कि उनका अध्यापक होना पहली नज़र में ही पता चल जाता था। ऐसा लगता था कि उन्हें मारो तो वे सिर्फ़ धमकाएँगे, मार

नहीं सकेंगे। उन तीन लड़कों में जो लड़का 'मुख्य' लड़का था, वह गली की एक बूढ़ी औरत को बुला लाया। वह उसके उस दोस्त की माँ थी, जिससे मिलने वे तीनों रोज़ शाम को आते थे। उस बूढ़ी औरत ने चिल्ला-चिल्लाकर इस बात को सत्यापित किया। पिताजी चुप रहे। हो सकता है कि पिताजी कुछ बोले भी हों मगर वह किसी को सुना नहीं। भीड़ और बढ़ गई थी जैसे शाहरुख़ ख़ान की कोई फ़िल्म चल रही हो। फ़िल्म होती तो उस दृश्य में मेरे पिताजी को खलनायक की तरह प्रस्तुत किया जाता। सब 'मुख्य' लड़के की मुस्कुराहट पर तालियाँ बजाते। मैं और लता भी हॉल में बैठकर ऐसी कोई फ़िल्म देख रहे होते तो पिताजी को खलनायक ही समझते। वैसे वे पूरी फ़िल्म के खलनायक या नायक कभी नहीं बन सकते थे क्योंकि वे अध्यापक थे। उनका एक ही सीन होता।

पिताजी ने थोड़ी तेज़ आवाज़ में उन्हें चले जाने को कहा तो भीड़ ने सुना। भीड़ अब पहले से धीरे फुसफुसाने लगी। यह उन लड़कों को अपमानजनक लगा। मुख्य लड़के ने हँसना बन्द कर दिया। उसके पीछे-पीछे बाक़ी दोनों लड़के भी गम्भीर हो गए। सब वहीं खड़े रहे। फिर अचानक मुख्य लड़का तैश में आ गया और उसने पिताजी को गाली दी।

वह एक लम्बी गली थी, जिसमें हमारा घर था। उस गली के दोनों कोनों पर खड़े आदमियों ने वह गाली सुनी। हमारे घर के पचास मीटर के दायरे में ही साठ-सत्तर लोग होंगे। घरों में बैठे लोगों और छत से देख रहे लोगों के साथ गाय, भैंसों, कुत्तों, चिड़ियों, कबूतरों, मेंढकों और चूहों के कानों को जोड़कर ठीक-ठीक हिसाब लगाया जाए तो करीब दो हज़ार कानों ने वह गाली सुनी। मेरी जानकारी में पिताजी को ऊँचा तो नहीं सुनता था, लेकिन और कौन-सी वजह हो सकती है कि पिताजी ने पूछा, "क्या?"

यह 'क्या' उन लड़कों को किसी चुटकुले-सा लगा और वे हँस दिए। भीड़ चुप, जैसे भीड़ को अजगर सूँघते हों। दो क्षण के लिए भीड़ का सिर झुका और फिर उठ गया। आँखें तीर की तरह हमारी देहरी पर। माँ, जिसे कभी-कभी ऊँचा सुनता था, उसने अपनी बाटा की चप्पल उतारी और लड़के के मुँह पर दे मारी। माँ का निशाना इतना अच्छा नहीं था लेकिन लड़का बचने के प्रयास में नीचे झुक गया तो चप्पल सीधे उसकी नाक पर लगी। भीड़ हँसी, भीड़ फुसफुसाई, अजगर सूँघता हुआ लड़कों के पास आ खड़ा हुआ। लड़के स्तब्ध से कुछ क्षण खड़े रहे और फिर चले गए। पिताजी भीड़ के पार से गली के दूसरे मोड़ को देखते रहे। माँ ने नाली के पास पड़ी अपनी चप्पल उठाई और एक चप्पल पैर में पहने, एक हाथ में लिए भीतर चली गई। भीड़ भी छँट गई।

उस रात माँ ने राजमा की सब्जी बनाई। मैं उसी के साथ रोटियाँ खा रहा था, जब माँ ने मुझे शाम की पूरी घटना सुनाई। मुझे लगा कि उस घटना को सुनकर मुझे

ज़ोरों से ग़ुस्सा आना चाहिए था, जो नहीं आया। मैंने और दिनों की अपेक्षा आधी रोटी ज़्यादा ही खाई होगी। माँ बीच-बीच में रोने लगती थी। मुझे दुख होता था। लता अन्दर बैठी किसी पत्रिका का बुनाई विशेषांक पढ़ रही थी। उस रात पिताजी मुझे नहीं दिखे, हालाँकि वे घर में ही थे।

शाम को मैं यादव के घर में पड़ा रहा था। मैं रागिनी के गीत गाता रहा था और वह उकताकर अपना ब्लू फ़िल्मों का कलेक्शन उठा लाया था। उसके पिता का ट्रांसपोर्ट का बिज़नेस था। उनके घर वी.सी.आर. था।

—इसके कितने सही हैं ना यार! बस ऐसे मिल जाएँ एक बार...

—फिर क्या करेगा?

—फिर तो वही बताएगी कि क्या किया?

उसने ऐसा चेहरा बनाया कि उसके दिमाग़ में बना चित्र मुझे साफ़-साफ़ दिख गया। मुझे हँसी आ गई। मैं उठकर बैठ गया और यादव की तरह टकटकी बाँधकर टीवी देखने लगा। वह ख़ुशी नहीं थी, जो हमें उन फ़िल्मों को देखकर मिलती थी। या तो वह उम्र ऐसी थी या वह समय, या वह शहर, कि हमारा रोने का मन करता था तो भी हम ब्लू फ़िल्में देखते थे, ग़ुस्सा आता था तो भी, प्यार के बिना जीना असम्भव लगने लगता, तो भी...हमारी आँखों की कोरों में इतनी बेचैनी भरी पड़ी थी कि उन दिनों वे फ़िल्में न होतीं तो हम आत्महत्या कर लेते। उन देशी-विदेशी नीली फ़िल्मों ने हमें जिलाए रखा। वे फ़िल्में हमारी भगवान थीं।

लता कम्प्यूटर सीखने लगी थी। उसकी नई चीज़ों को सीखने की ललक देखकर मुझे अचरज होता था। मुझ पर तो पुरानी बातों और यादों का बोझ ही इतना बढ़ता जाता था कि मैं ठीक से जीता रहूँ, यही मुझे काफ़ी लगने लगा था। वह अब शाम को एक घंटा और देर से आती थी। तब तक अँधेरा होने लगता था। माँ-पिताजी मुझे उसे लेने जाने के लिए कहते थे, लेकिन मेरा मन नहीं करता था। मैं चुप अँधेरे में पड़ा रहता। माँ-पिताजी बूढ़े होते जा रहे थे। मैं उनके लिए भी चिंतित होता था, लेकिन कुछ नहीं कर पाता था। नई सरकार आने में अभी वक़्त था।

लता पड़ोस के चार-पाँच बच्चों को ट्यूशन भी पढ़ाने लगी थी। कभी-कभी मुझे लगता था कि वह मुझे अपमानित करने के लिए ऐसा कर रही है। उस पर वह दिन-भर झूठा लाड़ भी दिखाती थी तो मुझे ग़ुस्सा आता था। वह रात को सोने से पहले मेरे लिए दूध लेकर आती तो मैं उसे डाँट देता था। वह रूआँसी हो जाती और दूध रखकर चुपचाप चली जाती। हमारे घर में दो कमरे थे। एक में मैं सोता था और एक में माँ, पिताजी और लता। मुझे अक्सर बहुत देर में नींद आती थी।

एक दिन रागिनी का फ़ोन आया। फ़ोन माँ ने उठाया। अमूमन मेरे लिए कोई फ़ोन नहीं आता था, इसलिए मैं फ़ोन के बिल्कुल पास भी बैठा होता तो भी फ़ोन

नहीं उठाता था। हमारी कई माँएँ थीं, इसलिए एक माँ बाहर आँगन धो रही होती थी तो दूसरी दौड़कर फ़ोन उठाने आती थी। उस दिन भी ऐसा ही हुआ। माँ बहुत अच्छे स्वभाव की थी लेकिन शक्की थी। कोई लड़की मुझे फ़ोन करेगी, यह सोचकर ही वह काँप जाती होगी। रागिनी ने मुझे बुलाने के लिए कहा तो माँ ने ढेर सारे सवालों की झड़ी लगा दी।

...कौन हो, कहाँ से हो, किसकी बेटी हो, क्या काम है...

उसने नाम बताया और अगले सवाल पर फ़ोन काट दिया। वैसे उसे ऐसा नहीं करना चाहिए था। फ़ोन काटना ही था तो बिना नाम बताए काटती। माँ ने मुझसे पूछा कि रागिनी कौन है? मैंने कहा कि मैं किसी रागिनी को नहीं जानता। ऐसा कहते हुए मैंने विशेष ध्यान रखा कि मेरी नज़रें माँ की नज़रों से मिली रहें। उसके बाद दिन-भर माँ चुप-चुप खोई-खोई सी रही। मैं जानता हूँ कि माँ के ख़यालों में एक चित्र बना होगा जिसमें मैं एक सुन्दर लड़की के होठ चूम रहा हूँगा। बैकग्राउंड में हरियाली होगी या दस बाई दस का छोटा-सा कमरा। बहुत सम्भावना है कि माँ ने बैकग्राउंड पर या मुझ पर ध्यान ही नहीं दिया होगा। माँ ने लड़की की आँखें-नाक-कान जाँचे होंगे। कल्पना के चित्र में अच्छे नैन-नक्श वाली लड़की ही आई होगी, इसलिए माँ को हल्की-सी सन्तुष्टि मिली होगी। माँ ने सोचा होगा कि चित्र में कहीं कोने में लड़की की जाति भी लिखी रहती तो अच्छा रहता।

फिर शाम को मैंने यादव के घर से रागिनी को फ़ोन किया। उन दिनों दिन-भर मेरी आँखें दुखती थीं। मेरी दृष्टि धुँधली होती जा रही थी। मुझे डर लगने लगा था कि कहीं मैं जल्दी ही अन्धा न हो जाऊँ। यह डर दुनिया के सबसे बड़े डर की तरह लगता था। रागिनी फ़ोन पर देर तक रोती रही। उसने मुझे बताया कि वह विजय से प्यार नहीं करती और उसके साथ बहुत दुखी है। उसने कहा कि उसे मेरी बहुत याद आती है। उसका रोना और ख़ासकर रोने का कारण मुझे बहुत अच्छा लग रहा था। मैं ख़ुशी से चिल्लाना चाहता था। मैंने उसे बताया कि मैं उसे कितना प्यार करता हूँ। यह मैंने इतना बताया कि सुनते-सुनते वह चुप हो गई और फिर खिलखिलाकर हँसने भी लगी। उसने कहा कि मेरी माँ की बातें सुनकर लगता है कि वह मुझसे बहुत प्यार करती है। मैंने कहा कि हाँ। उसने कहा कि वह मुझसे मिलना चाहती है। मैंने उसे याद दिलाया कि हमने उस दिन सुनार की दुकान के बाहर एक दूसरे को देखा था। उसने कहा कि उस दिन विजय उसके साथ था। मैंने कहा कि हाँ। उसने कहा कि वह शकरकंद खा रही है। मैंने उसे कहा कि मुझे भी खिलाए। उसने पूछा, "फ़ोन में से कैसे खिलाऊँ?"

यह हम पहले भी बहुत बार एक-दूसरे से पूछते थे और हँसते थे। फिर मैंने उसे अपनी आँखें बताईं। उसने मुझे जल्द से जल्द डॉक्टर को दिखाने की हिदायत दी।

वे बरसात के दिन थे, जब मैंने चलना सीखा था। जब मैंने संसार को ठीक से देखना सीखा था, वे भी बरसात के ही दिन थे। बरसात की ही एक शाम में मैंने रागिनी को पहली बार देखा था। उस फ़ोन के बाद हम बारिश के ही एक दिन मिले। उसने बताया कि वह उसकी एक सहेली शिल्पा का घर था। शिल्पा अकेली रहती थी। सामान से भरे उसके घर को देखकर ऐसा लगता नहीं था, लेकिन रागिनी ने मुझे यही बताया। उस दिन शिल्पा अपने घर की चाबी रागिनी को देकर चली गई थी। हर शहर में इस तरह की आपसी सहयोग की बहुत व्यवस्थाएँ होती थीं।

मैं जब पहुँचा तो वह मेरा ही इन्तज़ार कर रही थी। उसने हल्की नीली जींस और किसी गहरे रंग का टॉप पहन रखा था। उसके बाल खुले थे। दरवाज़ा खोलते ही वह मुस्कुराई। ड्रॉइंग रूम में टीवी चल रहा था, जिसके चित्र लहरों की तरह नहीं बहते थे। ड्रॉइंग रूम की छत पीली और दीवारें हरी थीं। एक फ़ानूस भी लटक रहा था। मुझे लगा कि मैंने उसे गले लगा लिया है, लेकिन जब उसने सोफे पर बैठने को कहा तो मेरी तन्द्रा टूटी। मैं बैठ गया। वह ख़ुश थी। मैं भी। वह मेरे पास आकर बैठ गई। उसकी जींस मेरी जींस को छू रही थी।

हमारी जान-पहचान के शुरू के दिनों में हम एक साइबर कैफ़े में मिला करते थे। वह पहले जाती थी। मैं क़रीब दस मिनट बाद घुसता था। हम एक ही केबिन में बैठते थे। मैं जब भी जाता, साइबर कैफ़े वाला मुझे देखकर मुस्कुराता था। मुझे अच्छा लगता था। गर्वीला अच्छा। मुझे कम्प्यूटर के बारे में उतना ही मालूम था, जितना अंटार्कटिका के बारे में था। अंटार्कटिका में बर्फ़ ही बर्फ़ थी, जो वायुमण्डल का तापमान बढ़ते जाने से साल-दर-साल पिघल रही थी। ओज़ोन परत में एक छेद था जो इसके लिए उत्तरदायी था। फ्रिज़ से कोई हानिकारक गैस निकलती थी। समुद्रों में पानी का स्तर बढ़ता ही जा रहा था। अंटार्कटिका में लोग नहीं रहते थे। बस इतना ही।

वह केबिन इतना छोटा होता था कि हम न भी चाहते तो भी सटकर बैठना पड़ता और हम चाहते थे, इसलिए और भी सटकर बैठते थे। उसके घर में भी कम्प्यूटर था, इसलिए वह काफ़ी कुछ जानती थी। वह एक-दो वेबसाइट भी खोलती थी। वह अपना ईमेल मुझे दिखाती। उसे हमेशा कई लड़कों के प्यार के प्रस्ताव वाले मेल आते थे। वह मुझे पढ़वाती थी। मैं उसकी हथेली और कसकर पकड़ लेता था। हमारी हथेलियाँ पसीज जाती थीं। हम मेल पढ़ते-पढ़ते हँसते थे। फिर वह मेरे घुटने पर अपना हाथ रखती थी, अक्सर घुटने से कुछ ऊपर। उत्तेजना होती थी। वह बाल खोल लेती थी। वह बताती थी कि उसने बाल आज ही धोए हैं। मुझे लगता था कि वह रोज़ बाल धोती होगी। मैं यह उससे पूछता था तो वह मेरी नादानी पर हँसती थी। वह मुझे अपने बाल छूकर उनका गीलापन देखने के

लिए कहती थी। मैं उसके बालों में उँगलियाँ फिराने लगता था। वह जैसे सर्दी में थरथराती थी और उसकी आँखें बन्द होने लगती थीं। उसका चेहरा मेरे चेहरे के क़रीब आता जाता था। मैं दोनों हाथों से उसका चेहरा पकड़कर उसे बेतहाशा चूमने लगता था। उसके होठ, उसकी नाक, माथा, बन्द आँखें, उसके बड़े-बड़े कान, गर्दन की नीली नसें, उसकी ब्यूटी बोन और ब्यूटी बोन का गड्ढा। वह मेरे हाथ पकड़कर अपनी छातियों तक ले जाती थी। मैं पागल हो जाता था। वह बार-बार बुदबुदाती थी कि मैं बहुत बुरा हूँ। मैं उसे इतना देखना चाहता था कि मेरी आँखें कभी बन्द नहीं होती थीं।

वह उन दिनों बहुत सारे वादे करती थी मसलन मेरे बिना वह मर जाएगी और मर भी गई तो भी मुझे भूल नहीं पाएगी। उसके हर वादे पर मुझे लगने लगता था कि अब वह जल्दी ही मुझे छोड़ने वाली है। मैं उसके होठों पर हाथ रख देता था। हम बस में साथ-साथ बैठकर पास के शहर तक जाया करते थे और चाय पीकर लौट आते थे। उसे मूँगफलियाँ बहुत पसन्द थीं और मुझे वह।

उस दिन, जब उसकी जींस मेरी जींस को छू रही थी, वह मेरे कन्धे पर सिर रखकर सुबकने लगी। उसके बाल मेरे गालों को छू रहे थे। मैंने उससे पूछा कि यह कौन-सा हेयर स्टाइल है? उसने भर्राए गले से कहा—लेयर स्टेप। उसने कहा कि उसे अपने पापा की बहुत याद आती है और मेरी भी। उसने बताया कि उसके पापा तीन महीने पहले एक कार दुर्घटना में चल बसे थे। मुझे दुख हुआ। मेरा मन हुआ कि मैं कुछ भी करके उसका दुख मिटा दूँ। मैंने उससे कहा कि मैं अभी ज़िन्दा हूँ, इसलिए कम से कम मुझे याद करके तो उसे रोना नहीं चाहिए। मैंने कहा कि उसके पापा यदि उसे कहीं से देख रहे होंगे तो उसे रोते हुए तो नहीं देखना चाहेंगे ना!

यह दिलासा देने का बहुत पुराना तरीक़ा था। इस समझाइश ने काम नहीं किया। वह बदस्तूर रोती रही। मैंने कुछ मनगढ़ंत बातें यह कहकर कहीं कि ऐसा गीता में लिखा है। वे बातें सुनकर वह कुछ शान्त होने लगी। मैंने उससे कहा कि मैं उससे बहुत प्यार करता हूँ और उसे हमेशा ख़ुश देखना चाहता हूँ और उसके लिए कुछ भी कर सकता हूँ। मुझे अपनी बातें कुछ बाज़ारू-सी भी लगीं लेकिन मैंने उसका चेहरा अपने हाथों में लेकर, उसकी आँखों में आँखें डालकर ऐसा कहा। वह चुप हो गई और उसने अपने आँसू पोंछ लिए।

मेरे लौटने से पहले हमने मूँगफलियाँ खाईं, चाय पी और एक दूसरे को चूमा। उसने कहा कि वह मुझमें समा जाना चाहती है, लेकिन उसके लिए पहले विजय को अपनी ज़िन्दगी से दूर करना चाहती है। मैंने कहा कि मैं इन्तज़ार करूँगा। उसने कहा कि इन्तज़ार के अलावा कुछ और भी है, जो मैं उसके लिए कर सकता हूँ। मैंने पूछा, क्या?

उसने कहा कि क्या मैं उसे पच्चीस हज़ार रुपए दे सकता हूँ? उसे तलाक़ की कार्रवाई के लिए इन रुपयों की ज़रूरत थी। ऐसा उसने मेरा चेहरा अपने हाथों में लेकर, मेरी आँखों में आँखें डालकर पूछा।

मैंने कहा कि हाँ।

जबकि मैं बेरोज़गार था और मेरे पिता की तनख़्वाह सात हज़ार रुपए महीना थी, माँ की डेढ़ हज़ार और लता ट्यूशन से बारह सौ रुपए कमाने लगी थी, मैंने उसके सिर पर हाथ रखकर यह वचन दिया।

ज़िन्दगी ज़्यादा ख़ूबसूरत नहीं हो सकती थी। लता अस्वस्थ रहने लगी थी। वह नींद से अचानक चौंककर जग जाती और चिल्लाने लगती। कभी मेरा नाम लेकर, कभी माँ का, कभी बिल्ली, कभी दीवार, कभी छाया। शुरू में हमने सोचा कि कोई डरावना सपना देख लेती होगी। लेकिन फिर उसका पसीने में भीगकर चिल्लाते हुए जगना हर रात होने लगा तो हमें चिन्ता हुई। अब वह जागने के बाद भी डरी रहती और हममें से किसी को नहीं पहचानती। हम पास जाने की कोशिश करते तो डरकर और चीख़ती। माँ कमरे का दरवाज़ा कसकर बन्द कर देती थी कि कहीं पड़ोसी न सुन लें। अगर माँ उसके साथ किसी रात अकेली होती और वह चिल्लाती तो माँ उसे थामने से पहले दरवाज़े की ओर भागती। कई बार हड़बड़ी में दरवाज़ा जल्दी से बन्द नहीं होता था और पड़ोसी कुछ न कुछ सुन ही लेते थे। वैसे दरवाज़े इतने भी बढ़िया नहीं थे कि आवाज़ को रोक पाते। कभी-कभी तो वे हवा को भी नहीं रोक पाते थे। बन्द दरवाज़े के बाहर खड़े होकर फूँक मारो तो उसका थोड़ा हिस्सा दूसरी तरफ़ भी महसूस होता था। यह वहम भी हो सकता था।

दस-पन्द्रह मिनट बाद लता सामान्य हो जाती थी और भोलेपन से पूछती थी कि तुम सब आधी रात में बैठकर मुझे क्यों घूर रहे हो? कई दिन तक तो हम उसे कुछ नहीं बताते थे। मैं अपने कमरे में जाकर पड़ जाता। माँ उसे अपने पास खींचकर लाड़ से थपथपाकर सुलाती थी। हर रात हम अपने-अपने बिस्तर पर पड़े नींद की नहीं, उसके जागने की प्रतीक्षा करते रहते थे। माँ पानी का एक गिलास और रामायण सिरहाने के पास मेज पर रखकर सोती थी। उसके सोने के बाद एक चाकू उसके तकिये के नीचे सरका देती थी, लेकिन सब बेअसर रहता था। हम हर दिन और चुप, और चिंतित, और निराश होते जाते थे।

एक रात उसके जागने के इन्तज़ार में हम तीनों को ही नींद आ गई। पिताजी की आँख अचानक खुली तो उन्होंने लता के पलंग की ओर देखा। वह वहाँ नहीं थी। कमरे का दरवाज़ा खुला हुआ था। वे हड़बड़ाकर उठे और माँ को उठाया। माँ ने मुझे आवाज़ लगाई। तब तक पिताजी आँगन में पहुँच चुके थे। मैं

और माँ दौड़कर उनके पीछे पहुँचे तो देखा कि वह मेन गेट वाली दीवार पर चढ़कर बिल्कुल सीधी खड़ी है। गली की ट्यूबलाइट की रोशनी उसके चेहरे पर पड़ रही थी। वह एकटक हमारी ओर देख रही थी। हम भीतर तक काँप गए। वह शुद्ध डर था, जो एक बार महसूस हो जाने के बाद जीवन भर सुख-दुख के हर क्षण में याद रहता है। लता की फ़िक्र भी उस डर के कई क्षण बाद हमारे ज़ेहन में आई।

वह दीवार करीब बारह फ़ुट ऊँची होगी। वह उस तरफ़ गिरती तो पक्के चबूतरे पर गिरती और इस तरफ़ गिरती तो पक्की ईंटों के फ़र्श पर। पिताजी दौड़कर लोहे के दरवाज़े पर से चढ़ने की कोशिश करने लगे। माँ दीवार के सहारे उसके बिल्कुल नीचे जाकर बाँहें फैलाकर खड़ी हो गई और मुझे कुछ भी नहीं सूझा। मैं बुत बना उसे देखता रहा। वह उस लता की तरह नहीं थी, जो मुझे हर साल राखी बाँधती थी और पैसे माँगती थी। उसकी दृष्टि का आत्मविश्वास मेरे सोने वाले कमरे में टँगी तस्वीर में कलेक्टर के हाथों ईनाम लेती लता से कई गुना अधिक था। वह बहुत भयंकर थी और बेबस भी। मैं आकर अपने बिस्तर पर लेट गया। मुझे पहली बार इतना हीन होने का अहसास हुआ। मैं जैसे कुछ भी नहीं था। मेरी अच्छी बहन लता किसी भी क्षण मर सकती थी। मुझे उसे दीवार से उतारकर अन्दर लाने में माँ-पिताजी की मदद करनी चाहिए थी, लेकिन मैं वह भी नहीं कर पाया। मैं निष्क्रियता की हद तक उदास था। यदि उस रात मेरी मौत का फ़रमान मुझे सुनाया जाता तो मैं उससे शत-प्रतिशत सहमत होता।

जब माँ और पिताजी उसे अन्दर लेकर आए तो मुझे रागिनी की बहुत याद आ रही थी। मैं उसी समय उससे बात करना चाहता था। फ़ोन मेरे कमरे में होता तो शायद कर भी लेता। लेकिन उसने अपना नम्बर मुझे नहीं दिया था। मैं पहले शिल्पा के घर तीन बार घंटी बजाता और यदि वह जग रही होती और इशारा समझ जाती तो रागिनी को फ़ोन करके मुझसे बात करने के लिए कहती। मगर इतनी रात को यह सब होना बहुत मुश्किल था और वह भी तब, जब फ़ोन दूसरे कमरे में रखा हो।

माँ रोती जाती थी, लता बेहोश थी, पिताजी उसका माथा मल रहे थे और मैं एक लड़की को याद कर रहा था, जो अपने पति के बिस्तर पर आराम से सो रही होगी। मैं यह भी सोच रहा था कि किसका हाथ कहाँ होगा और किसके पैर कहाँ? लेकिन मैं बुरा नहीं था, मजबूर था। बहुत कमज़ोर भी।

आख़िर मैं उठकर दूसरे कमरे में गया। बल्ब की पीली रोशनी में पिताजी और भी बूढ़े नज़र आ रहे थे। लता के माथे पर तेज़ी से चलती उनकी उँगलियाँ कहीं ठहरकर रो लेना चाहती थीं। मेरे मन में आया कि जब तक नई सरकार नहीं आती, मुझे किसी प्राइवेट स्कूल में पढ़ा लेना चाहिए। मैंने पिताजी से लेट जाने के

लिए कहा। उन्होंने रुककर मेरी ओर देखा और उठकर अपने बिस्तर पर जाकर लेट गए। मैं लता के सिरहाने बैठकर उसका सिर दबाता रहा। माँ रोती रही।

जब मैं चौथी कक्षा में पढ़ता था, मुझे पूजा से प्यार हुआ था। वह मेरे साथ वाले बेंच पर बैठती थी, लता के साथ। वह प्यार भी बिना कुछ कहे-सुने जल्दी ही बुझ-सा गया था, लेकिन तब से ही मुझे पूजा की याद लगातार आती थी। मैंने चौथी की कॉपियाँ-किताबें अब तक सँभालकर रखी थीं। एक दिन जब बहुत याद आई तो सन्दूक की तली से उन्हें ही निकालकर पढ़ने लगा। उन पर चढ़ी हुई अख़बारों की ज़िल्द पढ़ता रहा। उन साधारण-सी ख़बरों में मेरे बचपन की ख़ुशबू थी। मैंने सोचा कि तेरह साल पहले भी रोज़ मैं इन्हीं ज़िल्दों को पढ़ता होऊँगा।

एक तरफ़ सार्वजनिक निर्माण विभाग, बीकानेर के अधिशासी अभियंता ने निविदाएँ आमंत्रित की थीं। उसके ऊपर लिखा था—पॉलीथिन का करो बहिष्कार, यही है प्रदूषण का उपचार। फ़ेमस फ़ार्मेसी का विज्ञापन था, जिसमें कमज़ोर मर्दों से शर्म-संकोच छोड़ने के लिए कहा गया था। कच्ची बस्तियों की नियमन दरों का समाचार था। रेलवे की किसी भर्ती का परिणाम था, जिसमें सामान्य, ओबीसी, एससी और एसटी श्रेणियाँ थीं। अख़बार ग्यारह मई का था। उसके कुछ दिन बाद स्कूल बन्द हो गया था। जब दुबारा स्कूल खुले तो वह नहीं आई थी। प्रार्थना गाते हुए मेरा गला भर्रा जाता था।

ग्यारह मई को उसका जन्मदिन भी था। उसने क्लास में टॉफियाँ बाँटी थीं। जब वह मुझे टॉफ़ी देने लगी तो मैंने उसकी कलाई पकड़ ली थी। वह मुस्कुराई थी।

डॉक्टर ने लता के लिए कुछ दवाइयाँ दी थीं। माँ किसी बाबा से मंत्र बुझी राख लाई थी, जो उसे चटा दी गई थीं। माँ और लता सुबह-शाम नियमित रूप से पूजा भी करने लगी थीं। हर तीसरे दिन डॉक्टर अकेले में आधा घंटा उसे कुछ समझाया करता था। मैं लता से पूछता कि डॉक्टर उसे क्या समझाता है तो वह कहती कि ज़्यादा समय तो वही बोलती है। वह उससे उसके सपने सुना करता था—सोने वाले भी और जागने वाले भी। मेरे सपने कोई नहीं सुनता था। मुझे लगता था कि उसे सपनों की ही कोई बीमारी है और उस इलाज से वह ठीक भी होने लगी थी। माँ-पिताजी ने आस-पड़ोस में किसी को कुछ नहीं बताया था और अब उन्हें उसकी शादी की चिन्ता भी सताने लगी थी। मैं चाह कर भी उनकी चिन्ताओं का साझीदार नहीं बन पाता था।

शिल्पा अकेली रहती थी लेकिन मैं उसे फ़ोन नहीं करता था, रुक-रुक कर तीन बार घंटी ही बजाता था। ऐसा रागिनी ने कह रखा था। वे घंटियाँ अक्सर खाली ही लौटती थीं। रागिनी का जब मन होता, वह तभी फ़ोन करती। उसकी आवाज़

मुझे पागल कर देती थी। मेरा अपने आप पर से नियंत्रण ख़त्म होने लगता था। प्यार मुझे असहाय बनाता था। मैं उससे कुछ नहीं पूछता था, फ़ोन न करने पर झगड़ता भी नहीं था। उसे फिर से खो देने के डर से मैं सिर्फ़ उसे हँसाता था। उसे भी हँसना बहुत पसन्द था और हँसाने वाले लड़के। मैं उसे अपने दोस्तों के चटपटे क़िस्से सुनाता, उसकी बेतुकी बातों पर ठहाके मारकर हँसता। उसे लगता था कि मैं बहुत ख़ुश हूँ। मुझे लगता था कि उसने मेरी उदासी देख ली तो वह मुझसे दूर भागेगी। मैं अपनी बेकारी पर भी हँसता था, अपनी बहन की बीमारी पर भी और रागिनी की शादी पर भी। वह भी बेशर्मी से हँसती थी और अपनी शादी की रात की बातें फुसफुसाकर सुनाती थी। यह क्रूरता अक्षम्य थी।

कभी-कभी आँखें इतनी दुखती थीं कि मैं रात-रात भर अपने बिस्तर पर पड़ा रोता रहता था। मैं कहीं भाग जाना चाहता था। मुझे हरे रंग के सपने आते थे या जलते हुए लाल रंग के। बाढ़ में बहते हुए शहर, जलते हुए घर, राख होते पेड़, काला आसमान।

एक दिन मैंने उससे कहा—मैं ख़त्म होता जा रहा हूँ रागिनी।

—ख़त्म मतलब?

क्या यह किसी विदेशी भाषा का शब्द था या ख़त्म होना उसकी संस्कृति में ही नहीं था?

—ख़त्म मतलब ख़त्म...।

—तुम्हें पता है, इस रंग का नाम क्या है?

—मुझे कुछ नहीं पता। मेरे भीतर आग-सी लगी रहती है।

—मेजेंटा...

—हाँ?

—इस कलर का नाम।

मैं चुप रहा। वह तर्जनी से होती हुई अनामिका तक पहुँची। बीच में एक बार सिर उठाकर उसने मुझे देखा। मेरी दाढ़ी बढ़ी हुई थी। मुझे 'जिस्म' याद आई और जॉन अब्राहम।

मैंने पूछा—तुमने जिस्म देखी है?

—ना...

—तुमने ब्लू फ़िल्म देखी है कभी?

वह रुक गई, मुस्कुराई और चुप रही।

मैंने फिर पूछा—देखी है?

—नहीं।

वह मुस्कुराती रही। मुझे चिढ़ होती थी कि कोई अचानक इतना दुखी और तीसरे ही दिन इतना ख़ुश कैसे दिख सकता है!

—चलो मेरे साथ। हम शादी करेंगे।

उसे छटाँक-भर भी फ़र्क़ नहीं पड़ा। उसके होठ ख़ूबसूरती से फैले रहे। उस कमरे में आमिर ख़ान का एक बड़ा-सा पोस्टर चिपका था, जिसकी निगाह हर समय रागिनी की ओर ही रहती थी। मैं खड़ा हुआ और नाखूनों से वह पोस्टर खुरचने लगा। वह अब भी कुछ नहीं बोली। दीवार के पास रखी प्लास्टिक की कुर्सी मैंने हवा में फेंककर मारी। वह सामने की दीवार पर अपने अपमान के निशान छोड़ते हुए नीचे जा गिरी। मेरी साँसें दौड़ रही थीं। मैं खड़ा उसे देखता रहा। वह लेट गई। मुझे पता था कि वह लेट जाएगी।

तहलका डॉट कॉम उन दिनों सुर्खियों में थी। उन्होंने देश को शर्ट के बटन में लग सकने वाले वीडियो कैमरों से परिचित करवाया था। मेरी सफ़ेद शर्ट के सबसे ऊपर वाले बटन पर जो कैमरा लगा था, यादव ने मुझे दिया था। वह दिल्ली से यह कैमरा लाया था। उसने मेरे हाथ में कैमरा पकड़ाते हुए रागिनी का वीडियो बनाने की सलाह दी थी तो मुझे बहुत ग़ुस्सा आया था।

—तुम लोग साले कभी प्यार को समझ ही नहीं सकते...

मैं बौखला कर बोला तो वह हँस दिया था।

—मेरे देखने के लिए थोड़े ही बनाने को कह रहा हूँ यार।

—मुझे नहीं चाहिए यह...।

—फिर से भाग जाएगी तो पछताएगा कि फ़िल्म बना ली होती तो अच्छा रहता।

—वो प्यार करती है मुझसे...और तू चाहता है कि मैं उसे ब्लैकमेल करूँ?

—तुझसे प्यार करती है, तभी तो उसके साथ सोती है। क्या नाम है उसका? ...हाँ, विजय।

यह कोई बॉलीवुड की फ़िल्म होती तो मैं उसका गिरेबान पकड़ लेता और हमारे बीच में एक दरार बनी आती, जिस पर इंटरमिशन लिखा होता। लेकिन वह मेरे बचपन का दोस्त था और सच बोल रहा था और मैं शाहरुख़ ख़ान नहीं था। यह सच इतना भारी था कि फिर कुछ देर तक कमरे में चुप्पी छाई रही। फिर उसने अपने टेपरिकॉर्डर पर मोहम्मद रफ़ी के गाने चला दिए और अख़बार पढ़ने लगा। 'गुलाबी आँखें जो तेरी देखीं' के पहले अन्तरे के बाद मैं निकल आया था।

मुझे दुख था कि मैं शाहरुख़ ख़ान नहीं था। मेरी उम्र के सब लड़कों को यही दुख था। मैं न उतना ख़ुशमिजाज था और न ही उतना हाज़िरजवाब। मैं मद्धम होते सूरज और जलते हुए चाँद के बीच के किसी समय में रागिनी को पहाड़ या रेगिस्तान पर ले जाकर नहीं चूम सकता था। मैं भीड़-भरी सड़कों पर चिल्ला-चिल्लाकर उसे नहीं पुकार सकता था। मेरे पास उसे तोहफ़े देने के पैसे नहीं थे। मैं बेरोज़गार था और निराश भी और मेरे बाल सफ़ेद होने लगे थे। मैं अंग्रेज़ी बोलना

भी नहीं जानता था। मेरे पास मोटरसाइकिल भी नहीं थी। रागिनी को बस में उल्टियाँ लगती थीं और चक्कर आते थे।

मैंने उस शाम लता को यह सब बताया और उसकी गोद में सिर रखकर लेटा रहा। वह मेरी बन्द आँखों पर अपनी ठंडी हथेलियाँ रखे बैठी रही। मैं उसके या माँ के पास होता था तो अपने साधारण होने की हीनता कुछ देर के लिए कम हो जाती थी। मैंने उससे कहा कि मैं बहुत कमज़ोर हूँ और डरकर कहीं भाग जाना चाहता हूँ। मैंने उसे अपने जले हुए लाल रंग के अंगारों वाले सपनों के बारे में बताया।

बहुत शोर था और मुझे कुछ सुनाई नहीं देता था। पढ़ने या टीवी देखने से मेरी आँखें दुखने लगती थीं, ब्लू फ़िल्म देखने से भी। सब बताते थे कि बहुत रोशनी है और मुझे कोई रास्ता नहीं सूझता था। मुझसे रंभाती हुई गायों और भौंकते हुए कुत्तों की बेबसी नहीं देखी जाती थी। लता ने मुझसे कहा कि मेरे पैरों की उँगलियों के नाखून बहुत बढ़ गए हैं। मैंने उससे कहा कि मेरा उन्हें काटने का मन नहीं करता।

बस अड्डों और रेलवे स्टेशनों पर उन दिनों 'व्यस्त रहिए मस्त रहिए' और 'जीत आपकी' जैसी किताबों की भरमार थी। मैं सब बुक स्टॉलों को जला देना चाहता था।

मैं निराश नहीं था, केवल उदास था और अकेली रागिनी ही इसके लिए उत्तरदायी नहीं थी। कुछ और भी था जो हममें से किसी को पता नहीं चलता था। हम सब कनफ़्यूज़ थे। लता ने बताया कि उसे उस पीछा करने वाले लड़के से प्यार हो गया है। मैं उतना नहीं चौंका। मैंने उसे रागिनी के वीडियो के बारे में भी नहीं बताया, जो मैंने उस दोपहर बनाया था। मैं रोना चाहता था।

पिताजी किसी का उधार चुकाने के लिए बैंक से बीस हज़ार रुपए निकलवाकर लाए थे। शायद किसी बाहर के आदमी को भनक लग गई होगी। उस दोपहर मैं अकेला घर में था, जब दो लड़के घर में घुस आए। बाहर का दरवाज़ा खुला छूट गया था। एक के हाथ में देसी कट्टा था। उसने मेरी कनपटी पर उसे रख दिया और बीस हज़ार रुपए माँगे। मैं डर गया। मैंने अन्दर जाकर बक्से में से रुपए लाकर उसे दे दिए। वे चले गए। मैं उनके जाने के बाद चिल्लाया। गली में उस वक़्त कोई नहीं था, इसलिए किसी ने उन्हें देखा भी नहीं होगा।

यह कहानी मैंने माँ और पिताजी के आने पर सुनाई। उनके चेहरे, आँखों और शरीर की जो प्रतिक्रिया थी, उसे विशेषणों का इस्तेमाल करके नहीं समझाया जा सकता। उसे वह व्यक्ति कुछ कुछ समझ सकता है, जिसने आठ सौ रुपए महीना कमाने वाले स्कूल मास्टर के बच्चों को तनख़्वाह वाली शाम घर की छत पर खड़े होकर पिता की बाट जोहते देखा हो। वह कुछ और अधिक समझ सकता

है जिसने उनकी लकड़ी जैसी टाँगों और खुरदरे हाथों पर भी ग़ौर किया हो। वे भी कुछ–कुछ समझ सकते हैं जिन्होंने जीवविज्ञान के प्रेक्टिकल में बेहोश मेंढक काटते हुए ग़लती से उसकी आँखों में देख लिया हो या जो जेठ की गर्मी में घर्र–घर्र करते टेबल फैन के आगे चौथे नम्बर की खाट पर सोए हों और उमस–भरी काली रात हो, जिसमें तारे न दिखाई देते हों।

मुझे महसूस होता था कि मैं जंगल के किसी छोटे पेड़ पर बने घोंसले में बैठा नीला कबूतर हूँ और पेड़ के तने के पास बहुत सारी जंगली बिल्लियाँ बैठी हैं। मैं उनसे प्रेम करता हूँ और उन्हें भूखा मरते नहीं देख सकता, इसलिए उन्हें दूसरे कबूतरों का पता बता देता हूँ। दूसरे कबूतर सफ़ेद हैं, जिन्हें शान्ति की झूठी तलाश में उड़ाया गया है।

कुछ दिनों तक रागिनी मुझसे ज़्यादा बातें करने लगी थी। उन दिनों हमने बर्फ़ से ढके ऊँचे सफ़ेद पहाड़ों पर तिकोनी छत वाली झोंपड़ियों में हनीमून के सपने देखे। उन सपनों में हमने एक दूसरे की कसमें खाईं और चिकोटियाँ काटीं। हमने आँखों पर पट्टियाँ बाँधकर एक दूसरे को ढूँढ़ने छूने का खेल खेला, जिसमें मैं बार–बार हारा। मैंने उससे कहा कि मेरी आँखें ठीक हो जाएँगी तो मैं जीतूँगा। उसने सुना और वह भूल गई। उसने मुझसे यह भी कहा कि मैंने पहले उसे आँखों की तकलीफ़ के बारे में क्यों नहीं बताया? मैंने कहा कि मैंने बताया था। उसने कहा, नहीं। मुझे भी ऐसा याद आ गया कि मैंने नहीं बताया था। हम हँसे, मुस्कुराए।

हम साइकिल पर बैठकर निकलते और वह किसी ढलान वाली सड़क पर से मुझे गहराई तक ले जाती। हम अकेले पवित्र पेड़ों पर लाल चूनरें बाँधते और उनके नीचे सो जाते। सपने में सो जाना, सोते हुए सपने देखने का उल्टा था। जागने के सपनों में सो जाना दुविधा में डाल देता था कि सो रहे हैं या जाग रहे हैं? नींद के सपनों में सोना दो बार सोना था। इस तरह दो बार जागना नहीं हो सकता था। जागना एक ही बार होता। फिर भी जागना सोने से लम्बा खिंच जाता था।

मैंने एक रात सोते हुए सपने में लता को उस लड़के के साथ देखा जो उसके पीछे आता था और जिससे वह प्रेम करने लगी थी। मैं लता से उसका नाम भी पूछना भूल गया था, इसलिए वह सपने में बिना नाम के ही दिखा। मैंने लता को लगभग निर्वस्त्र देखा और चौंककर जग गया। दुनिया का वह हिस्सा, जिसे हम अक्सर फास्ट फॉरवर्ड करके अपनी आँखों के आगे से हटा देना चाहते हैं, वही केकड़े की तरह हमारी पुतलियों पर चिपककर बैठ जाता है और हर समय दिखाई देता है। आँखें बन्द कर लेने पर भी। मैं न चाहते हुए भी उसके रिश्ते के प्रति असहज था। अपना ध्यान बाँटने के लिए मैंने कुछ और चीज़ों के बारे में सोचना शुरू कर दिया, जैसे कश्मीर समस्या का क्या हल निकल सकता है या गोल्फ़ सच में कोई खेल है या नहीं? मैंने अख़बार में गोल्फ़ खेलने वाले लोगों के बारे में पढ़ा

ज़रूर था, लेकिन मैं एक भी ऐसे व्यक्ति को नहीं जानता था जिसे गोल्फ़ खेलना आता हो। यादव के पिता अमीर थे और उनके घर में फ्रिज़ भी था, लेकिन वह भी किसी ऐसे आदमी को नहीं जानता था। कुछ साल पहले तक मैं समझता था कि यह किसी जानवर का नाम है।

मैंने एक दोपहर लता से पूछा, "तुम्हारा लौंग और इलायचियों के बारे में क्या ख़याल है?"

घर में हम दोनों ही थे। वह अपनी डायरी में कुछ लिख रही थी।

—ख़याल मतलब क्या?

—मतलब तुम क्या सोचती हो?

वह हँस पड़ी—कोई लौंग इलायची के बारे में क्या सोचेगा भला?

—हम अपने शब्दों को खाते जा रहे हैं। मुझे लगता है कि बीस साल बाद मैं तुमसे लौंग और इलायची के बारे में पूछूँगा तो शायद तुम इनका नाम भी सालों के बाद सुन रही होगी...तुम चौंक जाओगी।

यह और बात थी कि मैं बीस साल नहीं जिया।

वह कुछ सेकेंड रुककर मुझे देखती रही और फिर लिखने लगी।

—क्या लिख रही हो?

—कम्प्यूटर के नोट्स हैं...

—मुझे चिढ़-सी है कम्प्यूटर से।

—क्यों?

उसने हैरानी से मेरी ओर देखा।

—यूँ ही। बहुत-सी चीज़ों से है...बिना वजह...

—तुम्हें थोड़ा आध्यात्मिक हो जाना चाहिए।

—और बादाम के बारे में तुम्हारा क्या ख़याल है?

—हम उसे भी खाते जा रहे हैं। है ना?

—तुम कुछ नया नहीं सोच सकती। मुझे याद नहीं कि मैंने बादाम कब खाए थे?

—मैंने तो कभी नहीं खाए। मुझे याद है।

—अगर हम अपने दरवाज़े के बाहर...दहलीज़ पर खड़े होकर या बेहतर होगा कि किसी ऊँचे पत्थर पर खड़े होकर चिल्लाकर यही बात कहें तो क्या लोग हमारा यक़ीन करेंगे?

—मुझे नहीं लगता कि मैं ऐसा चिल्लाऊँगी। चिल्लाने का मौक़ा मिले तो मेरे पास इससे कहीं ज़्यादा ज़रूरी बातें हैं कहने के लिए...

—मैं चिल्लाना चाहता हूँ लता।

—मैं सही कह रही हूँ कि तुम्हें थोड़ा धार्मिक हो जाना चाहिए।

—पहले तुमने आध्यात्मिक कहा था।

—मुझे तो दोनों एक से ही लगते हैं।

—कौन दोनों?

—तुम और बादाम।

ऐसा कहकर वह ज़ोर से हँसी। मैं मुस्कुरा उठा।

—नाम क्या था उस लड़के का?

—किस...('किस' पर उसका और उसकी हँसी का अचानक रुकना मुझे अच्छा नहीं लगा। मुझे उस वक़्त यह नहीं पूछना चाहिए था।) लड़के का?

—जिसने पिताजी को गाली दी थी।

वह चुप हो गई और चुप ही रही। मैं हमेशा बातों को ग़लत ढंग से शुरू करता था। मैं अक्सर वह सिरा पकड़ता था, जिसके बाद संवाद की सम्भावनाएँ ही समाप्त हो जाती थीं।

मैंने कहा—माँ बूढ़ी हो रही है। माँ के घुटनों में दर्द रहता है।

—माँ ने कहा तुमसे?

—नहीं, वह कहेगी नहीं।

—देखो तुम उन्हें बताना मत प्लीज़।

—तुम भाग तो नहीं जाओगी?

—मुझे नहीं पता...

—हमारे पास कैमरा होता तो मैं तुम्हारी फ़ोटो खींचकर रख लेता।

मैं चाहता था कि वह कह दे कि इसकी क्या ज़रूरत है? मैं कहीं भागी नहीं जा रही। लेकिन उसने ऐसा नहीं कहा।

मैं बोला—मुझे डर लगता है कि किसी दिन माँ और पिताजी मर जाएँगे।

—यह सब मत सोचा करो। यह डर सबको लगता है।

—बड़ी-बड़ी लकड़ियों पर रखकर हम ख़ुद उन्हें जलाएँगे लता। मुझे जलाना होगा...

—अच्छा अब चुप हो जाओ बस...

—माँ की आँखें भी जल जाएँगी लता...माँ के बाल...माँ की हथेलियाँ।

जाने क्या हो रहा था! मैं बेचैन हो उठा। यदि वह फ़िल्म का दृश्य होता तो लता मेरे लिए पानी लेकर आती। पानी पीकर मैं कुछ बेहतर महसूस करता।

—उसका नाम वीरेन्द्र है।

हम बहुत-सी चीज़ों के बारे में कभी बात नहीं करते ना लता? हम मरने और जन्म की बातों से भी कतराते हैं। हमने स्त्री और पुरुष के रिश्ते पर भी कभी बात नहीं की। मैं तुम्हें सारे सपने भी नहीं सुना सकता। मैं वे सब बातें भी नहीं

बता सकता, जो मुझे दिन-रात कचोटती हैं। हम सब ट्रेन में अचानक मिल गए अजनबियों या दो सभ्य साथी कर्मचारियों की तरह ही उम्र भर बात करते हैं। हम कभी शरीर की बात नहीं कर पाते, न ही आत्मा की। दार्शनिक होने का बहुत मन होता है तो भगवान की बात करने लगते हैं। मैं तुम्हारे लिए जो सोचता हूँ और जो अपरिभाषित-सा स्नेह मेरे पास है, वह मैं नहीं बता सकता। वीरेन्द्र या कोई और तुम्हारे जीवन के बड़े अंश पर अधिकार कर लेगा, यह सोचकर ही मैं काँप जाता हूँ। यह पाप या पागलपन नहीं है। यह गंगा या सती सीता जितना पवित्र है, लेकिन तुम्हें कहूँगा तो पाप जैसा बन जाएगा। यह अस्पष्ट और असहज है लता, जिसे कहना और सुनना ही हमें नहीं सिखाया गया। सबका ज़ोर हमें मुहावरे, लोकोक्तियाँ, व्याकरण और कविताओं की सप्रसंग व्याख्याएँ सिखाने पर रहा है। एक समझदार साजिश के तहत हमें यह विकल्प बताया ही नहीं गया कि कविताएँ गढ़ी भी जा सकती हैं। तुम नहीं जानती लता...इस सदी के सबसे महान कवियों की कविताएँ उनकी आँखों से ख़ून बनकर टपकी हैं और तुम विश्वास नहीं करोगी, जब उन्हें पागलखानों में ले जाया जा रहा था तो उनका गर्म ख़ून सड़कों पर कविताएँ लिखता हुआ चला। बाद में इन्होंने उन सड़कों को तोड़कर चिकने राजमार्ग बना दिए लता, जिन पर हम फर्राटे से गाड़ियाँ दौड़ाते हुए बड़े-बड़े शहरों से और बड़े-बड़े शहरों की ओर जाते हैं। स्कूल की किताबों में मैंने और तुमने उन कविताओं को कभी नहीं पढ़ा। हमने साखियाँ पढ़ीं और उनके ऊपर आधी छुट्टी में पराँठे रखकर खाए। हम सब एक गहरे अँधेरे में हैं लता और यह पहला या आख़िरी अन्धकार नहीं है। हमने बड़ी-बड़ी लाइटें जला ली हैं और हम अपनी-अपनी रोशनी के लिए ख़ुश हैं। हम इतने डरपोक हैं कि आँखें बन्द करते हैं तो डर जाते हैं। मैं ये लैम्प, ट्यूबलाइटें, बल्ब, दिए और मोमबत्तियाँ तोड़कर उस लम्बे गहन अँधेरे में आँखें खोलकर सीधा तनकर खड़ा हो जाना चाहता हूँ, जैसे हम स्कूल में प्रार्थना में हुआ करते थे और उसके बाद जन-गण-मन गाते थे। मुझमें प्रेम ख़त्म होता जा रहा है लता और मैं सच में तुम पर कोई आरोप नहीं लगाना चाहता, लेकिन इसकी दोषी तुम भी हो। मैं नहीं समझा सकता कि मेरा जीना कितना भयानक है? हम धर्मशालाओं में शादियाँ करेंगे लता, हमें रातों में किसी अकेले कमरे में छिपकर बच्चे पैदा करने होंगे और हम अपने पिताओं को जलाते जाएँगे। यह दुनिया मेरी नहीं है लता। मैं यहाँ नहीं रहना चाहता...मैं थूकता हूँ इसके अस्तित्व पर।

मैं नहीं जानता था कि रागिनी उन बीस हज़ार रुपयों का क्या करेगी? पहले तो वह बुटीक खोलना चाहती थी। लेकिन वह एक इच्छा पर इतने दिन टिकने वाली नहीं थी और टिकती भी तो बीस हज़ार रुपयों में बुटीक कैसे खोला जा सकता था?

मैं जानता था कि उसे तलाक़ की कार्रवाई के लिए उन पैसों की ज़रूरत नहीं है। वह तलाक़ चाहती ही नहीं थी। हम दोनों में शायद एक ही बात कॉमन थी कि हम दोनों कश्मीर जाना चाहते थे। यह भी हो सकता था कि वह उन पैसों से कश्मीर जाना चाहती हो, विजय के साथ या अकेले ही। उसे बच्चे भी बहुत पसन्द थे लेकिन बच्चे पैदा करने के लिए तो पैसों की ज़रूरत नहीं होती। उसे लालक़िला भी अच्छा लगता था लेकिन वह भी बिकाऊ नहीं था और बिकाऊ होता भी तो बीस हज़ार में नहीं बिकता। हम दोनों ने एक बार साथ में लालक़िला देखा था। लालक़िले से लौटते हुए हम एक दूसरे क़िले में रुक गए थे। उस छोटे वीरान किले में एक बड़ा- सा तालाब था, जिसमें सूखे पेड़ थे। मैं पत्थरों के बीच बैठा था। वह सामने इस तरह खड़ी थी कि उसका सिर थोड़ा-सा हिलता था तो मुझे दोपहर का सूरज दिखाई देता था। मैंने तालाब में पत्थर फेंकते हुए उससे कहा था कि मैं उससे प्यार करता हूँ। वह मेरी और लगातार देखती रही थी और मुस्कुराई थी। कम्बख़्त सूरज की वजह से मैं उसकी आँखें भी नहीं पढ़ पाया था। उसे अच्छा लगा था। ऐसा उसने कहा था। क्या वह उन बीस हज़ार में कहीं से यह अच्छा लगना ख़रीदना चाहती थी?

नहीं, पिताजी ने मुझे बताया था कि अच्छा लगना दुनिया के किसी बाज़ार में नहीं मिलता। यदि मिलता होता तो वे एक-दो ट्यूशन पढ़ाकर माँ के लिए थोड़ा अच्छा लगना ख़रीद लाते।

यादव ने भी रागिनी से यही पूछा कि उसने उन बीस हज़ार रुपयों का क्या किया? वह घर में अकेली थी और उसके लिए चाय बनाकर लाई थी। उससे पहले यादव ने कहा था, "बहुत सामान है तुम्हारे घर में।"

वह पीली छत, हरी दीवारों और फ़ानूस वाला ड्रॉइंग रूम था—रागिनी का ड्रॉइंग रूम। वह ख़ुश हुई थी और उसने कहा था कि बस ज़रूरत-भर की चीज़ें हैं। फिर उसने टीवी ऑन कर दिया था। मैं या लता वैसा टीवी देखते थे तो हमें बहुत अजीब लगता था। हमारी आँखें ऊपर से नीचे चलते हुए फ्रे़म की आदी हो चुकी थीं।

फिर वे दोनों दो बहनों की कहानी वाले एक धारावाहिक की बात करने लगे। उन दोनों बहनों के चेहरे एक जैसे थे। यादव ने कहा, हमशक्ल। मैं बचपन में यह शब्द बहुत मुश्किल से सीख पाया था। मुश्किल चीज़ें हमेशा याद रहती हैं। इसी तरह ज़िप वाले नेकर मुझे बहुत कष्ट देते थे। यादव ने उसे बताया कि उसे सनी देओल की फ़िल्में बहुत पसन्द हैं और एक लड़की लगभग उसके बिस्तर पर आ गई थी, जिसे छोड़कर वह पाँचवीं बार 'गदर' देखने पहुँचा था। रागिनी हँसी। मुझे उसका हँसना बहुत अच्छा लगता था और उसे हँसना बहुत अच्छा लगता था और इस तरह अच्छा लगना बहुत आसान था। मेरा मन करता था कि मैं उस अच्छा

लगने का कम से कम आधा हिस्सा माँ को दे दूँ। लेकिन माँ को अपने गाँव वाला अच्छा लगना चाहिए था। उसके लिए हमें माँ को उसके मायके छोड़कर आना पड़ता, जहाँ साँय-साँय करता एक उजाड़ घर था। वहाँ भी उसे बुरा ही लगता। माँ को अच्छा लगने के लिए कम से कम चालीस साल पहले जाना पड़ता, जहाँ वह बच्ची होती। उस स्थिति में पिताजी को भी फिर से जवान होना पड़ता। इसमें यह भी फ़ायदा होता कि उनका पेट ठीक हो जाता। फिर वे कभी नहीं चिल्लाने की कसम भी खा लेते। इस तरह सबको मौक़े मिलने चाहिए थे कि लोग अपनी ग़लतियाँ सुधार सकें। ग़लतियों का अहसास होना और उन्हें सुधारने के लिए अतीत में न लौट पाना, ग़लतियाँ करने से भी बुरा था।

माँ और पिताजी की उम्र चालीस साल कम होने पर मुझे और लता को पिछले जन्म में लौटना पड़ता। लौटते हुए रास्ते में जब वह आठ साल की होती तो स्कूल के कमरे की ढहती हुई छत का पत्थर अपने सिर पर गिरने से भी बचा सकती थी। वह पहले ही दौड़कर आसमान के नीचे आ जाती और छत टूटने को देखने का इन्तज़ार करती रहती। कोई और बच्चा भी उधर से गुज़र रहा होता तो वह उसे आवाज़ लगाकर उधर जाने से रोक लेती। बच्चा उसकी बात न मानता तो वह उसे बातों में लगा लेती। बचपन से ही उसे दुनिया-भर की बातें आती थीं। वह बच्चा मैं भी हो सकता था, लेकिन मैं होता तो बातों में लगने के लालच के बिना भी चुपचाप उसकी बात मान लेता। इस तरह उसके सिर पर पत्थर का गिरना और उसका एक घंटे तक दर्द से बिलबिलाना टल जाता और बरसों बाद की उसकी बीमारी, सपने, बेहोशी और कभी-कभी का पागलपन भी। वैसे माँ के अनुसार पागलपन तो हमारे ख़ून में था।

पिछले जन्म में हम कुछ भी हो सकते थे। हो सकता है कि लता लड़का होती और मैं लड़की और हम भाई-बहन भी न होते। वैसे मुझे विकल्प दिया जाता तो मैं कोई पक्षी बनना चाहता जैसे साइबेरियन सारस। विकल्प होने पर लता खरगोश बनना चाहती और रागिनी लड़की। उसे लड़की होना बहुत पसन्द था। पिताजी लेखक बनना चाहते और माँ डॉक्टर। यादव, यादव ही रहना चाहता। उनके घर में कार थी।

हाँ, मैं मर गया था। आँखें बहुत दुख रही थीं, इसलिए मैंने मरने से पहले रसोई में से एक कपड़ा ढूँढ़कर उसे ठंडे पानी में भिगोकर आँखों पर बाँध लिया था। बेकारी में मरने वाले लोग आमतौर पर सस्ती रस्सियों और छोटी लाइन की रेलगाड़ियों का इस्तेमाल करते होंगे। वैसे रेलगाड़ी ख़रीदनी नहीं पड़ती इसलिए बड़ी लाइन की गाड़ी के आगे कटकर भी मरा जा सकता है। सस्ती रस्सियाँ कई बार टूट जाती होंगी। दूसरी रस्सी ख़रीदने के पैसे नहीं बचते होंगे इसलिए कुछ आत्महत्याएँ स्थगित भी हो जाती होंगी। वैसे मैं इस बारे में बात नहीं करना

चाहता कि मैं क्यों और कैसे मरा? मुझे सहानुभूति और स्पष्टीकरणों से बेहद चिढ़ थी।

वह कैमरा और उसमें बनी फ़िल्म यादव के पास ही रह गई थी। उसने उसे एडिट करके फ़ालतू दृश्य काट दिए थे। अब वह सोलह मिनट सैंतीस सेकेंड की आदर्श ब्लू फ़िल्म बन गई थी। उसके अपने परिष्कृत रूप में तैयार हो जाने के बाद उसने रागिनी से सम्पर्क किया और क़ीमत माँगी। क़ीमत एक लाख थी और उसी के लिए वह उसके घर आया था, जब वे दोनों हमशक्ल बहनों वाले धारावाहिक की चर्चा कर रहे थे। यादव ने फिर से उससे पूछा कि उसने उन बीस हज़ार रुपयों का क्या किया?

लता ज़िद पर अड़ गई थी कि वह वीरेन्द्र से ही शादी करेगी। पिताजी चुपचाप अख़बार पढ़ते रहे थे जिसमें मतदान के दौरान आठ जगहों पर बूथ कैप्चरिंग का समाचार था। माँ उसे डाँटती और रोती रही थी। माँ हौद में से पानी निकालकर पूरे घर में बाल्टियों से फेंक रही थी। फ़र्श को लग रहा होगा कि बारिश आ रही है और सब छतें चूने लगी हैं। छतों को लग रहा होगा कि गली का पानी घर में भर रहा है। माँ कहती थी कि जो इन्सान अपने माँ-बाप से प्यार नहीं कर सकता, वह किसी से नहीं कर सकता। लता कहती थी कि वह वीरेन्द्र से इतना प्यार करती है कि अपनी कलाई की नस भी काट सकती है।

वे डर गए। वे इतना डरे कि माँ ने रोना और पानी गिराना बन्द कर दिया। पिताजी तुरन्त फ़िल्म वाला पन्ना पढ़ने लगे जिसमें बिपाशा बसु की कोई बात थी। फिर अगले दिन पिताजी वीरेन्द्र के घर गए। उस सुबह से ही उनकी कमर में दर्द था और उन्हें झुककर चलना पड़ रहा था। वे चलते-चलते सड़क पर ही बैठ जाते थे और बैठते नहीं थे तो गिर जाते थे। एक-दो बार ऐसा भी लगा कि कोई बस उनके ऊपर से निकल जाएगी पर ऐसा नहीं हुआ।

वीरेन्द्र के पिता एक भले आदमी थे और सज्जन पुरुष थे और अच्छे स्वभाव के थे। वे कलफ़ लगे हुए कोरे सफ़ेद कुरते पहनते थे और मुस्कुराते रहते थे। वे नगरपालिका अध्यक्ष बनने का सपना रखते थे। उन्होंने पिताजी से उनकी कमर के बारे में पूछा और चिन्ता जताई। उन्होंने कहा कि एक अध्यापक का जीवन बहुत संघर्षमयी होता है और उन्हें अध्यापकों और भिखारियों पर बहुत तरस आता है। वे एक दयालु इन्सान भी थेध्ध। कुछ मिनट बाद जब पानी आया तो उन्होंने भिखारियों वाला कथन दोहराते हुए उसके लिए क्षमा भी माँगी। उनका स्वभाव अत्यंत विनम्र था। उन्होंने पिताजी से कहा कि वे सिगरेट पीना चाहते हैं और क्या वे मेज पर से लाइटर उठाकर उन्हें पकड़ा सकते हैं? वे तख़्त पर अधलेटे थे। पिताजी ने उठकर लाइटर पकड़ा दिया। वीरेन्द्र के पिता को अपनी धन-दौलत का ज़रा भी घमंड नहीं था। उन्होंने सिगरेट सुलगाते हुए, लाइटर पकड़ाने में पिताजी को हुए कष्ट के लिए

माफ़ी भी माँगी। वे बाक़ी अधेड़ लोगों की तरह प्रेम को सामाजिक बुराई भी नहीं मानते थे। उन्होंने ख़ुद कहा कि वीरेन्द्र लता से बहुत प्यार करता है। वे समाज के दुख-दर्द को अपना मानने वाले व्यक्ति थे। उन्होंने बताया कि वे लता की बीमारी के बारे में जानते हैं और रोग तो किसी के शरीर में भी हो सकता है। उन्होंने ईमानदारी से स्वीकार किया कि उन्हें ख़ुद मधुमेह है। वे सत्यवादी व्यक्ति थे। विवाह सात लाख में तय हुआ। वीरेन्द्र भी लता से बहुत प्यार करता था।

फिर रागिनी यादव को अपनी शादी की एलबम दिखाने लगी थी। वह हर फ़ोटो में मुस्कुरा रही थी। शुरू की एक फ़ोटो में उसे सिर्फ़ मेंहदी से रचे हाथ कैमरे के सामने रखने थे और उसने दोनों हाथों के बीच अपना मुस्कुराता हुआ चेहरा भी रख दिया था। विदाई के समय भी वह रो नहीं पाई थी, इसलिए फ़ोटोग्राफ़र ने बाद में एक और लड़की को दुल्हन बनाकर तस्वीरें खींची थीं और उन्हें ही एलबम में लगाया था।

यादव ने कहा कि वह सौदा नब्बे हज़ार में तय कर सकता है, यदि रागिनी यह बता दे कि उसने उन बीस हज़ार रुपयों का क्या किया? यह जानने के लिए वह बहुत उत्सुक था। वह मुस्कुराई और अलमारी में से एक अख़बार उठाकर लाई। यादव ने उसकी तारीख़ पर ध्यान नहीं दिया। रागिनी ने बताया कि इस दिन विजय का जन्मदिन था और वह उसे कोई सरप्राइज़ गिफ़्ट देना चाहती थी। इसलिए उसने दैनिक भास्कर के स्थानीय संस्करण के तीसरे पन्ने पर बड़ा-बड़ा 'आई लव यू विजय' छपवाया था। उसने कहा कि उसने अपने पूरे शरीर पर चार जगह उसके नाम का टैटू भी गुदवाया है। पूरा ख़र्च छब्बीस-सत्ताईस हज़ार रुपए हो गया था।

वह कुछ बड़ा सोच रहा था। उसे निराशा हुई। उसे दस हज़ार जाने का दुख भी हुआ। वह वे टैटू भी देखना चाहता था, लेकिन उसने ऐसा कहा नहीं। उसने अपने बैग में से एक सीडी निकाली। रागिनी अन्दर वाले कमरे में गई और पैसे ले आई। यादव ने कहा कि वह चाहे तो सीडी चलाकर चेक भी कर सकती है। उसने कहा, नहीं। यादव ने भी बिना गिने नोट अपने बैग में रख लिए। सब नोटों पर कहीं-कहीं नीली स्याही भी लगी हुई थी। चलते-चलते यादव ने कहा कि वह बहुत सुन्दर है। उसने 'शुक्रिया' कहा।

यादव ने पैंतालीस हज़ार रुपए मेरे माँ और पिताजी को दे दिए। उस सीडी की उसने कई कॉपी बना रखी थीं, जिनमें से कुछ उसके पिता के ट्रांसपोर्ट के बिज़नेस के ज़रिए नेपाल में ले जाकर बेच दी गईं। वहाँ से वे भूटान, श्रीलंका, बांग्लादेश और पाकिस्तान में भी बिकीं। मेरा मृत्यु के बाद के जीवन में बहुत विश्वास नहीं था, फिर भी मैं चाहता था कि उस फ़िल्म के आख़िर में क्रेडिट लिखे आते, जिनमें मेरे नाम के आगे 'स्वर्गीय' लिखा होता। ज़िन्दा लोगों को ब्लू फ़िल्म का एक फ़ायदा यह भी था कि आप अपनी पीठ को पहचानना सीख सकते थे।

नहीं तो हो सकता है कि किसी दिन कोई आपकी पीठ उठाकर ले जा रहा हो और आप शान्त रहकर उसे देखते रहें।

उस ब्लू फ़िल्म से होने वाली कमाई का आधा हिस्सा यादव रॉयल्टी की तरह पिताजी को देता रहा। उसने कहा कि इसे वे मेरी अमानत समझकर रख लें। वे रखते रहे। छः महीने बाद जब लता की शादी हुई तो उन्हें जीपीएफ़ से सिर्फ़ एक लाख निकलवाने पड़े। ज़िन्दगी भी एक ब्लू फ़िल्म थी जिसके सुखान्त के लिए हम सब नंगे हो गए थे। सुखान्त सबको पसन्द थे, ख़ासकर माँ और रागिनी को।

तुम्हारी बाँहों में मछलियाँ क्यों नहीं हैं

नीली आँखें

—तुम्हारी आँखें तो नीली नहीं हैं...

मुझे याद पड़ता है कि हमारे बीच की पहली बात यही थी। उससे पहले वह तुनकमिजाज़ लड़की, जो अपने अक्खड़ ज़मींदारों के परिवार से हर सद्गुण विरासत में लेकर आई थी, मेरे लिए उतनी ही अपरिचित थी, जितनी उसके पीछे खड़ी चश्मे वाली लम्बी लड़की या उससे पीछे खड़ी मुस्कुराती हुई साँवली लड़की। मैं एक पत्रिका के लिए लेखकों की तलाश में था और वह एक कविता लेकर मेरे पास आई थी। डायरी में से जल्दबाज़ी में फाड़े गए उस पन्ने पर लाल स्याही से लिखे हुए नीलाक्षी पर मेरी नज़र सबसे पहले पड़ी थी और मैं उसकी गहरी काली आँखों को देखकर अचानक पूछ बैठा था।

वह भड़क गई थी—क्या बकवास है?

उसका लहजा देखते ही मैंने तुरन्त अपने कन्धे उचकाकर और मुँह बिचकाकर सॉरी बोल दिया था, लेकिन वह मेरी उम्मीद पर खरा उतरते हुए बेअसर रहा था।

—तुम यहाँ मुझे देखने के लिए बैठे हो या इन आर्टिकल्स को?

—दोनों को...

और इस जवाब पर तो वह आगबबूला हो गई थी। वह तब तक बोलती रही, जब तक पीछे वाली मुस्कुराती हुई साँवली लड़की उसे खींचकर नहीं ले गई। मैं चुपचाप उसे सुनता रहा था और उन सबके चले जाने के बाद देर तक हँसता ही रहा था। बहुत दिनों बाद मैं उतना हँसा था।

चौपड़ बाज़ार का जो दरवाज़ा कोर्ट की तरफ़ खुलता था, उसी दरवाज़े पर एक किताबों की दुकान थी—नेशनल बुक डिपो। उस दुकान के अन्दर स्टोर की तरह का एक कमरा था, जिसमें लम्बे समय तक न बिकने वाला सामान पटक दिया

जाता था। दिसम्बर 2004 में आई वह डायरी भी ज़िद्दी थी कि दो साल तक बिकी ही नहीं और उस कमरे में डाल दी गई। उसके नीचे कविता की कई किताबें पड़ी थीं और कुछ महीने बीतते-बीतते उस डायरी के ऊपर का बोझ भी बढ़ने लगा।

बहुत बड़ी घटनाएँ भी छोटी-छोटी बित्ते-भर की घटनाओं की साँसें लेकर जीती हैं। एक लड़की को अपने शोध के लिए किसी नए और न बिकने वाले लेखक की किताब की तलाश थी। उसने नेशनल बुक डिपो के गल्ले पर बैठे रामानुज पाण्डे को अपनी इच्छा बताई और पाण्डे जी ने अपने आदेश की प्रतीक्षा में खड़े दीपक को स्टोर में से कुछ उठाकर लाने के लिए भेज दिया। वह तीन-चार किताबें उठाकर लाया और उनके बीच में वह डायरी भी आ गई, जिसके कवर पर सुनहरे अक्षरों में 2004 लिखा था। लड़की ने कविताओं की एक किताब चुन ली और मुस्कुरा दी। इस मुस्कान पर फ़िदा होकर रामानुज पाण्डे ने 2004 वाली वह डायरी उस किताब के साथ मुफ़्त भेंट कर दी।

मेरी वे कविताएँ नीलाक्षी को बहुत पसन्द आईं। अपने थीसिस के लिए उसने बाद में कोई और किताब खोज ली और मेरी किताब उसके बिस्तर के पास मेज पर रखी रहने लगी, जिसे वह सोने से पहले एक बार ज़रूर पलटकर देख लेती। उसी किताब की कुछ कविताओं को उसने अपनी डायरी में नोट कर लिया और एक दिन उन्हीं में से कोई पन्ना फाड़कर अपने नाम से छपवाने के लिए मेरे पास ले आई। वह मुझे नहीं जानती थी। मैं भी उसे नहीं जानता था। बस उसकी डायरी, मेरी कविताओं को हल्का-हल्का पहचानने लगी थी।

अँधेरे की कहानी—माँ की कहानी

बहुत दिनों से मैंने और माँ ने साथ-साथ कोई फ़िल्म नहीं देखी है। मैं टीवी ऑन कर देता हूँ। माँ साथ में बुनाई का काम भी निपटा रही है।

कुछ देर से माँ ने एक बार भी टीवी की ओर नहीं देखा है। मुझे पता है कि माँ मुझसे कुछ कहना चाह रही है।

—नीलाक्षी अच्छी लड़की नहीं है।

माँ जैसे घोषणा कर देती है। मैं चुप रहता हूँ।

—हो भी सकती है...पर लगती नहीं मुझे।

वह अपनी बात सुधारकर बोलती है। माँ ने कभी नीलाक्षी को देखा नहीं है, माँ ने कभी फ़ोन पर भी उससे बात नहीं की है, लेकिन वह बार-बार पूरी दृढ़ता से अपनी बात कहती है। वह यह भी जानती है कि उसकी बात से मुझे कोई फ़र्क़ नहीं पड़ेगा।

बाहर अँधेरा है। मुझे नीलाक्षी की याद आती है। मेरा मन करता है कि मैं माँ के आरोप के विरोध में कुछ कहूँ लेकिन मैं कुछ नहीं कह पाता।

माँ फिर बोलती है—तेरे लायक नहीं है वो।

मैं उठकर बाहर चला जाता हूँ। आँगन में चमगादड़ घूम रहे हैं। वे कुछ बोलते हैं और लौटकर आती हुई आवाज़ से अन्दाज़ा लगाते हैं कि सामने कुछ है या नहीं। मेरा मन करता है कि मैं उनकी बातों के उत्तर में कुछ कहूँ। बिना सुने गए लगातार बोलते रहना कितना हताश कर देता होगा ना?

माँ अन्दर से आवाज़ लगाती है कि ब्रेक ख़त्म हो गया है। माँ मेरे साथ फ़िल्म देखना चाहती है लेकिन मेरा वहाँ जाने का मन नहीं करता।

बाहर आसमान है, उसमें अँधेरा है, अँधेरे में चमगादड़ हैं, उनमें न सुना जाना है, उनमें हताशा है, हताशा में मैं हूँ, मुझमें माँ है, मुझमें नीलाक्षी भी है, मुझमें कविता भी है। माँ में एक भयावह-सा ख़ालीपन है। माँ आजकल दिन-भर बुनती रहती है। माँ अकेली है।

क़िस्मत वाले हो तुम बुद्धू

—तुम सिख हो?

—तुम्हें नहीं पता?

मैं आँखें फाड़-फाड़कर उसे देख रहा था। हमारी पहली मुलाक़ात को तीन महीने होने को आए थे और मुझे उसका धर्म ही नहीं पता था। उसके बाद मेरे सामने रखी हुई कॉफ़ी ठंडी हो गई। उसके बाद शाम गहराने लगी। उसके बाद नैस्केफ़े की लाल छतरियों के नीचे बिछी कुर्सियों पर लोग घटने लगे। उसके बाद मेरा मोबाइल दो बार बजा। उसके बाद उसकी हेयरपिन खुल गई और उसके लम्बे बाल हवा में लहराते रहे। तब तक हम चुपचाप एक दूसरे को देखकर मुस्कुराते रहे।

मैंने फिर से पूछा—तुम सच में सरदार हो?

—हाँ जी हाँ।

उसके गालों में गड्ढे पड़ते थे। उसके गाल सेब की तरह लाल थे और चेहरे पर एक पवित्र-सी कोमलता थी। उसकी आँखों में चमक थी और लम्बे बालों में उमंग। मुझे पहली बार लगा कि उसकी शख़्सियत में सब कुछ तो सरदारनियों जैसा था, फिर मुझे अब तक यह अहसास क्यों नहीं हुआ?

—बताया ही नहीं तुमने कभी...

—इसमें बताने का क्या था? तुमने कभी बताया कि तुम उल्लू हो?

वह मेरा हाथ पकड़ते हुए बोली। मैंने हाथ खींच लिया।

—नाराज़ हो गए?

मैंने मुँह बनाते हुए हाँ कह दिया।

—रात-रात भर जागोगे तो उल्लू ही कहूँगी ना।

—माँ मत बनो तुम। दो-दो माँएँ नहीं चाहिए मुझे।

—क़िस्मत वाले हो तुम बुद्धू।

—दो माँओं की आदत पड़ जाएगी तो बाद में तकलीफ़ होगी।

—क्यों?

—तुम तो किसी पगड़ी वाले सुखविन्दर बलजिन्दर से शादी करोगी ना...

—मैं सिद्धार्थ से शादी करूँगी जो मेरी शादी की फ़िक्र में आधी रात के बाद सोता होगा।

हमारी पहली मुलाक़ात को तीन महीने होने को आए थे। मुझे यह भी नहीं पता था कि उसे मीठा ज़्यादा पसन्द है या नमकीन। उसके घर में कितने लोग हैं और उसका घर है कहाँ, यह भी मैं पूरे यक़ीन के साथ नहीं बता सकता था। मुझे उसकी राशि भी नहीं पता थी और जन्मदिन भी। लेकिन हाँ, मैं उससे प्यार करता था और बादलों के आसमान से काली हुई उस शाम में नीलाक्षी मुझे शादी का वचन भी दे चुकी थी।

एक बेढंगा-सा आम लड़का, जिसे दाढ़ी बनाना बहुत ऊबाऊ काम लगता हो, उसे ज़िन्दगी से और क्या चाहिए?

तुम्हारी बाँहों में मछलियाँ क्यों नहीं हैं?

मेरा मन है कि मैं उसे कहानी सुनाऊँ। मैं सबसे अच्छी कहानी सोचता हूँ और फिर कहीं रखकर भूल जाता हूँ। उसे भी मेरे बालों के साथ कम होती याददाश्त की आदत पड़ चुकी है। वह महज़ मुस्कुराती है।

फिर उसका मन करता है कि वह मेरे दाएँ कन्धे से बात करे। वह उसके कान में कुछ कहती है और दोनों हँस पड़ते हैं। उसके कन्धों तक बादल हैं। मैं उसके कन्धों से नीचे नहीं देख पाता।

—सुप्रिया कहती है कि रोहित की बाँहों में मछलियाँ हैं। बाँहों में मछलियाँ कैसे होती हैं? बिना पानी के मरती नहीं?

मैं मुस्कुरा देता हूँ। मुस्कुराने के आख़िरी क्षण में मुझे कहानी याद आ जाती है। वह कहती है कि उसे चाय पीनी है। मैं चाय बनाना सीख लेता हूँ और बनाने

लगता हूँ। चीनी ख़त्म हो जाती है और वह पीती है तो मुझे भी ऐसा लगता है कि चीनी ख़त्म नहीं हुई थी।

—तुम्हारी बाँहों में मछलियाँ क्यों नहीं हैं?

—मुझे तुम्हारे कन्धों से नीचे देखना है।

—कहानी कब सुनाओगे?

—तुम्हें कैसे पता कि मुझे कहानी सुनानी है?

—चाय में लिखा है।

—अपनी पहली प्रेमिका की कहानी सुनाऊँ?

—नहीं, दूसरी की।

—मिट्टी के कँगूरों पर बैठे लड़के की कहानी सुनाऊँ?

—नहीं, छोटी साइकिल चलाने वाली बच्ची की। और कँगूरे क्या होते हैं?

—तुम सवाल बहुत पूछती हो।

वह नाराज़ हो जाती है। उसे याद आता है कि उसे पाँच बजे से पहले बैंक में पहुँचना है। ऐसा याद आते ही बजे हुए पाँच लौटकर साढ़े चार हो जाते हैं। मुझे घड़ी पर बहुत ग़ुस्सा आता है। मैं उसके जाते ही सबसे पहले घड़ी को तोड़ूँगा।

मैं पूछता हूँ, ''सुप्रिया और रोहित के बीच क्या चल रहा है?''

—मुझे नहीं पता...

मैं जानता हूँ कि उसे पता है। उसे लगता है कि बैंक बन्द हो गया है। वह नहीं जाती। मैं घड़ी को पुचकारता हूँ। फिर मैं उसे एक महल की कहानी सुनाने लगता हूँ। वह कहती है कि उसे क्रिकेट मैच की कहानी सुननी है। मैं कहता हूँ कि मुझे फ़िल्म देखनी है। वह पूछती है, ''कौन-सी?''

मुझे नाम बताने में शर्म आती है। वह नाम बोलती है तो मैं हाँ भर देता हूँ। मेरे गाल लाल हो गए हैं।

उसके बालों में शोर है, उसके चेहरे पर उदासी है, उसकी गर्दन पर तिल है, उसके कन्धों तक बादल हैं।

—कँगूरे क्या होते हैं?

अबकी बार वह मेरे कन्धों से पूछती है और जवाब नहीं मिलता तो उनका चेहरा झिंझोड़ने लगती है।

मैं पूछता हूँ—तुम्हें तैरना आता है?

वह कहती है कि उसे डूबना आता है।

मैं आख़िर कह ही देता हूँ कि मुझे घर की याद आ रही है, उस छोटे-से रेतीले क़स्बे की याद आ रही है। गर्मियों की बिना बिजली की दोपहर और काली आँधी बहुत याद आ रही है। वे आँधियाँ भी याद आ रही हैं, जो मैंने नहीं देखीं लेकिन जो सुनते थे कि आदमियों को भी उड़ाकर ले जाती थीं। अंग्रेज़ी की

किताब की एक पोस्टमास्टर वाली कहानी बहुत याद आती है, जिसका नाम भी नहीं याद कि ढूँढ़ सकूँ। मुझे गाँव के स्कूल का पहली क्लास वाला एक दोस्त याद आता है, जिसका नाम भी याद नहीं और क़स्बे के स्कूल का एक दोस्त याद आता है, जिसका नाम याद है, लेकिन गाँव नहीं याद। वह होस्टल में रहता था। उसकी शादी भी हो गई होगी अब। वह अब भी वही हिन्दी अख़बार पढ़ता होगा, अब भी बोलते हुए आँखें तेज़ी से झिपझिपाता होगा। लड़कियों के होस्टल की छत पर रात में आने वाले भूतों की कहानियाँ भी याद आती हैं। दस-दस रुपए की शर्त पर दो दिन तक खेले गए मैच याद आते हैं। एक रद्दीवाला बूढ़ा याद आता है, जो रोज़ आकर रद्दी माँगने लगता था और मना करने पर डाँटता भी था। कहीं मर-खप गया होगा अब तो। एक लड़की याद आती है, जो याद आते-आते लौट जाती है।

वह कँगूरे भूल गई है और मेरे लिए डिस्प्रिन ले आई है। उसने बादल उतार दिए हैं। मैंने उन्हें सँभालकर रख लिया है। बादलों से पानी लेकर मेरी बाँहों में मछलियाँ तैरने लगी हैं। हमने दीवार तोड़ दी है और उस पार के गाँव में चले गए हैं। उस पार मीठा अँधेरा है जो उसे कभी-कभी तीखा लगता है। वह अपनी जुबान पर अँधेरे की हरी चरचरी मिर्च धर लेती है और जब उसे चबाती है तो हल्की- हल्की सिसकारी भरती है। मैं उसे शक्कर कहता हूँ तो वह शक्कर होकर खिलखिलाने लगती है।

कुछ देर बाद वह कहती है—मिट्टी के कँगूरों पर बैठे लड़के की कहानी सुनाओ।

मैं कहता हूँ कि छोटी साइकिल चलाने वाली लड़की की सुनाऊँगा। वह पूछती है कि तुम्हें कौन-सी कहानी सबसे ज़्यादा पसन्द है? मैं नहीं बताता।

फिर पूछती है कि तुम्हें कौन-सी कहानी सबसे बुरी लगती है? फिर वह कुछ पूछते-पूछते भूल जाती है। फिर मैं कहता हूँ , "नीलाक्षी...।" और फिर कुछ नहीं कहता।

डर के आगे

मैं सात साल का हूँ। माँ ने मुझे पुजारियों के घर से दूध लाने को कहा है। वे मन्दिर में रहते हैं, शायद इसीलिए उनके घर को सब पुजारियों का घर कहते हैं। शिप्पी ने मुझे बताया है कि पुजारी भगवान नहीं होते। उसने उनके घर के एक बूढ़े को बीड़ी पीते देखा है और तब से उसकी यह धारणा और भी पुष्ट हो गई है। भगवान कौन होते हैं, यह पूछने पर वह उलझ जाती है और सोचने लगती है। शिप्पी मुझसे बड़ी

है या बड़ी नहीं भी है तो भी उसे देखकर मुझे ऐसा ही लगता है। वह आधे गाल पर हाथ रखकर सोचती है तो मेरी नज़रों में और भी बड़ी हो जाती है।

मैं डोलू उठाकर चल देता हूँ। इस बर्तन को हाथ में लेते ही झुलाते-डुलाते हुए चलने का मन करता है, शायद इसीलिए इसे डोलू कहते हैं। शिप्पी अपने घर की देहरी पर बैठी है। मुझे अकेले जाते देख वह भी मेरे साथ हो लेती है। वह वादा करती है कि अगर मैं उसे अपने साथ ले जाऊँगा तो लौटने के बाद वह मुझे बैट-बॉल खेलना सिखाएगी। मैं कहता हूँ कि तब तक तो रात हो जाएगी और वह कहती है कि हाँ, अब दिन भी छोटे होने लगे हैं। मैं सिर उठाकर आसमान तक देखता हूँ मगर मुझे कहीं दिन का चेहरा या पेट या पैर नहीं दिखाई देते।

उसने नया फ्रॉक पहन रखा है, जो उसके घुटनों से थोड़ा ऊँचा है। मैं उसे कहता हूँ कि यह पुराना है, इसीलिए ऊँचा हो गया है। वह मेरे सामने पीठ करके खड़ी हो जाती है और पीछे चिपका हुआ स्टिकर दिखाकर बताती है कि यह उसने पहली बार पहना है। स्टिकर को छूने के प्रयास में उसके फ्रॉक का एक हुक खुल जाता है। अब वह चलती है तो एक कन्धे पर फ्रॉक लटक-सा जाता है। वह मुझसे आगे है। मैं उसे पकड़कर रोक लेता हूँ और बताता हूँ कि उसका एक हुक खुला है। वह बताती है कि उसे शर्म आ रही है। मुझे भला-सा लगता है। वह मुझसे लम्बी है। उसका हुक लगाने के लिए मुझे तलवों के बल पर ऊँचा होना पड़ता है। फिर हम साथ-साथ चलने लगते हैं। मैं उसे बताता हूँ कि पुजारियों के कुत्ते से मुझे बहुत डर लगता है। वह बताती है कि कुत्तों से कभी नज़र नहीं मिलानी चाहिए, नहीं तो वे ग़ुस्सा हो जाते हैं। मैं उसे बताता हूँ कि कुत्तों के आसपास कभी भागना नहीं चाहिए। यह मुझे माँ ने बताया था। माँ की याद आने पर मुझे लगता है कि हमें तेज़ी से क़दम बढ़ाने चाहिए, नहीं तो देर से लौटने पर माँ डाँटेगी।

रास्ते में सरकारी स्कूल के अन्दर से होकर जाना पड़ता है। स्कूल के सब कमरों पर ताले टँगे हैं, लेकिन एक कमरे का दरवाज़ा टूटा है, जिसमें से भीतर जाया जा सकता है। हम उधर से गुजरते हैं तो उस कमरे में कभी-कभी आइस-पाइस खेलते हैं। लेकिन आज जल्दी है, इसलिए हम सीधे निकल जाते हैं।

रामदेव जी का मन्दिर गाँव से बाहर है। उसके आसपास रेत के ऊँचे टीले शुरू हो जाते हैं, जिन पर लोटना और फिसलना मेरे और शिप्पी के प्रिय खेलों में से है। वह बाहर ही खड़ी रहती है। मैं जब घर के अन्दर से दूध लेकर आता हूँ तो वह ललचाई नज़रों से उन टीलों को देख रही है। मैं उसे बैट-बॉल का वादा याद दिलाता हूँ तो वह थोड़ी-सी उदास होकर मेरे साथ लौट चलती है। दिन इतने छोटे हैं कि हमारे लौटते-लौटते धुँधलका होने लगा है।

स्कूल के अन्दर वाली राह सुनसान है। हम दोनों हाथ पकड़कर चल रहे हैं। तभी पीछे किसी के पैरों की आहट सुनाई देने लगती है। मैं पीछे मुड़कर देखता हूँ।

नहीं, पहले शिप्पी देखती है कि पुजारियों का लड़का अतुल हमारे पीछे आ रहा है। वह फुसफुसाकर मुझसे कहती है कि उसे इसका नाम नहीं पता, लेकिन यह अच्छा लड़का नहीं है। वह अचानक काँपने लगी है। मैं भी मुड़कर देखता हूँ कि वह सिगरेट के कश लगाता हुआ आ रहा है। मैं उसे रोज़ देखता हूँ, लेकिन आज मेरे मन में भी डर की एक लहर दौड़ जाती है। हम तेज़-तेज़ चलने लगते हैं और कुछ देर में लगभग दौड़ने लगते हैं। हम टूटे दरवाज़े वाले कमरे के सामने हैं, जब वह हमारे सामने आ खड़ा होता है।

शिप्पी की उम्र आठ साल है। वह मेरी सबसे अच्छी दोस्त है। उसने चौड़े घेरे का ऊँचा गुलाबी फ्रॉक पहन रखा है। उसका हाथ मैंने कसकर पकड़ रखा है। अतुल हमसे पाँच-छः साल बड़ा है। वह मेरे सिर पर हाथ फेरता है। मुझे बिल्कुल भी अच्छा नहीं लगता। फिर वह मेरे हाथ से शिप्पी का हाथ छुड़ा देता है। उसकी आँखों में आँसू आ गए हैं। वह बुरी तरह काँपने लगी है। मैं देख रहा हूँ कि वह उसे खींचकर टूटे हुए दरवाज़े से कमरे के अन्दर ले गया है। मैं डरकर भाग लेता हूँ और कुछ दूर जाकर फिर थमकर खड़ा हो जाता हूँ। मैं बार-बार भागता हूँ और फिर लौट आता हूँ। उस ठंडी शाम में मैं पसीने से भीगा हुआ हूँ। मुझे कुछ समझ नहीं आता। मेरा रोने का मन करता है, लेकिन डर के मारे मैं रो भी नहीं पाता।

मेरे बड़े होने के बाद टीवी पर एक विज्ञापन आता है—डर के आगे जीत है...

नहीं, डर के आगे जीत नहीं है। डर के आगे सरकारी स्कूल का एक कमरा है, जिसमें घुसते हुए अतुल का हाथ शिप्पी के ऊँचे फ्रॉक को और भी ऊँचा उठाता हुआ ऊपर तक चला जा रहा है। डर के आगे मेरा उस कमरे के बाहर अँधेरा होने तक खड़ा रहना और फिर मेरे सिर पर अपना हाथ फेरकर जाते अतुल के बाद रोती-बिलखती शिप्पी को देखते रहना है। डर के आगे घुप्प अँधेरा है, जिसके बाद मैं शिप्पी से कभी नहीं पूछता कि भगवान कौन होते हैं?

डर के चार घंटे आगे शिप्पी का बिना किसी से कुछ कहे अपने बिस्तर पर सो जाना है।

चौदह का लड़का

मैं चौदह साल का हूँ। चौदह का लड़का होना कुछ नहीं होने जैसा होता है। मैं लाख रोकता हूँ लेकिन ठुड्डी पर बेतरतीब बाल निकलने लगे हैं। मैं बाल कटवाने जाता हूँ तो नाई से दाढ़ी बनाने के लिए कहने में बहुत शर्म आती है। मैं हर बार यूँ ही लौट आता हूँ और बेतरतीबी अपने अन्दाज़ से बढ़ती रहती है। मैं अब बच्चा नहीं हूँ और बड़े भी मुझे अपने साथ नहीं बैठने देते। कुछ साल पहले तक साथ की जिन

लड़कियों के साथ गुत्थमगुत्था होकर कुश्ती लड़ा करता था, वे अब सहमी-सी रहती हैं और बचकर निकल जाती हैं। उन्हें बड़ी माना जाने लगा है, लेकिन चौदह के लड़के घर के सबसे उपेक्षित श्रेणी के सदस्य होते हैं, जिनके सिर पर सबका सन्देह मँडराता रहता है। अब चड्डी पहनकर घर में घूमने पर माँ डाँट देती है। चौदह के लड़कों को लगता है कि नहाते हुए उनके चेहरे पर फूटने वाले मुँहासों जैसा ही कुछ है, जो उन्हें पता नहीं है और सबको लगता है कि उसके पता लगने के बाद वे बड़े हो गए हैं। उन्हें अवास्तविक और सम्मोहक से सपने दिखते हैं, जिन्हें वे कभी-कभी सहन नहीं कर पाते। मैं हर सुबह अपने उन नशीले सपनों पर शर्मिन्दा होता हूँ और अपने आप ही उपेक्षा की लकीर पर थोड़ा और जमकर बैठ जाता हूँ।

दीदी को देखने वाले आ रहे हैं। मुझे बताया नहीं जाता, लेकिन मुझे मालूम है। दीदी की शादी हो जाने के ख़याल से मुझे बहुत बुरा लगता है।

दीदी पूरियाँ तल रही है, दीदी दही-बड़े बना रही है, दीदी ने भौंहें बनवाई हैं, दीदी ने साड़ी पहनी है, दीदी रो रही है। दीदी जब अन्दर वाले कमरे से बर्तनों का नया सेट निकालने जाती है तो एक मिनट रुककर रो लेती है। दीदी पैन से अपनी हथेली पर कुछ लिखती है और फिर खुरचकर मिटा देती है। मैं पूछता हूँ कि क्यों रोती हो तो वह मुझे झिड़क देती है और तेज़ी से बाहर निकल जाती है। माँ मुझे डाँटती है कि वह औरतों का कमरा है, मुझे वहाँ नहीं बैठना चाहिए। मैं माँ की नहीं सुनता और वहीं अँधेरे में पड़ा रहता हूँ। माँ बड़-बड़ करती रहती है। फिर पुकार होती है कि बाज़ार से काजू लाने हैं, लेकिन मैं नहीं सुनता। बाहर गाड़ी आकर रुकती है। घर में भगदड़ मच जाती है। ''अरे सिद्धार्थ, मेरी चुन्नी तो लाना,'' माँ चिल्लाती है और मैं सोचता रहता हूँ कि दीदी क्यों रोती है?

माँ बाहर गई है और बाक़ी लड़कियाँ-औरतें उसी अँधेरे कमरे में इकट्ठी हो गई हैं।

''गठीले बदन का है,'' मौसी इस तरह कहती है कि दीदी की सब सहेलियाँ हँसने लगती हैं।

—क्या करता है?

—उससे क्या लेना? फिर हँसी।

—हैंडसम है।

मेरी चचेरी बहन दीदी की बाँह पर चिकोटी काटती है। दीदी नहीं रोती। क्यों?

—नाम क्या है लड़के का? कोई दरवाज़े के बाहर से पूछता है।

—अतुल...

और ऐसा होता है कि कमरे की दीवारों पर राख पुतने लगती है, मेरे सिवा सब ग़ायब होने लगते हैं। छत तड़-तड़-तड़ाक टूटती है और गिरने लगती है। लेटे

हुए मुझे चाँद दिखाई देता है, जिस पर बैठकर शिप्पी चरखा कातती हुई सुबक-सुबककर रो रही है। उसका सूत सपनों के रंग का है—मटमैला। मैं शिप्पी को पुकारता हूँ, लेकिन वह मुझसे बात नहीं करती। वह सूत पर लिखकर भेजती है-पूछती है कि मैं रात को कैसे सो जाता हूँ? मैं हाथ जोड़ता हूँ, पैर पड़ता हूँ, बाल नोचता हूँ, छाती पीटता हूँ और शिप्पी नहीं सुनती।

मोटरसाइकिल और इन्तज़ार की कहानी

यह एक बहुत बड़बोला-सा दिन है, अपनी ऊँचाई से ज़्यादा बड़ा। धूप देखकर ऐसा लगता है, जैसे चार सूरज एक साथ निकले हों। पार्क की सीमाओं का अतिक्रमण करते एक पेड़ की छाया में मैंने मोटरसाइकिल खड़ी कर दी है और उस पर बैठकर नीलाक्षी की प्रतीक्षा कर रहा हूँ। अब से पहले हम बिना एक दूसरे को मिलने का वक़्त दिए यहीं मिलते रहे हैं।

कुछ देर में मुझे लगने लगता है कि जैसे पूरी दुनिया मुझे इगनोर कर रही है। झाड़ू लगाता हुआ जमादार मुझे वहाँ से हटने के लिए नहीं कहता। उसे असुविधा होती है, लेकिन वह चुपचाप मोटरसाइकिल के पहियों के नीचे दबे हुए पत्ते भी बुहार ले जाता है। मैं पास से गुजरती हुई एक औरत से समय पूछता हूँ और उसे नहीं सुनता। सड़क के उस पार लगे हुए होर्डिंग पर खड़ी हुई लिरिल वाली लड़की ने मेरी ओर से इस तरह मुँह फेर रखा है जैसे मुझे देखते ही होर्डिंग टूटकर गिर जाएगा। मैं जिस जगह खड़ा हूँ, वहाँ रोज़ एक चायवाला खड़ा होता है। कल वह अपनी इसी जगह के लिए एक कार वाले से झगड़ बैठा था, लेकिन आज उसने अपनी रेहड़ी मुझसे दूर हटकर लगा ली है। मैं नीलाक्षी को फ़ोन करता हूँ और मेरा फ़ोन उठाना ज़रूरी नहीं समझा जाता। उस बड़बोली दोपहर में मुझे लगने लगता है कि मैं कुछ हूँ ही नहीं। यह ख़याल इतना तीखा है कि अकेला ही आत्महत्या करने पर मजबूर कर सकता है। मुझे ज़ोरों से प्यास लगती है। मैं छटपटाने लगता हूँ। मैं माँ को फ़ोन करता हूँ कि वह मेरी कुछ कविताएँ ढूँढ़कर मुझे अभी सुनाए। मैं अपने अस्तित्व को महसूस करना चाहता हूँ। मुझे अपने होने को देखने के लिए कुछ चाहिए, लेकिन माँ चिढ़ जाती है और जल्दी घर आने को कहकर फ़ोन काट देती है। इन दिनों मेरी आवाज़ के फ़ोन काटना बहुत बार होता है।

मैं चाहता हूँ कि गुलमोहर के उस पेड़ का कोई पत्ता मुझ पर गिरे और इसलिए मैं उसके नीचे टहलने लगता हूँ, लेकिन मुझे छुआ तक नहीं जाता। मुझे लगता है कि शायद मेरा नम्बर देखकर नीलाक्षी फ़ोन ना उठा रही हो। मैं कोई टेलीफ़ोन बूथ ढूँढ़ने के लिए चल देता हूँ और हड़बड़ी में भूल जाता हूँ कि दो हज़ार पाँच की उस हीरो होंडा पैशन मोटरसाइकिल में मैंने 'एन' के आकार के

छल्ले में पिरोई हुई चाबी लगी छोड़ दी है। मैं भूल जाता हूँ...। नहीं, मुझे आभास भी नहीं है कि सामने फ़ोटोग्राफ़र की दुकान पर बैठा बेरोज़गार रणवीर सिर्फ़ ताश ही नहीं खेल रहा। मैं भूल जाता हूँ कि चाय की रेहड़ी वाला मुझे नहीं पहचानेगा और उसे कोई मोटरसाइकिल भी याद नहीं रहेगी। मैं भूल जाता हूँ कि सामने लिरिल से नहा रही निर्जीव लड़की, लड़की नहीं बाज़ार है। मैं भूल जाता हूँ कि जब पुलिसवाला पूछेगा तो मुझे अपनी बाइक का नम्बर भी याद नहीं होगा। मुझे मालूम नहीं है कि रणवीर के पास पैसे नहीं हैं और उसकी पत्नी मोटरसाइकिल लाने की ज़िद पर अड़ी है।

जैसे ही नीलाक्षी फ़ोन उठाती है, मैं केबिन के काँच में से देखता हूँ कि एक युवक, जिसके नाम रणवीर को मैं नहीं जानता, मेरी मोटरसाइकिल लेकर तेज़ी से जा रहा है। वह फ़ोन उठाकर भी कुछ नहीं बोलती। बोलती भी कैसे? जो नम्बर डायल हुआ है, वह नीलाक्षी का तो नहीं है। मैं भूल जाता हूँ कि आख़िर में जो 765 है, वह 865 तो नहीं है...। या 378 तो नहीं है...। या 475 तो नहीं है...

संख्याओं को याद न रख पाना मेरी पुरानी कमज़ोरी है और कोई नीलाक्षी भी है और उसको फ़ोन करना साँस लेने से भी ज़्यादा ज़रूरी है, रणवीर यह नहीं जानता। यदि जानता होता तो शायद सिर्फ़ मोटरसाइकिल लेकर जाता। हालाँकि यह इन सब सम्भावनाओं को सोचने का वक़्त नहीं है, लेकिन मैं सोचता हूँ।

मोटरसाइकिल का चोरी हो जाना एक आम-सी घटना है, लेकिन उस पर रखे सेलफ़ोन का और उसमें रखे नम्बरों का उसके साथ चोरी हो जाना इतना आम नहीं है कि बरसों बाद एक दोपहर रोटी का कौर तोड़ते हुए अचानक उसे याद कर रो न पड़ूँ।

नाम की कहानी (सन्दर्भ के लिए)

—नीलप्रीत...ए की नाम होया बई?

वह उसे छेड़ने के मूड में था लेकिन अपने नाम का मज़ाक उड़ाया जाना उसे भला नहीं लगा। वह ख़ामोश रही।

—तू कोई होर प्यारा जा नां रख लै...

—तू ही रख दे।

वह तुनककर बोली तो उसने कुछ क्षण सोचा और फिर एक झटके में कह दिया—नीलाक्षी।

यूँ कि उसकी पहली प्रेमिका का नाम नीलाक्षी था जो एम.बी.बी.एस. करने रूस चली गई थी और जिसका नाम उसकी कलाई से थोड़ा ऊपर न पर छोटी इ

की मात्रा के साथ गुदा हुआ था। यूँ कि मेरी नीलाक्षी का नाम नीलप्रीत था और नीलप्रीत हँसते-हँसते बनाना शेक पीते-पीते नीलाक्षी हो गई थी। यह नेशनल बुक डिपो के पांडे जी से मुस्कान के बदले डायरी लेने से बहुत पहले की बात थी। लेकिन नीलप्रीत ने नीलाक्षी को हमेशा के लिए अपने माथे पर सजाकर रख लिया।

यूँ कि जिस नाम से मैं उससे प्यार करता था, वह नाम भी किसी ने उसे गिफ़्ट में दिया था। लेकिन वह बताती थी कि जब वह चार दिन की थी और उसके बम्बइया बुआ और फूफा उसे देखने आए थे और उसके रंगीन फूफाजी ने नीले काँच के चश्मे के पीछे से उसे देखा था और उन्हें भ्रम हो गया था कि बच्ची की आँखें नीली हैं और उन्होंने घोषणा कर दी थी कि लड़की का नाम नीलाक्षी ही रखा जाएगा। फूफाजी जिस फ़िल्म प्रोडक्शन कम्पनी में एक्टर कोऑर्डिनेटर थे, उसकी मालकिन का नाम नीलाक्षी था। तोम्स्क में मेडिकल पढ़ रही नीलाक्षी और बम्बई में फ़िल्म बना रही नीलाक्षी चाहे असल में हों या न हों, लेकिन अगर होंगी तो उन्हें प्रेम करने वाले लोग उनसे ही प्रेम करते होंगे, वन्दना या दीपशिखा से नहीं।

मैं किसी और के तोहफ़े में दिए हुए नाम की, किसी और की नीलाक्षी से प्रेम करता था।

भूल जाने वाली लड़कियाँ

वे नारंगी सपनों और लाल सुर्ख़ नारंगियों के दिन थे। वे शताब्दी एक्सप्रेस के वातानुकूलित डिब्बों से चोरी-चोरी झाँकते पानी में डूबी धान के दिन थे। वे लम्बी गाड़ियों, ऊँची इमारतों और गाँधी की तस्वीर वाले कड़कड़ाते नोटों के दिन थे। वे अख़बारी वर्ग-पहेलियों और शॉपिंग करती सहेलियों के दिन थे। वे 'राम जाता है', 'सीता गाती है', 'मोहन नहीं जाता', के जुनूनी पढ़ाकू दिन थे। वे हफ़्ते-भर सप्ताहांतों के दिन थे। वे उत्सवों के दिन थे, रतजगों के दिन थे, जश्न के दिन थे। वे कसरती बदन वाले जवान लड़कों और उँगलियों में अतीत के धुएँ के छल्ले पहने हुई नशीली नर्म लड़कियों के दिन थे।

वे डाबर हनी के दिन थे लेकिन जाने कैसे कस्बाई बरामदों में शहद के छत्ते अनवरत बढ़ते ही जाते थे और गाँवों में कँटीले कीकर के पत्ते भी।

वे रतियाए हुए ख़ूबसूरत दिन थे, लेकिन न जाने क्यों हमने अपने फेफड़ों में दहकते हुए ज्वालामुखी भर लिये थे कि हमारी साँसें पिघले सीसे की तरह गर्म थीं, कि हमारी आँखों से लावा बरसता था, कि हमारे हाव-भाव दोस्ताना होते हुए भी भयभीत कर देने की सीमा तक आक्रामक थे, कि हम आवाज़ में

रस घोलकर रूमानी होना चाहते थे तो भी हम शर्म से सिर नीचा कर देने वाली गालियाँ बकते थे।

दीदी आ गई थी। मेरी पाँच साल की भांजी दिन-भर कहती फिरती थी कि उसकी मम्मी छोड़ दी गई है और इसी एक बात पर माँ उसे दस बार पीटती थी। वह कुछ देर रोती और फिर आँसू पोंछकर खेलने लगती और कुछ देर बाद काग़ज़ के गत्तों से अपनी गुड़िया का घर बनाती। सब कुछ भूलकर नानी को बुलाकर अपना घर दिखाती, माँ तारीफ़ करती, उसे पुचकारती और वह उस गुड़ियाघर का दरवाज़ा खटखटाते हुए अनजाने में यही बड़बड़ाने लगती। माँ की आँखों में प्याज कटने जैसे आँसू आ जाते और वह फिर से उस अबोध बच्ची को एक चाँटा लगा देती। डाँट-फटकार, चीख़-पुकार और मान-मनौवल का यह सिलसिला घर में सारा दिन चलता।

कुछ दिन तक दीदी भी अचानक किसी भी बात पर रोना शुरू कर देती और फिर घंटों तकिए में मुँह छिपाए पड़ी रहती। लेकिन यह सब धीरे-धीरे कम होने लगा। दीदी आस-पड़ोस में जाने लगी। फिर धीरे-धीरे शादी से पहले के उन्हीं पुराने क़िस्सों में रस लेने लगी। एक दिन मैंने दीदी को हँस-हँसकर किसी पड़ोसन को यह बताते सुना कि शारदा को आए दो महीने हो गए हैं, लेकिन उसकी ससुराल वाले उसे लेने ही नहीं आ रहे। दीदी को आए छः महीने हो गए थे और दीदी सचमुच हँसती थी।

मेरा बचपन का दोस्त सन्दीप मुझे अब भी ख़त लिखता है। वह मनोवैज्ञानिक बन गया है और कभी-कभी बिना प्रसंग के यूँ ही बेसिरपैर की बातें लिखता रहता है। इस बार की चिट्ठी में उसने लिखा है कि लड़कियों के दिमाग़ में एक मीमक नाम का द्रव होता है, जिससे वे जल्दी भूल जाती हैं।

जैसे मैं ट्रेन में बैठा हूँ। मेरे पास की दो सीटों पर दो लड़कियाँ बैठी हैं। वक़्त काटने के लिए वे बात करने लगती हैं। एक बताती है कि वह जे एन यू से मास कॉम पढ़ रही है। दूसरी बताती है कि वह सॉफ़्टवेयर इंजीनियर है। फिर वे दोनों चूड़ीदार और पटियाला सलवार पर चर्चा करने लगती हैं। फिर दूसरी पहली को बताती है कि इंटरनेट पर एक ऑर्कुट नाम की साइट है जिसमें दोस्त बनाए जा सकते हैं, पुराने दोस्तों को ढूँढ़ा जा सकता है और फिर वह तुरुप के पत्ते की तरह भेद खोलने वाले स्वर में कहती है कि उसमें दूसरों की बातें भी पढ़ी जा सकती हैं। दूसरी कहती है कि वह भी जॉइन करेगी। फिर ट्रेन रुकती है और दोनों उतरकर अपने-अपने घर चली जाती हैं। शाम होते-होते दोनों एक दूसरे को भूल जाती हैं, ऐसे कि कुछ महीने बाद पहली लड़की जब एक न्यूज़ चैनल पर समाचार पढ़ रही है और दूसरी लड़की टीवी चलाकर मैगी खाते-खाते ऑफ़िस के लिए तैयार हो

रही है तो सब कुछ सामान्य है, कहीं कोई सुखद आश्चर्य नहीं, और मैं दोनों को कभी नहीं भूल पाता।

जैसे नीलाक्षी किसी बात पर बहुत ख़ुश है। मैं नैस्केफ़े की एक लाल छतरी के नीचे उसके सामने बैठकर उसकी आँखों में झाँक रहा हूँ। मेज पर उसकी उँगलियाँ 'हमको हमीं से चुरा लो' की धुन में थिरक रही हैं। मैं उससे प्यार करता हूँ और आज उसका मन अपनी चंचलता के चरम पर है। उसका किसी से हँसी ठट्ठा करने का मन है। उसका मन है कि वह कुछ अटपटा कहे, जो कहने से पहले उसे भी पता न हो। उसका बहुत मन है कि आज वह किसी से एक औचक-सा झूठा वादा ज़रूर करे और ऐसे में मैं उसे मंच देता हूँ। वह अचानक कहती है कि वह सिद्धार्थ से शादी करेगी, जो उसकी शादी की फ़िक्र में आधी रात के बाद सोता होगा और अगले क्षण के बिल्कुल पहले ही वह भूल जाती है कि उसने क्या कहा है, जैसे वह भूल चुकी है कि दसवीं-बारहवीं की मार्कशीट में उसका नाम नीलप्रीत था और बचपन में उसे सब शिप्पी कहकर पुकारते थे।

मुझे लगता है कि संदीप कहीं है भी या नहीं! क्योंकि मीमक इंटरनेट पर सर्च करो तो कुछ नहीं आता। क्योंकि सब लड़कियाँ जल्दी नहीं भूलतीं। क्योंकि वे एक थैला लेकर भी अतीत में जा सकती हैं। और मैं अकेला भी भटक जाता हूँ।

माँ को रह-रहकर जाने क्या याद आता है कि वह नीलाक्षी से मिले बिना ही मुझसे बार-बार मौक़े-बेमौक़े कहती रहती है कि वह अच्छी लड़की नहीं है।

टोटे-टोटे (टुकड़े-टुकड़े)

—इसका क्या अर्थ होता है कि कोई अपने पीएचडी थीसिस के छठे पन्ने पर लिख दे—अंग्रेज़ी के पहले अक्षर 'A' को समर्पित?

चायवाला चुप खड़ा रहा। मैं उस टेलीफ़ोन वाले केबिन से दौड़कर आया था और चीख़ने-चिल्लाने, शोर मचाने या अपनी मोटरसाइकिल के पीछे दौड़ते रहने की बजाय मैंने चायवाले से यही पूछा था। वह अचकचाकर मुझे देखने लगा था, लेकिन चुप। उसके बाद मैंने अपने मोबाइल के लिए जेबें टटोली थीं और वह रणवीर की शर्ट की बायीं जेब में था, इसलिए मुझे नहीं मिला और मैं पार्क की रेलिंग के सहारे ढह गया था।

उससे पहली शाम तक मुझ पर पंजाबी सीखने का जुनून सवार था। सब अख़बार हटवाकर मैंने घर में जगबाणी लगवा लिया था, जिसे न मैं पढ़ पाता था और न ही घर में कोई और। मैं लाइब्रेरी में जाकर सिर्फ़ पंजाबी की किताबें ढूँढ़ता,

जो गिनती में बीस से ज़्यादा नहीं होतीं। मैं उन्हें खोलकर बैठा रहता था और अक्षरों को चित्रों की तरह देखता रहता था। मुझे उस 2004 वाली डायरी में पंजाबी में लिखा पढ़ना था।

जहाँ उन किताबों की शेल्फ़ थी, वहाँ अमूमन कोई नहीं आता था। मैं भी वहाँ जाता था या ऐसा मुझे सिर्फ़ लगता ही था, मैं पक्के तौर पर नहीं बता सकता।

उस शाम भी मैं ऐसे कोने में बैठा था, जहाँ बिल्कुल मेरे सामने आए बिना मुझे नहीं देखा जा सकता था, लेकिन मैं पूरे हॉल को देख सकता था। और मैंने देखा कि उस कोने में, जहाँ उसके सिर को 'क्राइम एंड पनिशमेंट' लगभग छू ही रही थी, नीलाक्षी बेसुध हुई जा रही थी। वह और अतुल इस तरह साथ थे कि उन्हें अलग-अलग पहचाना नहीं जा सकता था। उनके होने में एक दूसरे के पृथक अस्तित्व को पी जाने, निगल जाने की बेचैनी थी। वह हवा जितनी हथेली हिलाकर उसके पार की हवा को महसूस कर सकती थी। उनके बीच नामों की अदलाबदली थी, बदलने के दौरान की दरमियान की शरारतें थीं, अपना हिस्सा पहले लेने की ज़िद थी, अपने चेहरे पर गिरी लट हटाने का उन्मादी आलस था, हटा देने का बेचैन आग्रह था, होठों के दुस्साहस पर रूठकर उन्हीं में छिप जाना था, फिर से ग़लती करके मना लेने का आत्मविश्वास था, उस की काँपती हुई गर्दन पर वही निठल्ला-सा तिल था, डेढ़ सौ साल पुरानी वही लाइब्रेरी थी, अतुल था और नीलाक्षी थी जो उसके लिए बार-बार नीलप्रीत हो जाती थी और वह उसे नीलाक्षी कर देता था।

मैंने देखा कि मैं दूध लेकर डोलू हिलाते हुए आ रहा हूँ और जैसे ही मैं पुजारियों के घर से बाहर निकलता हूँ, मेरे साथ चलने से पहले शिप्पी हवा में अपना दायाँ हाथ उठा देती है और उसके हाथ के लाख के कंगन बजते हैं। फिर हम साथ-साथ चलने लगते हैं।

नहीं, शिप्पी की उम्र आठ साल है या आठ नहीं तो दस होगी...या ग्यारह। वह किसी को इशारा नहीं कर सकती। उसे मालूम भी नहीं होगा कि किसी को बुलाने के लिए बिना आवाज़ लगाए भी कुछ किया जा सकता है। वह दिन-भर कंचे खेलती रही थी, इससे उसका हाथ दर्द करने लगा होगा और इसीलिए उसने हाथ ऊपर उठाया होगा। लेकिन अतुल पीछे क्यों आ रहा है? शिप्पी नहीं, मैं उसे पहले देखता हूँ और डर-सा जाता हूँ। शिप्पी की उम्र ग्यारह है और मेरी सात। शिप्पी ने चौड़े घेरे का ऊँचा फ्रॉक पहन रखा है। आज शाम से ही ठंडी पछुआ हवा चल रही है। मुझे लगता है कि वह डरकर काँप रही है। उसकी आँखों में रेत गिर गई है और वह हाथ से आँखें मल रही है। मेरी आँखों में डर के आँसू हैं और उनके पार मुझे पूरी दुनिया में आँसू दिखाई देते हैं, शिप्पी की आँखों में भी। मैं पक्का नहीं कह सकता कि उसे देखने के बाद शिप्पी ने मेरे कान में कुछ कहा था या नहीं। मैं

पक्का नहीं कह सकता कि जब वह उसे टूटे दरवाज़े वाले कमरे में ले जा रहा था तो मैंने उसे रोते देखा था या नहीं। मैं पक्का नहीं कह सकता कि आधे घंटे बाद जब अतुल उस कमरे से बाहर निकला तो मैं बाहर खड़ा था और उसने मेरे सिर पर हाथ फेरा था। मैं पक्का नहीं कह सकता कि मैंने ज़मीन पर पड़ी हुई शिप्पी को रोते देखा था। मैं पक्का नहीं कह सकता कि चार घंटे तक मैं उसे चुप करवाने के लिए अपनी शर्ट भिगोता रहा था। मुझे कुछ याद नहीं है और मैं कुछ याद कर सकने की स्थिति में भी नहीं हूँ। अपनी लड़कियों जैसी ख़राब याददाश्त और सच को बताने की हिम्मत न जुटा पाने के लिए मैं हाथ जोड़कर माफ़ी माँगता हूँ।

लेकिन मैंने साफ़-साफ़ देखा है कि चाँद ख़ाली है। वहाँ किसी को फ़ुर्सत नहीं कि चरखा काते और मटमैले सूत पर कुछ लिखकर भेजे। जो चाँद को पढ़ना चाहते हैं, उन्हें उसकी शाश्वत शीतलता जला डालती है।

मैंने देखा कि सामने नीलाक्षी अकेली आराम से बैठकर शरतचन्द्र का 'देवदास' पढ़ रही है और मैं ग़ुस्से से उठकर उसके पास जाता हूँ और उस एकान्त को भेदती हुई, लजाती हुई, मार डालती हुई गालियाँ बकने लगता हूँ। मैं नाखूनों से उसका चेहरा नोचने लगता हूँ और वह मुझसे बचती भी नहीं, पत्थर की तरह स्थिर बैठी रहती है। मैंने देखा कि लहूलुहान नीलाक्षी अपनी सफ़ाई में या बचाव में कुछ भी नहीं कहती और कुछ देर बाद दिखती भी नहीं।

उसके बाद मैंने कभी नीलाक्षी को नहीं देखा। पक्का नहीं कह सकता कि उस शाम भी देखा था या नहीं। मैं रात तक वहीं 'क्राइम एंड पनिशमेंट' और 'देवदास' के बीच गुमसुम बैठा रहा था।

मैं उससे प्यार करता था। मैं दोहराता हूँ कि मैं उससे प्यार करता था, लेकिन मुझे उसका घर नहीं मालूम था, उसके घरवालों का नहीं पता था। उसका दस अंकों का फ़ोन नम्बर ही मेरे लिए उस तक पहुँचने का इकलौता ज़रिया था और अगले दिन वह नम्बर मेरी मोटरसाइकिल के साथ चोरी हो गया था।

बिना किसी प्रसंग के एक बार फिर सन्दीप ने यूँ ही लिख दिया कि सब क्रिएटिव लोग मानसिक तौर पर कुछ असामान्य होते हैं। मैं अब उसकी चिट्ठियाँ नहीं पढ़ता। वह फ़ोन करता है तो मैं बात नहीं करता।

पल्प फ़िक्शन

तुमने सुना क्या? दरवाज़े के उस पार की दुनिया में दीदी अपनी दो सहेलियों से फुसफुसाकर बातें कर रही है। वह शादी के बाद पहली बार तीन दिन के लिए आई है। वह इतनी ख़ुश है कि तुम्हें देखती है तो ऐसे, जैसे भूल ही गई है। जैसे वे सब

शामें, जब तुम दोनों बेसिरपैर के शब्द बोलते हुए हँसा करते थे—*एक लड़का रोज़ हमारे घर के सामने से गुज़रता था और गर्दन घुमाकर अन्दर ज़रूर देखता था। हमने उसका नामकरण किया था, 'टेढ़ी गर्दन वाला' और फिर इसे 'गर्दन टेढ़ी वाला' बनाने से इसकी शॉर्ट फ़ॉर्म GTV हो गई थी। हम हँसते थे और एक दूसरे को मारकर भागते थे, पकड़ते थे, थककर चूर हो जाते थे और एक थाली में खाना खाते थे।* —जैसे वे सब शामें बचपने का एक मज़ाक-भर थीं और उन्हें भूल जाना ज़िन्दा रहने के लिए ज़रूरी है। वह तुमसे कोई ख़ास बात नहीं करती। तुम्हें उसकी बदली हुई दुनिया जाननी है तो तुम्हें दरवाज़ों की ओट में खड़े होकर उसकी बातें सुननी ही होंगी। तुम्हारे पास और कोई विकल्प छोड़ा ही नहीं गया। तुम चौदह साल के मासूम से लड़के हो, अपनी मासूमियत से आजिज और जून की गर्मी में पसीने से भीगे हुए छिपकर खड़े हो।

—तू तो मेरी जान, एक हफ़्ते में ही गुलाब-सी खिल गई है।

यह रश्मि की आवाज़ है। दीदी हँसती है। दीदी की हँसी में इन दिनों एक नया रस घुल गया है, जिसने उसकी हँसी की चाशनी को गाढ़ा कर दिया है। इसमें दुख की कोई बात नहीं है। मैं आपको बताऊँ कि दुख की कोई बात नहीं होती, दुख होता है सिर्फ़—गहरे काले रंग का—जिसमें डूब जाना होता है। वह ऐसे आता है जैसे आप सड़क पर नंगे खड़े हैं, बरसात होने लगी है और आपका कोई घर नहीं है।

—वे फ़ौलाद हैं जैसे... —दीदी धीरे-धीरे कह रही है—मैं बेहिसाब प्यार करने लगी हूँ उनसे।

—और तेरा वो मधुसूदन?

दीदी चुप हुई है। मुझे लगता है कि वह रो देगी। मधुसूदन उसे चिट्ठियाँ देता था और मिलने के लिए बेक़रार रहता था। वह कॉलेज के गेट पर खड़ा होकर उसकी राह देखता था और उसकी शादी तय होने के बाद से उदास रहने लगा था। उस नौजवान हँसमुख लड़के को मैंने दीदी के पैरों में पड़कर रोते भी देखा था। लड़के जब अपना सारा आत्मसम्मान भुलाकर लड़कियों के सामने रोते हैं तो उन्हें बचाकर किसी सुन्दर दुनिया में ले जाने का मन करता है। वे लड़के, जो बहुत से बेहतर काम कर सकते हैं, प्यार कर बैठते हैं और ख़त्म हो जाते हैं।

—अरे कैसा मधुसूदन? पागल थी मैं भी जो सोचती थी कि उसके बिना कैसे जी पाऊँगी? बेवकूफ़ हो जाते हैं हम कच्ची उम्र के प्यार में।

—वो कॉलेज छोड़ गया है।

—मैं अपने अतुल के बारे में बता रही थी और तुम लोगों ने बात ही बदल दी।

—हाँ हाँ, बता ना। हम तो एक हफ़्ते से इन्तज़ार कर रहे हैं। फ़ोन पर भी तू कुछ नहीं बताती थी। हँसती रहती थी बस।

हाँ, वह हँसती रहती थी उन दिनों और मैं उसे ऐसे देखता था जैसे किसी सँकरी अँधेरी सुरंग में बैठकर रोशनी का सपना देखता हूँ। अचानक उसकी दुनिया बदल गई थी। वह अमीर और ख़ुश हो गई थी। उस दिन से मैं यह तय तौर पर मानता रहा हूँ कि प्यार जो भी है (है भी या नहीं?), वह एक तरह की आत्महत्या है, एक क़िस्म का धीमा ज़हर और वह अनुभव जो दीदी ने नया-नया भोगा था, पल्स पोलियो की दवा की बूँदों की तरह मृत्यु के विरुद्ध हमारे सतत संघर्ष में 'ज़िन्दगी' है।

दीदी ने बताया—हमारा जो कमरा है, इतना बड़ा है कि स्कूल के किसी क्लासरूम जैसा लगता है। बड़े रोमांटिक हैं अतुल। जानती हो...पहली रात मुझे बोले कि तुम स्कर्ट पहनोगी तो मुझे बहुत अच्छा लगेगा। मैं और स्कर्ट भला? यहाँ पहनती तो मार डालते पापा। छठी के बाद कभी नहीं पहनी। लेकिन उन्होंने मेरे लिए तीन-चार स्कर्ट ख़रीदकर रखी थीं। छोटी-छोटी।

—हँसी का एक गुब्बारा मेरे कानों को हल्के से छूता है—वैसे वे कहते हैं कि जब वे अकेले थे...मतलब शादी से पहले मेरे बिना...तो फ़्रॉक वाली लड़कियाँ उनकी फेंटेसी थी। उन्होंने कहा है कि स्कर्ट से ऊब जाएँगे तो फ़्रॉक पे आएँगे। इतने क्रिएटिव हैं...और ये है प्यार शालू, जो ख़ुशी ही ख़ुशी देता है। कभी ख़त्म न होने वाला सुख। मधु अपनी जगह ठीक होगा लेकिन अब मुझे समझ में आया है कि अपने आप को जलाते रहना, मारते रहना कहाँ की समझदारी है?...। हाँ, पूरी बात तो सुनो। फिर उन्होंने कहा कि मैं उनके साथ बाहर चलूँ। दूसरी मंजिल पर है हमारा कमरा और बाहर भी कोई नहीं था लेकिन इस तरह स्कूल की लड़कियों जैसी स्कर्ट में नई दुल्हन मैं कैसे बाहर जाती भला? लेकिन वे मुझे खींचकर ले गए। ज़बर्दस्ती अपनी बाँहों में उठाकर...तुमने तो देखा ही है कितने तगड़े हैं अतुल! मुझ जैसी तो दो लड़कियों को एक साथ उठा सकते हैं। पहले मैं सोचती थी कि यह जो सलमान ख़ान है, किसी कैमरा ट्रिक से ऐसा दिखता है...सच्ची मैं ऐसा ही सोचती थी लेकिन पहली बार मैंने किसी आदमी को इतने क़रीब से देखा और वो भी अतुल को। उन्होंने जब फूल की तरह मुझे उठा रखा था तो मेरा चेहरा उनके कन्धे के पास था...और मैंने उनकी बाँह में उभरी हुई मछलियों पर काट लिया। उन्होंने मेरे कान पर इतनी ज़ोर से काटा कि क्या बताऊँ...देख रश्मि। निशान होगा अब भी इस कान पर। —दीदी रुकी। रश्मि ने शायद देखा हो। मैं गर्मी में बेहाल हो रहा था। पंखा चलाता तो उन लोगों को पता चल जाता कि दूसरे कमरे में कोई है। —फिर उन्होंने कहा कि हम रोल प्ले करेंगे...दीदी चुप हो गई।

—अब ये रोल प्ले कौन-सा खेल है दुल्हनिया जी?

शालू का स्वर बहुत अधीर था। सच कहूँ तो मैं भाग जाना चाहता था। सुहागरात के क़िस्से जानने के लिए बाज़ार में बीस रुपए में तीन किताबें आ जाती थीं और उसके लिए मुझे छिपकर अपनी बहन की कहानी सुनने की कोई ज़रूरत नहीं थी, लेकिन मैं भाग भी नहीं पाया। जो लोग शरीर को निकृष्ट मानते हैं और दुनियावी प्रेम को पतित, दरअसल वे संसार से आँख मूँदकर भागे हुए लोग हैं। वे उस गहरे अँधेरे गड्ढे को नहीं देखना चाहते जिसमें दिन रात जीवन का व्यापार चलता है और लोग एक दूसरे की पत्नियों के साथ सोते हैं। अपने बच्चों को सुलाकर उन्हीं के पास लेटे हुए सीडी प्लेयर पर ब्लू फ़िल्में देखते हैं। औरतें अपने बेटों की उम्र के लड़कों का सान्निध्य पाने के लिए उनके सामने अश्लील बातें फुसफुसाती हैं, शराब पीती हैं, अपनी महँगी गाड़ियों में घुमाती हैं और कामुक लाड़ से उन्हें छाती में भींच लेती हैं। पन्द्रह सौ रुपए और डिप्लोमेट की एक बोतल में अठारह-अठारह साल के लड़के किसी की भी हत्या करने को तैयार बैठे हैं। ज़िन्दगी एक पल्प फ़िक्शन ही है, फुटपाथ पर बिकने वाला सस्ता साहित्य।

—रोल प्ले माने एक तरह का नाटक, जिसमें दोनों लोग कुछ देर के लिए कुछ और होने का नाटक करते हैं, जो वे नहीं हैं।

—ऐसा क्यों भला और क्या बने तुम दोनों?

—बहुत मज़ा आता है उसमें। आपके दिल में जो भी बात दबी हो, वो कह सकते हो...जो करना हो, कर सकते हो...

—अरे वाह! और क्या बनी तू?

—उन्होंने कहा कि मैं छोटी बच्ची बनूँ, स्कूल जाने वाली और सब बातों से अनजान।

—और तेरे वे?

—वे वे ही रहे।

—और फिर?

शालू और रश्मि आगे की कहानी सुनने के लिए पागल हुई जा रही थीं। मैं आगे नहीं सुन पाया और बाहर आ गया।

बचपन में एक सुबह मैं और शिप्पी खेलने के लिए निकले थे। अगले दिन शिप्पी का परिवार हमेशा के लिए गाँव छोड़कर चला जाने वाला था। वह बहुत ख़ुश लग रही थी। बेरी के उस झाड़ के पास, जहाँ हम अक्सर बेर तोड़ने जाते थे, वह अचानक रुककर रोने लगी थी।

—क्या हुआ?

मैंने घबराकर पूछा था। उसने रोते-रोते ही गर्दन हिलाकर मुझे अपने पास

बुलाया। मैं उसके सामने जाकर खड़ा हो गया। उसने मेरा हाथ पकड़कर अपने सिर पर रख लिया।

—मेरी कसम खा कि तू उस दिन की बात कभी किसी से नहीं कहेगा। मुझसे भी नहीं। हम हमेशा के लिए वह दिन भूल जाएँगे।

लड़कियाँ बहुत कम उम्र में समझदार हो जाती हैं। मैं हैरान-सा उसके सिर पर हाथ रखकर खड़ा रहा और मुझे बोलने के लिए कोई बात न सूझी। फिर वह रोते-रोते ही मेरे गले लग गई और देर तक सुबकती रही। जब हम वहाँ से चले, बिना बेर तोड़े, तो वह सचमुच सब कुछ भूल चुकी थी, कुछ देर पहले का अपना रोना भी। हमने एक भैंस की पीठ पर एक के ऊपर एक, दो कौए बैठे हुए देखे और वह खिलखिलाकर हँसी। उसके इस भूल जाने से मैं डर भी गया था। इस तरह तो वह किसी दिन मुझे भी भूल सकती थी। इस तरह तो किसी दिन बाज़ार में माँ मुझे भूलकर आ सकती थी और फिर लता का कोई गीत गुनगुनाते हुए आराम से आलू मटर बना सकती थी। उन दिनों मुझे माँ के बिना कहीं भी अकेला छूट जाने के ख़याल से ही बहुत भय लगता था और अपने बचपन में मैं बार-बार अकेला छूटा। किसी दिन माँ ताला लगाकर बाहर चली जाती थी और मुझे अन्दर ही छोड़ जाती थी। मुझे लगता था कि वह मुझे भूल गई है। मैं बदहवास-सा होकर घर में इधर उधर दौड़ता था, अपने छोटे-छोटे हाथों से दरवाज़ा तोड़ देने की कोशिश करता था, किसी तरह दीवार पर चढ़कर उस पार कूद जाने की सोचता था और आख़िर में हारकर रोने लगता था। उसके लौटकर आने तक मैं थककर सो चुका होता था और वह सोचती होगी कि मैं पूरे समय सोता ही रहा हूँ। वह स्नेह से मेरे सिर पर हाथ फेरती थी और मेरा मन करता था कि मैं किसी तरह उसके गर्भ में फिर से चला जाऊँ, ताकि वह मुझे छोड़कर कहीं न जा सके।

जिन स्त्रियों को मैंने अपना संसार माना, वे मुझे अक्सर भूल जाती रहीं।

उसने कहा था...

उसने कहा था—तुम इस तरह लगातार आसमान को मत देखा करो...

मैंने कहा था—क्यों?

उसने कहा था—वह तुमसे आँखें नहीं मिला पाता होगा।

मैंने कहा था—उसका हुक ढीला थोड़े ही है...जो पलकें झुका लेगा तो खुलकर गिर जाएगा...

उसने कहा था—तुम्हारी आँखों में कुछ है...।

मैंने कहा था—क्या?

उसने कहा था—कुछ है कि तुम्हें देख कर बेचैनी होती है...

मैंने कहा था—झूठ मत बोलो।

उसने कहा था—मैं तुमसे कभी झूठ नहीं बोलती...

मैंने कहा था—मैं जानता हूँ मगर कितने भी सुन्दर साल बीत जाएँ और बीच में कितने भी आधुनिक महानगर हमारे घर बनें, मगर तुम वह स्पर्श कैसे भूल सकती हो नीलाक्षी? माना कि भूल जाना ज़िन्दा रहने के लिए ज़रूरी है पर जब वह तुम्हें छूता है तो डर नहीं लगता तुम्हें? घिन नहीं आती ज़रा भी? क्या वह एक चेहरा इतने बरसों से अक्सर तुम्हारे सपनों में आकर डराता नहीं रहा था?

वह चुप है। दरअसल वह है ही नहीं और इसी तरह मेरे प्रश्नों का कोई उत्तर नहीं है। मेरी कविताओं की पंक्तियों में डॉट बढ़ते जा रहे हैं और उनके शीर्षकों के अन्त में प्रश्नचिह्न। सर्दियाँ आ गई हैं, लेकिन माँ ने बुनना छोड़ दिया है। दीदी अपनी ससुराल लौट गई है। माँ अब खिली-खिली सी रहती है। मेरी ज़्यादा फ़िक्र करने लगी है। सुबह-शाम मेरी पसन्द का ही खाना बनाती है। मैं नहीं खाता तो उसने भी करेला खाना छोड़ दिया है। पिछले हफ़्ते माँ ने पहली बार मेरी किसी कविता की तारीफ की थी। आजकल वह मेरी कविताएँ पढ़ती है और उन पर बातें भी करती है। मेरा नाम होने लगा है। देश के हर कोने में ऐसे लोग हैं जो मुझे जानते हैं और मेरे लिखे की प्रशंसा करते हैं। माँ में अचानक एक नई ऊर्जा आ गई है। घर के सब गद्दे-लिहाफ़ वह फिर से भरवा रही है। रोज बाज़ार जाती है और घर को सजाने के लिए कुछ न कुछ ख़रीद लाती है।

—सन्दीप का लेटर आया है।

माँ बाहर से चिल्लाकर कहती है और मैं अनसुना कर देता हूँ।

माँ ख़त लेकर अन्दर आ गई है और उसने फाड़कर ख़त खोल लिया है। मैं माँ से कहना चाहता हूँ कि दूसरों की चिट्ठियाँ नहीं पढ़नी चाहिए लेकिन नहीं कहता। माँ कुछ पढ़कर मुस्कुराती है और सोचती है कि मैं उससे पूछूँगा कि क्यों मुस्कुरा रही हो, लेकिन मैं नहीं पूछता।

रात हो गई है। मैं नए भरे लिहाफ़ में माँ के साथ बैठा हूँ। अँधेरे में रहने वाली माँ अब कमरे में अँधेरा नहीं रहने देती। मैं मुँह ढककर लेट जाता हूँ। माँ ने मेरा सिर अपनी गोद में रख लिया है। माँ कहती है कि अब मुझे कुछ काम-धाम करने की सोचनी चाहिए और नीलाक्षी को भूल जाना चाहिए। अचानक एक पल के लिए मुझे लगता है कि नीलाक्षी कभी थी ही नहीं।

मैं ठहरे से स्वर में कहता हूँ—मेरे पास नीलाक्षी की कोई तस्वीर भी नहीं है माँ...। कि ढूँढ़ सकूँ उसे।

माँ नहीं बताती कि उसके पास शिप्पी की एक तस्वीर है।

एक सौ अस्सी रुपए में मुझे अपना पहले वाला सेल नम्बर वापस मिल गया है। सुबह मैं अपने मोबाइल से पापा को एस एम एस करना सिखा रहा हूँ। तभी मोबाइल बजता है। मोबाइल पापा के हाथ में है और वे नहीं जानते कि उन्होंने मैसेज डिलीट करने वाला बटन दबा दिया है। उस आधे सेकेंड के अन्तराल में मुझे मैसेज में कहीं Neel दिखाई देता है। मैं जब तक पापा के हाथ से फ़ोन लेता हूँ, वह मैसेज डिलीट हो चुका है।

मैं धम्म से फ़र्श पर बैठ जाता हूँ। पापा हकबकाकर मुझे देखते रहते हैं। वे नहीं जानते कि क्या हुआ है।

अन्दर से माँ कहती है—कल से पछुआ चल रही है...और इस साल जितनी सर्दी तो कभी नहीं पड़ी।

मैं टुकुर-टुकुर आसमान को देखता रहता हूँ।

पुनश्च : यूँ एकटक आसमान को देखते रहना हताशा भरा-सा लगता है लेकिन विश्वास कीजिए, यह उम्मीदों भरा अन्त है। ऐसा सोचने की कोई वजह नहीं है कि वह फिर से मैसेज नहीं करेगी। वह लौट आई है। वह अकेली है और उसे मेरी ज़रूरत होगी। फिर से ऐसे दिन आएँगे, जब हम भोली-भाली प्यार-भरी बातें करेंगे और बच्चों की जुबान में हँसेंगे। जब हम एक दूसरे के शरीर को चोरी-छिपे कौतुक से निहारेंगे और फिर पा लेंगे। इसके कुछ महीनों बाद फिर कोई और बीच में आएगा, नए नाम का कोई पुरुष—आप जानते ही हैं कि आकर्षक लड़कियों पर वे सब कैसे कुत्तों की तरह झपटते हैं—और हम झगड़ेंगे या बिना झगड़े ही बिछुड़ जाएँगे। फिर महीनों तक एक दूसरे को कोसेंगे और जब फिर से अकेले होंगे तो आ मिलेंगे। ऐसा बार-बार हुआ है और ऐसा बार-बार होगा। इस पूरी प्रक्रिया में मुझे बेचैन होकर लम्बी असहाय रातों में जागना है और अपने जैसे कुछ और लोगों के साथ दुर्भाग्यपूर्ण ढंग से नष्ट होते जाना है। जैसा कि मैंने पहले भी कहा कि ज़िन्दगी एक पल्प फ़िक्शन है और जो भी इसे उच्च आदर्शों वाले साहित्य में बदलने की कोशिश करेगा, उसे चारों तरफ़ से घेरकर मार डाला जाएगा। हमें ज़िन्दा रहना है इसलिए हम कोशिश करेंगे कि अश्लील चुटकुलों पर हँसते रहें और अपने हिस्से की रोटी खाकर चुपचाप सो जाएँ।

पतंग

पागल हवा, जा बाहर देखकर तो आ कि कहीं मेरे पति तो नहीं आ रहे। मैं खुद देख आती मगर मैं अपने पहलू में सोए अपने प्रेमी को जगाना नहीं चाहती।

एक पहाड़ी लोकगीत की पंक्तियाँ, जिसके बारे में कहा जाता है कि यह इतना अशुभ है कि इसे गाने वाली औरत अगली सुबह मृत मिलती है।

वे चुपचाप लेटे रहते। सुबह जाग जाने के बाद भी एक डेढ़ घंटे तक ऐसा ही लगता कि सो रहे हैं। मेरी नज़र अक्सर बहुत देर बाद उन पर पड़ती।

—आप कब जगे?

मैं हमेशा यही पूछता। यही हमारी गुडमॉर्निंग थी।

—बस अभी...

उनका हमेशा यही उत्तर होता। मेरे जान लेने के बाद कि वे सो नहीं रहे हैं, वे चाहकर भी ज़्यादा देर तक बिस्तर पर लेटे न रह पाते। मुझे यह अपराधबोध दिन-भर सालता रहता कि मैं उनके घर के साथ-साथ उनकी नींद में भी घुस आया हूँ। फिर भी अगले दिन जब मैं उन्हें गुमसुम लेटे छत को ताकते हुए देखता तो पूछे बिना न रह पाता।

मैं सुबह जल्दी नहा-धोकर इस तरह घर से निकल जाता था, जैसे किसी दफ्तर में नौकरी करता हूँ। वे कभी कुछ कड़वा नहीं कहते थे और उनके हाव-भाव में भी हमेशा मेरे प्रति एक स्निग्धता-सी ही रहती थी, फिर भी मुझे ज़्यादा देर उनके सामने बने रहना असहज-सा लगता था। मैं चाहता था कि वे रात में जल्दी सो जाएँ और सुबह देर से जगें। शायद वे यह समझते थे, इसीलिए बिस्तर से जल्दी नहीं उठते थे। उनके उठने के आधे-पौन घंटे के भीतर मैं हमेशा निकल जाता था। वे सात बजे उठते तो पौने आठ तक और वे ग्यारह बजे उठते तो पौने बारह तक। मुझे उनका सामना करना कठिन लगता था। शायद उन्हें भी मेरा सामना करना मुश्किल लगता हो। मैं दिन-भर यहाँ-वहाँ भटकता रहता था और अँधेरा हो जाने से पहले

कभी घर नहीं पहुँचता था। कभी-कभी ग्यारह-बारह भी बज जाते। वे मेरे लिए खाना बनाकर रखते थे और अगर किसी दिन मेरे लौटने से पहले सो जाते तो रसोई के दरवाज़े पर एक बड़ी-सी चिट चिपका देते।

दाल गरम कर लेना। फ़्रिज में खीर रखी है। आदि आदि...

उस खीर के चावल के हर दाने को निगलते हुए मुझे शर्मिंदगी-सी होती थी। मुझे लगता था कि मैं नंगा हो रहा हूँ। मैं हर रात सोने से पहले सोचता था कि कल रहने के लिए कोई और ठिकाना ढूँढ़ लूँगा, लेकिन हर शाम फिर वहीं लौट आता था। मेरे लौटने के समय वे जाग भी रहे होते, तब भी हमारे बीच ज़्यादा बातें नहीं होती थीं। वे अक्सर कोई किताब पढ़ रहे होते। जब तक मैं हाथ-पैर धोकर आता, वे खाना गर्म करके मेज पर लगा चुके होते। उनकी पूरी कोशिश रहती थी कि रात का खाना हम दोनों साथ ही खाएँ। खाना खाते हुए मैं पूरे समय थाली में ही नज़रें गड़ाए रखता था। वे अपनी किताब पढ़ते रहते। मुझे अक्सर बहुत देर में नींद आती थी। वे यह कहकर सोने के लिए लेटते थे कि मैं जब तक जगूँ, लाइट जलाकर रख सकता हूँ। यह बात वे कई बार दोहरा चुके थे कि उन्हें रोशनी में भी अच्छी नींद आ जाती है। फिर भी मैं उनके सोने के कुछ देर बाद लाइट बुझा देता था और लेट जाता था। अगर बहुत बेचैनी होती तो बाहर बालकनी में कुर्सी पर बैठा रहता। मुझे उनके डबलबेड पर सोना अटपटा-सा लगता था। कभी-कभी आधी रात के बाद मेरी आँखें अचानक खुल जातीं और मेरा मन करता कि मैं अभी अपना बैग उठाकर, भागकर किसी और शहर में चला जाऊँ, या उसी शहर के किसी और कोने में। मगर उस शहर के किसी कोने में इतनी जगह और सहृदयता नहीं थी कि मुझे मुफ़्त में पनाह मिल सकती। यदि मृत्यु के बाद इतना लंबा अज्ञात न फैला होता तो मैं शायद मर ही जाता।

मैं अक्सर औंधा लेटकर सोता था और जब सोते हुए अनजाने में उनका हाथ मेरी पीठ पर रखा जाता तो मेरी आँखें तुरन्त खुल जातीं। मैं हिलता भी नहीं क्योंकि मैं किसी भी तरह अपनी असहजता जताना नहीं चाहता था। इस तरह पास लेटे व्यक्ति की पीठ पर हाथ रख लेने में कुछ भी असामान्य नहीं था लेकिन मैं फिर से उनके करवट बदलने और हाथ के हट जाने का इन्तज़ार करता रहता और उसके भी बहुत देर बाद मुझे फिर से नींद आती थी।

घर में दो और कमरे भी थे। मैंने कई बार चाहा कि उनसे कह दूँ कि मैं अलग कमरे में सोना चाहता हूँ। मैं कहता तो वे तुरन्त सहमत भी हो जाते और उसी समय किताबों वाले कमरे के पलंग पर नई चादर बिछा देते। मगर उस स्थिति में रात-भर एक पंखा और चलता और मैं उन पर तिनका-भर बोझ भी नहीं बढ़ाना चाहता था।

कभी-कभी, जब शाम में बारिश होती और मैं देर रात में लौटता तो वे खाना खाते हुए कहते थे कि जब बारिश हो रही थी, तब वे बहुत उदास हो उठे थे। वे किसी के साथ बैठकर चाय पीना चाहते थे, लेकिन कोई भी नहीं था। फिर वे हँसकर कहते कि उन्हें मेरी बहुत याद आई। मैं चुपचाप अपने कौर तोड़ता और निगलता रहता था।

उनका एक भी दोस्त नहीं था। कभी-कभी वे बहुत देर तक अपने मोबाइल फ़ोन के बटन तो दबाते रहते थे। स्नेक्स तो नहीं खेलते होंगे। तब क्या वे किसी को मैसेज लिखते हैं? क्या यह सम्भव है कि वह अब भी उनसे बात करती है?

कभी-कभार उनके कॉलेज के किसी साथी प्रोफ़ेसर का ही फ़ोन आता था और तब भी बस काम की बातें ही हुआ करती थीं। उनकी दुनिया में बाक़ी कोई नहीं था।

सन्ध्या एक न्यूज़ चैनल पर ख़बरें सुनाती थी और मुझसे प्यार करती थी। उसे मेरी फ़िक्र रहती थी और उसके लिए ख़बरें लिखने वाला पंजाबी लड़का यह आसानी से जान जाता था, जब वह उन क्षणों में रुकती थी, जहाँ उसके सामने लिखी लाइन में दूर-दूर तक अल्पविराम नहीं होता था। राजनैतिक उठापटक के समाचार बोलते हुए भी उसकी आँखों में एक बेचैन-सी मासूमियत आ जाती थी। जींद के पास के किसी गाँव में प्रेमी युगल को मारकर पेड़ पर लटका देने वाली ख़बर पढ़ने के बाद जो टीएमटी सरिया ब्रेक आया था, उसमें वह रोने लगी थी। दो-तीन मिनट के ब्रेक में जहाँ बाक़ी एंकर अपने बाल ठीक करती थीं और तेज़ी से अपने लैपटॉप पर पेज पलट-पलटकर देखती थीं, वह मुझे एसएमएस लिखती थी। जब किसी महत्वपूर्ण लाइव बहस के दौरान देर तक ब्रेक नहीं आता था, तब वह व्याकुल हो उठती थी और बहुत तीखे सवाल पूछने लगती थी। ऐसे ही एक साक्षात्कार के पैंतीसवें मिनट में उसने एक दाढ़ी वाले मुख्यमंत्री से कह दिया था कि अपने राज्य में हुए मुस्लिमों के नरसंहार के लिए पूरी तरह वे ही ज़िम्मेदार हैं। फिर मुख्यमंत्री ने मुस्कुराकर पानी माँगा था और फिर उठकर चले गए थे। फिर लालकिला बासमती चावल की ओर से प्रायोजित ब्रेक आया था और शाम को चैनल हैड ने उसे फ़ोन कर कहा था कि वे उसकी स्पष्टवादिता की तहेदिल से प्रशंसा करते हैं और उसके गौरवशाली भविष्य के प्रति पूरी तरह आश्वस्त हैं, लेकिन फिलहाल चैनल की कुछ अन्दरूनी समस्याओं की वजह से उसे छुट्टी पर भेजना चाहते हैं। वे छुट्टियाँ बहुत लम्बी खिंची और आख़िर में उसे कह दिया गया कि वह चाहे तो कहीं और काम ढूँढ़ सकती है।

—यह उन दिनों से कुछ पहले की बात है, जब भारत के सभी समाचार चैनल एक लड़की पर उसके पिता द्वारा किए गए बलात्कार की कहानी के मुख्य अंश दिखा

रहे थे और बैकग्राउंड में राजेश खन्ना की किसी फ़िल्म का उदास संगीत बजता था। पिता के चेहरे पर लाल वृत्त बनाकर एक तीर का निशान लगाया जाता था, जिसके दूसरे सिरे पर 'वहशी पिता' या 'हैवान बाप' लिखा होता था। गृहणियाँ पारिवारिक धारावाहिकों से और अधेड़ पुरुष नेताओं से ऊब चुके थे और यह आँखें गड़ाकर देखते थे, चिन्ताएँ जताते थे। फिर बाद के दिनों में, जब दिल्ली में हर हफ़्ते होते विस्फोटों से ज़्यादा सनसनी पैदा करतीं उनकी भयानक ख़बरें देशवासियों को डरा रही थीं, तब उन चैनल हैड पर आरोप लगा कि वे दाऊद इब्राहिम और एक हिन्दूवादी संगठन से एक साथ पैसे खाते रहे थे। मेरे लिए सन्ध्या की कहानी पूरे देश की कहानी थी।

उन लम्बी छुट्टियों की एक शाम में, जब हम इंडिया गेट के सामने की घास पर अपनी निराशाओं के साथ बैठे थे, उसने मुझसे कहा कि वह आज शाम अपने कमरे पर नहीं जाएगी क्योंकि वह सुबह तक मेरे साथ ही रहना चाहती है। एक मेंहदी लगाने वाली लड़की ज़िद करके उसके बाएँ हाथ पर मेंहदी लगाने लगी थी। उसका दाहिना हाथ मेरे हाथ में था और वह मुस्कुरा रही थी। क्या आप जानते हैं कि कुछ महीने पहले एक शाम जब निढाल-सा होकर बिस्तर पर पड़ जाने की चाह में मैं सीधा ही घर में घुस गया था तो मैंने क्या देखा था?

वह लड़की सन्ध्या पी-एच.डी. कर रही थी। वे उसके गाइड थे। वे, जो मेरी बहन के पति थे और जिनके घर में मैं मजबूरी में रह रहा था, वे जो उदास रहते थे और खाने के समय मेरी प्रतीक्षा करते रहते थे, वे उसी डबलबेड पर उस लड़की के साथ लेटे थे, जिस पर मैं उनके साथ सोता था। मैं इस समय उस जापानी पीली छतरी के बारे में बात करना चाह रहा हूँ, जिस पर लाल रंग के फूल कढ़े थे और जिसे ट्रेन में एक औरत बेच रही थी। टिकट के पैसों के अलावा मेरी जेब में कुल सत्तर रुपए थे और वह एक सौ बीस से नीचे आने को बिल्कुल तैयार नहीं थी। मैं कुछ भी करके उसे ख़रीद लेना चाहता था, लेकिन ख़रीद न सका। मैं अपनी गरीबी की बात नहीं कर रहा। वह तो मैं ट्रेन में था, नहीं तो ऐसा भी हुआ है कि दस हज़ार रुपए हफ्तों तक मेरी जेब में पड़े रहे हों और मुझे ख़र्च करने को जगह न मिली हो। उसके बाद वैसी छतरी मुझे किसी दुकान, बस या रेलगाड़ी में बिकती हुई नहीं दिखी। उस छतरी को न पाने का जो ख़ालीपन है—पीले रंग का, जिस पर लाल फूलों के रंग की उदासी है जो कभी-कभी विक्षिप्तता हो जाती है और मैं नहीं जानता कि यह आपको कैसे समझाऊँ—वह इतना गहरा है कि जब मैं जीजाजी से चिपटकर लेटी हुई सन्ध्या के बारे में आपको बताना चाहता हूँ तो मुझे वह निर्जीव छतरी याद आती है। इसके अलावा मैं कोई भी बात आपको ठीक से नहीं बता

पाऊँगा। मैं बोलने लगूँगा तो बोझिल रूप से हकलाने लगूँगा या अपनी स्मृतियों में खो जाऊँगा, जो कि मुझे कभी-कभी लगता है कि मैंने अपनी कल्पना-शक्ति से ही रच ली हैं। अब मैं नहीं बता सकता कि क्या वे ठीक उसी मुद्रा में आलिंगनबद्ध थे जैसा मुझे अब याद है या जब मैं पहुँचा, वे अपनी शेल्फ़ में से मुग़ल इतिहास की कोई किताब निकालकर उसे दे रहे थे और मैंने सोच लिया था कि कुछ देर पहले वे उस मुद्रा में रहे होंगे।

जब वे दीदी को ब्याहकर ले जा रहे थे और दुर्भाग्य से मैं भी उसी कार में ड्राइवर के साथ वाली सीट पर बैठा था, उन्होंने दीदी की गर्दन के पीछे से एक हाथ ले जाते हुए उनके कन्धे पर रख लिया था। यह मैंने शीशे में नहीं देखा और न ही पलटकर, लेकिन मैं जानता हूँ। वे फुसफुसाकर आपस में बातें कर रहे थे। मेरी उम्र चौदह-पन्द्रह साल रही होगी, लेकिन वे मुझे बिल्कुल बच्चा ही समझ रहे थे। मुझे सब कुछ सुनाई दे रहा था और बुरा यह था कि सब कुछ समझ में भी आ रहा था। मैं जब भी शादियाँ देखता हूँ तो मुझे वे कुछ वाक्य ही याद आते हैं। यह ऐसा था, जैसे आपने अपनी बहन को सम्भोग करते हुए देख लिया हो। इसलिए जब मैंने उस बिस्तर पर सन्ध्या को देखा तो मुझे कार की अगली सीट पर अपने आप में सिमटकर बैठे उस लड़के की याद आई, जो अपने कान बन्द कर लेना चाहता था मगर यह दिखाना भी उसकी ज़िम्मेदारी थी कि उसने कुछ नहीं सुना।

—रात में मिलते हैं।

दरवाज़े पर जब दीदी के ससुराल की औरतें स्वागत के लिए खड़ी थीं, कार से उतरते हुए जीजाजी ने कहा था। दीदी हँसी थी।

—तुम्हारा कोई दोस्त नहीं है क्या? कभी किसी को घर बुला लिया करो। इस तरह हमें भी लगेगा कि घर में रहते हैं।

दिल्ली के उन दिनों में जीजाजी ने मुझसे कहा था। मुझे ग़ुस्सा आया था और उससे मेरी आँखें भीग गई थीं। मैं कहना चाहता था कि नहीं, यह मेरा घर नहीं है। मुझे जिस दिन भी कोई और जगह मिलेगी, मैं तुरन्त यहाँ से चला जाऊँगा और आपके घर को याद भी नहीं करूँगा।

सन्ध्या सुन्दर थी। उसने पत्रकारिता पढ़ी थी और संघर्ष के दिनों में उसे जब कोई और रास्ता नहीं सूझा, उसने दिल्ली विश्वविद्यालय में पी.एच-डी. में रजिस्ट्रेशन करवा लिया था। वे हारे हुए दिन थे। वह भी अक्सर मेरी तरह उदास रहती थी। उसके भी बड़े सपने थे, जिनकी भूख उसके अस्तित्व को दिन-रात खाए जाती थी। जर्नल और किताबें उसकी स्वाभाविकता को ख़त्म करती जा रही थीं। कभी-कभी

जब वह आती थी और जीजाजी कॉलेज से नहीं लौटे होते थे तो मैं उससे बातें करने लगता था। इस तरह दो-तीन महीने ही बीते होंगे कि उसका एक न्यूज़ चैनल में सेलेक्शन हो गया। वह ईमानदार थी। ऐसा मैंने हमेशा महसूस किया था...और वैसे भी यदि आप मेडिकल साइंस की किताबें पढ़ेंगे तो उनमें हॉर्मोनों की वजह से पैदा हुई शारीरिक ज़रूरतों के बारे में बहुत विस्तार से लिखा होगा। किसी इनसान को भूख लगी है और वह अचानक कहीं भी किसी भी अनजान घर से माँगकर एक रोटी खा ले तो आप उसे चरित्रहीन नहीं कह सकते और तब तो बिल्कुल भी नहीं, जब उन दिनों में आप उसके एक सामान्य परिचित से ज़्यादा कुछ भी न रहे हों। बाद में यदि वह संयोगवश आपसे प्रेम करने लगती है और आप पहले के समय की ऐसी किसी घटना को याद कर अपने आप को मानसिक यंत्रणाएँ देते रहते हैं, यह सोचकर कि उसने आपके साथ विश्वासघात किया है तो यह एक क़िस्म की सनक ही है। डॉक्टर कहते हैं कि ऐसे ही लोगों के लिए इतना ख़र्च करके पागलख़ाने बनाए गए हैं।

वे दोनों नहीं जानते थे कि उस शाम मैंने उन्हें देख लिया था और वापस लौट गया था। वह सम्बन्ध जैसा भी हो—क्षणिक या गहरा या दोनों ही एक साथ—गुरु और शिष्या के ऐसे सामान्य सम्बन्धों की तरह घृणास्पद रूप से जिस्मानी नहीं था। सन्ध्या बहुत कोमल थी और किसी भी तरह की कालिख उसके स्वभाव को छू भी नहीं गई थी। वह हताशा में जी रही थी और कई बार ऐसा होता है कि मृत्यु की ओर ले जाती उस हताशा से बाहर निकलने की छटपटाहट में हम हर सम्भव रास्ता आजमा लेना चाहते हैं। ऐसा न भी हो तो यह हर ज़िन्दा आदमी का मूल अधिकार है कि उसे जिस समय जो अच्छा और सही लगे, वह कर सके। मगर मैं सुनता हूँ कि तेज़ आवाज़ में टीवी चल रहा है, जिसमें गुलशन कुमार माता की कोई आरती गा रहे हैं और उन दोनों का एक चित्र है, जो संगीत की उस धुन के साथ मेरे दिमाग़ पर छप गया है।

कभी-कभी सही और ग़लत को सोच सकने की नैतिकता से परे हम सिर्फ़ पीड़ित होते रहने के लिए मजबूर होते हैं। कभी-कभी सुख हमें आकर्षित करके अपने पाश में इस तरह जकड़ लेता है कि हम कुछ भी नहीं सोच पाते और वही निर्णय लेते हैं, जो उस समय सुख की ओर ले जा रहा होता है। आप देख रहे होंगे कि मेरे पास उस शाम को माफ़ कर देने के कितने तर्क हैं और मैं खुद भी कोई दूध का धुला नहीं रहा हूँ, मगर फिर भी मैं बार-बार तीर खाए हुए हिरण की तरह उसी जंगल में भटकता हूँ, जिसे टी-सीरिज ने मेरे दिमाग़ की नसों में रच दिया है।

यदि आप छत पर जाकर पतंग उड़ाते हैं या मैदान में जाकर क्रिकेट खेलते हैं तो आप अपने माता-पिता और भाई-बहनों को एक एकान्त देते हैं, जिसमें वे आराम से आपके ख़िलाफ़ षड्यंत्र रच सकते हैं। इसीलिए मैंने कभी घर के बाहर क्रिकेट नहीं खेला और जीवन में केवल एक बार पतंग उड़ाई। तब मैं दस साल का था। एक पतंग हमारे टीवी एंटिना में उलझ गई थी। बहुत कोशिशों के बाद मैंने उसे निकाला था। वह नारंगी रंग की थी, जिसके बीचों-बीच एक सफ़ेद तारा बना हुआ था और उस तारे के ऊपर ही उसकी सींक थी। अब मुझे लगता है कि पतंग उड़ाना भी कविता लिखने की तरह सीखा या सिखाया नहीं जा सकता। जिसे यह आता है, अपने आप ही आता है। उसके साथ जो थोड़ी-सी डोर थी, उसी से मैं वह पतंग उड़ाने की कोशिश करने लगा। आधा घंटा बीत गया और अच्छी-खासी हवा भी चल रही थी, लेकिन मैं नाकाम रहा। मैं उसे झटका देकर उड़ाता था, वह एक बार हवा में गोता खाती थी और फिर छत से आ टकराती थी। इतने में माँ मुझे बुलाने के लिए छत पर आ गई। वह कुछ सामान लाने के लिए मुझे नुक्कड़ की दुकान पर भेजना चाहती थी। साथ ही वह कहने लगी कि मुझे पतंग नहीं उड़ानी चाहिए क्योंकि हमारे घर की छत पूरी तरह खुली हुई थी और मैं गिर सकता था। उसी सुबह पढ़ाई न करने पर माँ ने मुझे एक थप्पड़ मारा था और मैं उससे नाराज़ था। मैंने ऐसे दिखाया जैसे मुझे उसकी कोई बात न सुनी हो। मैं पतंग उड़ाने की अपनी कोशिश में लगा रहा। नीचे कुकर की सीटी बजी और आपने सुना होगा कि माँ ने कहा था, छत खुली हुई है। छत ऐसे खुली थी, जैसे आसमान। बस वह असीमित नहीं थी और माँ ऐसे गिरी, जैसे आसमान के किनारे से कोई तारा फिसलकर नीचे गिर जाए।

सब्जी में एक भी सीटी ज़्यादा लग जाती थी तो माँ घर में कहीं भी हो, बदहवास-सी होकर गैस बन्द करने के लिए दौड़ पड़ती थी। तभी मेरी पतंग थोड़ी उड़ने लगी और मैं ख़ुशी में बहरा-अन्धा हो गया। सुख कभी-कभी हम पर ऐसा ही असर डालता है। माँ ने सँभलने के लिए फ़ुर्ती से हाथ-पैर चलाए होंगे। दस-बारह सेकेंड के लिए मुँडेर की एक ईंट को वह पकड़े रही। वह चिल्लाई भी। उसने मेरा नाम पुकारा। वैसे, जैसे उसके सिवा कोई नहीं पुकारता था। मैं ख़ुश था और उससे अपनी नाराज़गी इतनी जल्दी ख़त्म नहीं करना चाहता था। इसलिए मैं मंत्रमुग्ध- सा अपनी पतंग को देखता रहा और मैंने पलटकर नहीं देखा। मैंने नहीं देखा कि वह एक ईंट के सहारे झूल रही है। मुझे लगा कि वह आख़िरी सीढ़ी पर खड़ी होकर ग़ुस्से से मुझे पुकार रही है। सुबह के सवा ग्यारह बजे थे और एक घंटा पहले ही हम सबने एक साथ 'चन्द्रकान्ता' देखा था।

उन दस-बारह सेकेंड में माँ ने क्या-क्या सोच लिया होगा? हम सबका पूरा अतीत और पूरा भविष्य शायद! वह कौन-सी नजर थी हे ईश्वर, जिससे उसने मुझे आख़िरी बार देखा था? मैं बेफ़िक्र था और अपनी पतंग को देखता हुआ मुस्कुरा रहा था। वही उसके लिए दुनिया का आख़िरी सीन होगा और फिर उसने आँखें बन्द कर ली होंगी। एक रुपए की वह ईंट मेरी माँ का बोझ नहीं सह पाई और उसे लेकर चालीस फ़ीट नीचे जा गिरी।

माँ तारा नहीं बनी कि शाम का खाना जल्दी-जल्दी निपटाकर हम आकाश की ओर मुँह फाड़कर उसे एकटक देख पाएँ। माँ पतंग बन गई और मैंने पहले उसे एक अख़बार में लपेटकर उस मिट्टी में गाड़ दिया, जिसमें वह गिरी थी। लेकिन मुझे उसकी इतनी याद आती थी कि तीसरे ही दिन मुझे वह पतंग निकाल लेनी पड़ी। मैं उसे अपने बस्ते में रखकर स्कूल ले जाना चाहता था। मैं नहाते हुए उसे बाथरूम के आले में रख देना चाहता था, ताकि वह देख सके कि मैं ठीक से रगड़-रगड़कर नहाता हूँ या नहीं। मैं कुहनी या गर्दन का मैल उतारना भूल जाऊँ तो वह मुझे याद दिला सके। आप समझने की कोशिश कीजिए कि एक नौ साल का बच्चा, जिसे अब तक उसकी माँ नहलाती रही हो, बहुत कुशलता से अपने आप नहीं नहा सकता। मगर इस तरह पतंग के भीगकर गल जाने का डर था और बस्ते में रखने पर फट जाने का।

उन मुश्किल दिनों में, जब रात में चाँद पतंग के आकार का दिखता था, चाहे दूज हो या अष्टमी या पूर्णिमा, मैंने अपने जीवन की पहली चोरी की। क्लास में एक दिन मेरी आँखों से अचानक टपटप आँसू बहने लगे। मैं डेस्क पर रखे अपने बस्ते पर सिर रखकर बैठ गया, जैसे हम बच्चे अक्सर थककर बैठ जाते थे। गणित वाले सर क्लास में नहीं आए थे और सब बच्चे शोर मचा रहे थे। सर क्लास में आते तो एकदम से शान्ति हो जाती और तब मेरे सुबकने की आवाज़ सबको सुनने लगती। उनके आने पर सबके साथ मुझे भी खड़ा होना पड़ता और तब तो सबको मेरा आँसुओं से भीगा चेहरा दिख ही जाता। मैं ऐसा नहीं होने दे सकता था। उन कठिन दिनों में भी मेरा एक आत्मसम्मान था, जिसे मैं नहीं गँवा सकता था। मैंने अपने साथ बैठने वाले अर्जुन के बस्ते की जेब से उसका रोएँदार रुमाल निकाला और तेज़ी से अपना चेहरा पोंछकर उसे अपने बस्ते में रख लिया। मैं कभी भी रो सकता था। मेरी माँ मर चुकी थी और दुनिया में रुमालों की सबसे ज़्यादा ज़रूरत मुझे ही थी।

जब सर आए और इधर-उधर बिखरे बच्चे तेज़ी से अपनी-अपनी सीट पर आकर लम्बे खिंचते हुए स्वर में 'वेलकम सर' कहते हुए खड़े हो गए, तब अर्जुन ने सबसे

पहले अपने बस्ते की जेब में ही हाथ डाला और अपना प्यारा रुमाल नदारद पाया। रोने से मेरा चेहरा थोड़ा तो लाल होगा ही और आँखें भी, और ऐसे में मैं उसे हड़बड़ी में डेस्क पर और उसके नीचे अपना रुमाल खोजते देखता रहा। वह लाल रंग का दृश्य था, जिसमें मैं रोने के बाद चुपचाप किताब खोलकर बैठा था। वह एक अमीर पिता का लड़का था। जयपुर तक रोज़ उनकी दो बसें जाती थीं और दो आती थीं। उसने सिनेमा-हॉल में कई फ़िल्में देख रखी थीं। उसे गर्लफ्रेंड का मतलब पता था और उसकी सुन्दर सी माँ थी, जो हमेशा हँसती रहती थी। हँसते हुए उनके गाल गुलाबी हो जाते थे और मेरा उन्हें छू लेने का मन करता था।

सर जब बोर्ड पर क्रय मूल्य और विक्रय मूल्य के बारे में बता रहे थे, तब अर्जुन ने खड़े होकर कहा कि उसका रुमाल किसी ने चुरा लिया है। ऐसी चोरी के बाद सब बच्चों के बस्तों की तलाशी ली जाती थी। यह एक अपमानजनक और दोस्ती तोड़ सकने वाली प्रक्रिया थी, जिसमें पीड़ित बच्चा क्लास के हर बच्चे को सम्भावित चोर मानकर तलाशी लेना शुरू करता था। उसने मुझी से शुरू किया और मुझी पर खत्म।

वे एक ऐसे ख़ालीपन की ओर ले जाते दिन थे, जिन्हें जीवन-भर कोई भी उपलब्धि, स्नेह या साहचर्य नहीं भर सकता। ऐसी रिक्तता, जिसके बाद आप हमेशा अपंग-सा महसूस करते हैं। वे जो सर थे, जिनका नाम शिवदयाल या शिवप्रकाश था, विधुर थे। शादी से अगली सुबह ही उनकी पत्नी मर गई थी। चौबीस साल की उम्र में उन्हें दिल का दौरा पड़ा था और अब मैं समझ सकता हूँ कि सर के पास उस ग़ुस्से की एक वजह थी, जो वे हमारी उँगलियों के बीच पेन फँसाकर, उन्हें दबाकर उतारा करते थे। लेकिन तब मेरी उम्र दस साल थी और मैं सिर्फ़ सुख और दुख ही समझ पाता था। सिर्फ़ हँसी और विलाप।

उन्होंने मुझे आधे घंटे तक मुर्गा बनाया और दो बस्ते मेरी पीठ पर रख दिए। पूरी बात बताते हुए यह बात अब भी मुझे उतनी ही तीव्रता से याद आती है कि मेरी माँ नहीं थी। शाम में घर लौटने के बाद भी ऐसा कोई उल्लास नहीं था, जिसमें डूबकर मैं अपनी उँगलियों, पीठ और पिंडलियों का दर्द भूल जाता। उन अधूरे दिनों में पापा पागल होने लगे थे। कभी-कभी वे आधी रात के बाद शहर की सड़कों पर बेवजह भटकते हुए मिलते और कोई उन्हें पहुँचाने आता। तभी हम दोनों भाई-बहन जागते और हमें पता चलता कि वे उठकर कहीं चले गए थे। उन्होंने माँ की गुमशुदगी के इश्तिहार छपवा लिये और छिप-छिपकर उन्हें सारे शहर की दीवारों पर चिपकाते रहे। वे खाना खाते हुए अचानक उठ जाते और सारी रोटियाँ तोड़-

तोड़कर हवा में फेंकने लगते और मुस्कुराते रहते। बहुत देर तक ऐसा करने के बाद वे फूट-फूटकर रोने लगते। तब मैं और दीदी भी उनके साथ रोने लगते और हमारा घर एक पवित्र-सी उदासी में माथे तक डूब जाता था। रोते-रोते हम एक-दूसरे के चेहरों के आँसू पोंछते रहते और एक-दूसरे को चुप करवाते रहते। जैसे मैं रोते-रोते कोई ऐसा चुटकुला सुनाने लगता था, जिसे सुनकर कभी दीदी और पापा बहुत हँसे थे। पापा हमें अपने आगोश में ले लेते और यह अहसास दिलाने की कोशिश करते कि हम उतने ही सुरक्षित हैं, जितने माँ के आँचल में होते थे। लेकिन ऐसा नहीं था। वे ख़ुद जान जाते थे कि वे हमें वह बेफ़िक्री और सुरक्षा नहीं दे पा रहे हैं। वे देर तक हमें अपनी बाँहों में भरकर हमारी पीठ सहलाते रहते। उनके आँसू हमारे सिर पर गिरते और हमारे कन्धों पर लुढ़कते हुए खो जाते। दुनिया के सबसे उदास बच्चे वे हैं, जिन्होंने अपने पिता को बेबस होकर रोते हुए देखा है। हमें दुनिया एक जंगल, रेगिस्तान या समुद्र की तरह लगती थी।

—तुम्हारी इस बेवजह उदासी की वजह पक्का तुम्हारे बचपन में ही कहीं है।

मेंहदी लगाने वाली लड़की बीस रुपए लेकर जा चुकी थी। सन्ध्या मेंहदी वाली हथेली सीधी खोलकर सुखा रही थी और दूसरे हाथ से मेरे बाल सहला रही थी। मैं उसकी गोद में सिर रखकर लेटा था और उसे साथ लेकर या अकेले ही कहीं दूर पहाड़ों पर भाग जाना चाहता था।

—हाँ, मैं जानता हूँ।

—अरे मैं कितनी बेवकूफ़ हूँ! भूल गई बिल्कुल। एक ख़ुशख़बरी सुनानी है तुम्हें आज। मुझे एमटीवी का एक शो होस्ट करने का ऑफ़र मिला है।

—बम्बई चली जाओगी तुम?

—बम्बई नहीं, मुम्बई शोना...

—मैं बम्बई ही कहूँगा। यहाँ इंडिया गेट के सामने खड़ा होकर, मैं चिल्ला-चिल्लाकर भी बम्बई कहूँ तो भी कोई मुझे कुछ नहीं कहेगा। यह आज़ाद शहर है और मैं बहुत हताश हूँ, मगर मैं इससे बहुत प्यार करता हूँ।

—तुम भी चलना मेरे साथ।

—मगर मैं अभी क्या करूँगा वहाँ? मैं वहाँ जाना चाहता हूँ मगर मुझे बहुत डर भी लगता है। और तुम क्या अपनी ख़बरों की दुनिया छोड़ दोगी?

—वह मैं छोड़ चुकी हूँ। पिछले महीने मुझे निकाल दिया गया था हुजूर।

—हम कहीं और चलते हैं सन्ध्या, जहाँ यह एमटीवी का हल्ला और वह घर न हो, जहाँ मैं हर शाम जाता हूँ और रात में मेरा मन करता है कि नींद की बहुत सारी गोलियाँ खाकर मर जाऊँ।

—बाबू तुम इतने डिप्रेस्ड मत रहा करो। सब कुछ ठीक हो जाएगा।

—हम पहाड़ों पर कहीं रह लेंगे। मैं भूखा भी रह लूँगा...

—उसकी ज़रूरत नहीं है बाबू। देखना, एक दिन हम कितने बड़े आदमी बनेंगे और तब हम इस तरह बेफ़िक्री से यहाँ नहीं बैठ पाएँगे। ऐसी खुली जगहों पर लड़के-लड़कियों के झुंड हमें घेर लिया करेंगे।

ये सब बातें बेमानी थीं। जिन बातों से मेरे क़रीबी लोग मुझे हौसला बँधाया करते थे, वे फूले हुए गुब्बारों में उद्दंड हवा की तरह भरी हुई बातें थीं, जो नुकीले वर्तमान के हल्के से स्पर्श से ही कहीं अन्तरिक्ष में उड़ जाती थीं। मुझे लगता था कि मैं दुनिया के सबसे काबिल लोगों में से एक हूँ लेकिन उन दिनों मुझे कोई रास्ता नज़र नहीं आ रहा था। मेरा चेहरा शायद इतना आम या भीड़ जैसा होता जा रहा था कि दस बार मिलने के बाद भी मैं ग्यारहवीं बार जब शिखर पर बैठे मोटे लोगों से मिलने जाता था तो मुझे अपना पूरा परिचय और मुझे रेफ़र करने वाले व्यक्तियों के नाम दोहराने पड़ते थे। फिर जब मैं बताता था कि मैं अपने सपनों में बैठी वह इमारत ज़मीन पर बनाना चाहता हूँ तो वे मुस्कुराकर मुझे देखते रहते और कुछ तो मेरे सामने ही ठहाके मारकर हँसते भी। उनमें से कोई भी मुझे चाय और नमकीन के बिना लौटने नहीं देता था। कभी-कभी वे मुझसे सहानुभूति भी जताते और कहते कि अभी तुम्हारी उम्र ही क्या है, तुम यह पागलपन छोड़कर कुछ और भी कर सकते हो। वे मुझे निट या एप्टेक से कोई डिप्लोमा कर लेने को कहते। उसके बाद मैं अपने क़स्बे में जाकर कोई कम्प्यूटर सेंटर या साइबर कैफ़े खोल लेता, जहाँ सतरह-अठारह साल के लड़के आकर चैटिंग करते और वैबकैम पर नंगी अमेरिकन लड़कियाँ देखते। कुछ कहते कि मैं अपनी छूटी हुई ग्रेजुएशन पूरी कर लूँ और फिर कहीं एमबीए में दाख़िला ले लूँ। मेरी उम्र तेईस साल थी और मुझमें इतनी आग थी कि मैं समन्दरों को जलाकर राख कर सकता था, लेकिन मैं ऐसे डरे हुए और डराने वाले प्रभावशाली लोगों के नीचे था जो मेरी एमबीए की फ़ीस भरने को तो तैयार थे, लेकिन शिखर तक के रास्ते का नक़्शा बताने को क़तई नहीं।

कॉलेज की पढ़ाई बीच में छोड़कर बेकार घूमने के शुरुआती दिनों में ही मैंने अचानक जाना था कि मेरे आसपास सिर्फ़ डिग्रियों पर भरोसा करने वाले अन्धे लोग हैं। उन्हें सिर झुकाकर सब आदेश मान लेने वाले ग्रेजुएट्स, पोस्ट-ग्रेजुएट्स और रिसर्च स्कॉलर्स की ज़रूरत थी। उनकी उस व्यवस्था में मैं एक बदरंग पैबन्द था।

मैं बहुत सारी नई चीज़ें बना सकता था। मैं ख़ाली काग़ज़ों पर दूसरों को न समझ में आने वाले चित्र बनाता रहता। वे मेरी कविताएँ देखते और मुस्कुराने या ठहाका मारने से पहले के विराम में उन्हें अक्सर जटिल या दुरूह बताते। मैं कभी-कभी अकड़ से उठकर चल देता था और कभी-कभी इतना टूट जाता था कि मेरी

विनम्र बातें उनके पैर छूती हुई जान पड़ती होंगी। मैं उन्हें कहता कि वे मेरी सबसे सादी कविताएँ हैं, मैं न चाहकर भी उनकी व्याख्याएँ करता और उन्हें छोटा बनाता (बाद में इस पश्चाताप में मैंने घंटों दीवारों में सिर फोड़ा है)। कभी-कभी उनका समय पाने के लिए मैं सरल तुकबन्दियाँ उन्हें सुनाता। वे ख़ुश होकर मेरी प्रशंसा करते और कहते कि तुममें प्रतिभा है, बस तुम्हें उसे पॉलिश करना है। वे सच में मुकुट के चारों ओर अजगर की तरह लिपटकर बैठे हृदयहीन लोग थे और जाने किन दुर्भाग्यशाली क्षणों में मैं उनकी कृपादृष्टि पाने के लिए उन जैसा हो जाना चाहता था। बाद में ऐसा बन जाने के लिए मैं कई दिनों तक अपने आप को कोसता रहता और फिर अगली ही किसी मुलाक़ात में मैं उन्हें चुभने वाले बहुत सारे सच कहता और वे मुझे लगभग धक्के मारकर अपने दफ़्तरों और कोठियों में से निकाल देते। मैं उन्हें कहता कि मैं फ़िल्में बनाना चाहता हूँ तो वे मुझे नोएडा या पूना के किसी फ़िल्म स्कूल का पता दे देते थे। फिर वे डेविड धवन की फ़िल्मों की बातें करने लगते थे। फिर मैं अप्रत्यक्ष रूप से उन्हें बेवकूफ़ कह देता और निकल आता।

मैं पहियों पर चलने वाला एक घर बनाना चाहता था। उसका पूरा नक़्शा और एक एक इंच का डिजाइन मेरे दिमाग़ में था, लेकिन मैं ऐसा कर सकता हूँ, यह विश्वास उन्हें दिलाने के लिए आर्किटेक्चर की एक बड़ी डिग्री की ज़रूरत थी। मैं भावुक होकर अपने आइडिया उन्हें धाराप्रवाह सुनाता रहता था। मेरी आँखें बन्द हो जाती थीं और कभी-कभी तो मैं उन विचारों और सपनों में इतना खो जाता था कि बताते-बताते मेरी आँखों से पानी गिरने लगता था। तब वे मुझे रूमाल पकड़ाते थे और मुझे चोरी का वह रूमाल और सज़ा याद आती थी। अर्जुन, जिसका रूमाल मैंने चुराया था, दुबई में बस गया था। वहाँ उसने अपने पिता के पैसों से अपना कोई बिज़नेस शुरू कर लिया था। तीन बेडरूम के अपने फ़्लैट में वह अपनी कश्मीरी प्रेमिका के साथ रहता था।

इंडिया गेट वाली शाम में सन्ध्या सुबह तक मेरे साथ रहना चाहती थी। मेरा अपना कोई घर नहीं था और जीजाजी के उस चितरंजन पार्क वाले घर में मैं उसे ले जाना नहीं चाहता था। कैसे ले जा सकता था भला, जब उसका, मेरा और उनका एक साझा अतीत था, जिसकी याद ही मुझे मार डालती थी।

वह जो थी सन्ध्या, उसके गाल नर्म थे और जैसे उसने कभी कोई पाप न किया हो, उसकी आँखें साफ़ थीं और पारदर्शी होने का भ्रम देती थीं। तीन हफ़्ते बाद ही मैं ऑटो-रिक्शा पर उसे एयरपोर्ट तक छोड़ने गया, जहाँ से वह मुम्बई उड़ गई।

—कैसा लगता है हवाईजहाज में बैठकर?

मैं बाद में फ़ोन पर पूछता रहा और वह बताती रही। पहाड़, बादल, समुद्र, घास जैसे खेत और गूगल अर्थ से जैसा धरती का नक़्शा दिखता है, वैसी धरती के बारे में। एमटीवी का 'चाय वाली चैट' आपने ज़रूर देखा होगा। वह कमाल की एंकर थी। पहली बार जिसने भी उसे उस शो में देखा-सुना, उसने यह कहा कि वह शो उसके लिए और वह उस शो के लिए परफ़ेक्ट है। वह खिलखिलाकर हँसती थी, तेज़ी से अंग्रेज़ी में बोलती थी, मेहमानों से तीखे चटपटे सवाल पूछती थी और ऐसे कपड़े पहनती थी, जिनके नाम मुझे आज तक नहीं पता। मैं अपने दोस्तों को फ़ोन कर-करके उसका शो देखने के लिए कहा करता था और उस लम्बी उदासी से पहले, जब वह व्यस्त होती थी और मुझसे एक मिनट की बात के लिए भी उसे चार-चार दिन में समय मिलता था, मैं बहुत दिन तक अपने एकांतिक गर्व में डूबा रहा था।

कभी-कभी आप एक घंटे के शो में, जिसमें तीन ब्रेक और अड़तालीस विज्ञापन आते हैं, अपनी प्रेमिका को सलमान ख़ान के साथ गप्पें लड़ाते हुए देखते हैं। सलमान के चेहरे पर झुर्रियाँ हैं और आप जानते ही हैं कि वह कैमरे के सामने अपनी शर्ट उतारने को कितना आतुर रहता है। आपकी प्रेमिका ने, जो किन्हीं अनजान क्षणों में टीवी पर बदल सी गई है, काले रंग का कोई ऐसा परिधान पहन रखा है कि उसके कन्धों पर उसके भीतर के कपड़ों की स्ट्रिप दिखाई दे रही है। सलमान अश्लील-सा कोई मज़ाक करता है, जिस पर वह प्यार से हँसती है, देर तक—जैसे न्यूज़ के अपने आख़िरी दिनों में दाढ़ी वाले भयंकर से दिखने वाले बाबाओं के तंत्र-मंत्र और टोटकों पर गम्भीरता से चर्चाएँ करते हुए हँस देती थी और अपने बॉस से डाँट खाती थी—और आप चकित हैं कि यह वही सन्ध्या है, जो औरंगजेब के शासनकाल पर लम्बी चर्चाएँ करती थी या टीवी में मेधा पाटकर के आन्दोलन पर एक घंटे की स्पेशल रिपोर्ट बनाती थी।

शो के तुरन्त बाद मैं उससे बात करने वाला पहला व्यक्ति होना चाहता था। कभी एकाध बार वह फ़ोन उठा भी लेती तो उसका मूड उखड़ा हुआ होता था। वह थकी हुई होती और अधिकांश समय चुप ही रहती। मैं कुछ मिनट तक पागलों की तरह बहुत सारी बातें एक साथ कहता रहता, कभी-कभी उसे अपनी जान-बूझकर की गई बेवकूफ़ियों पर हँसाने की कोशिश भी करता मगर एक लम्बे विराम के बाद वह 'इट डजंट साउंड फ़नी' कहती और जैसे मैं राजकपूर था, फ़ोन काट देती थी।

रुकिए, कुछ देर रुककर मैं सच में रो लेना चाहता हूँ। जो मुझ पर बीतती थी, उसका दस फ़ीसदी भी बता पाने में मैं नाकाम हो रहा हूँ। आप विश्वास कीजिए,

वे सब बिल्कुल एक जैसे हैं। आपकी अधेड़ माँएँ और पिता, नौकरियाँ करते दोस्त और मशहूर होती प्रेमिकाएँ। आख़िर में उन्हें आपके होने या न होने से कोई ख़ास फ़र्क़ नहीं पड़ता। हर एक के पास आपका विकल्प मौजूद है। वे अगर कहते हैं कि वे आपसे बहुत सारा प्यार करते हैं और आपके बिना नहीं रह सकते तो वे झूठ बोलते हैं। अपने अन्दरूनी कोनों में उन्होंने आपके न होने की स्थिति में कैसे ख़ुशी से जीना है, इसका पूरा प्लान बना रखा है। वे बहुत व्यावहारिक लोग हैं। आप मरेंगे तो एक भी आदमी नहीं मरेगा। आप अकेले कमरे में रात-भर बेचैनी से आँखें फाड़े छत ताकते रहेंगे, तब तो एक पत्ता भी नहीं हिलेगा। वे सुबह उठेंगे और नाश्ता करके अपने-अपने काम पर निकल जाएँगे।

मैं देर रात में उसे फ़ोन करता था।

—मैं शराब पीना चाहता हूँ सन्ध्या। यह उदासी मैं नहीं झेल सकता।

—तो पी लो।

वह निरपेक्ष-सी रहती थी।

—कहाँ से लाऊँ...और शराब ख़रीदने के लिए क्या कहना पड़ता है दुकान वाले को?

—आईएनए चले जाओ...

और फिर वह चुप हो जाती थी। बैलेंस ख़त्म होने से पहले मुझे फ़ोन रख देना पड़ता था। मैं अपनी हताशा और ग़ुस्से के बोझ तले दबा रात में घंटों तक दिल्ली की सड़कों पर भटकता रहता था। उन दिनों मैं और देर से उनके घर लौटता था। वे फिर भी जागते हुए ही मिलते थे। वे किसी नए गाने या फ़िल्म के बहाने मुझसे कोई बात करने की कोशिश करते और मैं कम से कम शब्दों में बात ख़त्म करने की। फिर एक दिन उन्होंने अपने आप ही कहा कि उन्हें रोशनी में नींद नहीं आती, इसलिए यदि मुझे देर तक जागना हो तो मैं दूसरे कमरे में चला जाऊँ। यह उन्होंने अचानक कहा। वे बाक़ी दिनों की तरह सोने के लिए लेट गए थे और मैं एक किताब लेकर बैठा था, जिसे मैं पढ़ नहीं पा रहा था। यूँ तो मैं बहुत दिनों से दूसरे कमरे में सोना चाहता था मगर उन्होंने कहा तो मुझे बुरा लगा। मुझे लगा कि कुछ दिन बाद किसी रात वे इसी तरह लेटे-लेटे कहेंगे कि मुझे अपना बैग उठाकर उनके घर से चले जाना चाहिए। मैं चले जाना भी चाहता था, लेकिन मेरे पास छः दिन भी कहीं रहने लायक पैसे नहीं थे। मेरा सुनसान घर बहुत दूर एक क़स्बे में था, जहाँ मैं लौटना नहीं चाहता था।

माँ के पतंग बनने के बाद पापा का पागलपन डेढ़-दो साल तक उनके साथ रहा था और फिर अचानक एक दिन जैसे उन्हें जीवन का कोई सूत्र मिल गया था। उन दिनों हम सब परेशान थे। दीदी शायद मुझसे कुछ कम परेशान थी क्योंकि उन

दिनों उसने लिपस्टिक लगाकर अपने आप को देर तक शीशे में निहारना शुरू कर दिया था। वह आराम से ऐसा कर पाती थी जबकि मैं कभी-कभी अपना ही चेहरा नाखूनों से नोच लेना चाहता था। मेरा अपनी आँखें फोड़ डालने और माँ की बुनने वाली सलाइयों से अपने कानों के परदे फाड़ देने का मन करता था। पापा कभी-कभी अपने सब कपड़े उतारकर फेंकने लगते थे। बाहर का दरवाज़ा चौपट खुला होता था और ऐसा वे अक्सर शाम के वक़्त ही करते थे, जब गली में अच्छी-खासी चहल-पहल होती थी। पड़ोस के लोग हमारे दरवाज़े पर आ जुटते थे। मेरी एक बूढ़ी बुआ कुछ दिन तक हमारे पास रही थी और फिर वह भी तंग होकर चली गई थी। उन्होंने बहाना बनाया था कि गाँव में उनकी भैंसें उन्हें ही ठीक से दुहने देती हैं, इसलिए उनके जाए बिना काम नहीं चलेगा। बुआ के जाने के बाद मैं और दीदी ही उन्हें सँभालने के लिए रह गए थे। पड़ोसी कहते थे कि हमें किसी रिश्तेदार को बुला लेना चाहिए। पापा के कुछ दोस्त भी थे, जो डेढ़-दो साल के उस समय में लगातार कम और दूर होते गए थे। शाम को दफ़्तर से थके-हारे लौटे पड़ोसियों के मनोरंजन में खलल डालते हुए मैं दरवाज़ा बन्द कर देता था और फिर मैं और दीदी पापा को कुर्सी पर बिठाकर उन्हें बाँध देते थे। वे हमसे तीन गुनी उम्र के होंगे और यह असम्भव-सा लगता है, लेकिन ऐसा हम दोनों ने कम से कम पचास बार किया है तथा मेरी और दीदी की हथेलियों पर रस्सी से बने स्थायी निशान हैं। वे निशान पापा के कन्धों, घुटनों और पेट पर भी होंगे। वे हमारा पारिवारिक चिह्न बन गए हैं और हम जब भी एक दूसरे को ढूँढ़ेंगे तो वे काम आएँगे।

वह पीले रंग की एक कमज़ोर-सी रस्सी थी, जो झाड़ू या घड़े की तरह बरामदे के एक कोने में अपने नियत स्थान पर रखी रहती थी। उससे पहले वह कपड़े सुखाने के काम आती थी। फिर माँ ने उसकी जगह नई रस्सी बाँध दी थी और उसके मरने से पहले के दिनों में दीदी हर शाम सत्तर बार वह रस्सी कूदती थी। वह रस्सी जिन दिनों हम तीनों की गर्दनों पर कसती जा रही थी, पापा अचानक एक औरत को घर ले आए।

—आज से ये यहीं रहेंगी।

उन्होंने ऐलान करने की तरह कहा। उसकी आँखें चमकती और इधर-उधर भटकती रहती थीं। मुझे हर वक़्त लगता था कि वह कुछ ढूँढ़ती रहती है और जिस दिन उसे वह चीज़ मिल जाएगी, वह उसे उठाकर भाग जाएगी। उसकी उम्र तीस के आसपास थी और पापा को लगता था कि वह उनसे बेइन्तहा प्यार करती है। वे उससे दस-बारह साल बड़े थे, उन्हें पागलपन के दौरे पड़ते थे और उनका पेट निकल आया था, फिर भी। फिर वे ठीक होने लगे थे और साथ-साथ हमें भूलने

भी लगे थे। कभी-कभी वे हमारे सामने ही उसे बाँहों में भरकर चूमने लगते और वह झूठी शर्म से अपने गाल लाल कर लेती। दीदी सकपकाकर वहाँ से हट जाती थी, लेकिन मैं स्तब्ध-सा बैठा लगातार उन्हें देखता रहता था। मुझे लगता था कि हम दोनों भाई-बहन ग़ायब होने लगे हैं, इसलिए पापा कभी-कभी हमारी उपस्थिति महसूस नहीं कर पाते। मैं दुबला होता जा रहा था। यह मुझे अदृश्य होने की प्रक्रिया का ही एक चरण लगता था। मेरे सब निकर और पैंटें ढीले होने लगे थे। दीदी मुझे कपड़े पहनाते हुए अक्सर माँ हो जाती थी।

माँ, जो पतंग बन गई थी, एक दिन उस औरत ने अपनी तलाशती-भटकती हुई आँखों से उसे बक्से में देख लिया और निकालकर कूड़े में फेंकने चली। जब मेरी नज़र उस पर पड़ी, वह बाहर के दरवाज़े तक पहुँच गई थी। मैं दौड़कर गया और उससे पतंग छीन ली। यह उसे बर्दाश्त नहीं हुआ। उसने मेरे हाथ से पतंग छीनने की कोशिश की और वह बीच से फट गई। जैसी माँओं की मुस्कुराहटें होती हैं, वह उस आकार में फटी। मैंने नज़र भर के उसे देखा और नीचे फ़र्श पर रख दिया। फिर मैं चिल्लाया और धकेलकर उस औरत को मैंने नीचे गिरा दिया। मेरी उम्र बहुत कम थी और यह मुझे याद है।

मैं उसके पेट पर बैठ गया और जानवरों की तरह अपने नाखून उसके चेहरे पर मारने लगा। जब तक वह मुझे अपने ऊपर से धकेलने में कामयाब हुई, मैं उसके चेहरे को लहूलुहान कर चुका था। उसकी एक आँख से भी ख़ून बह रहा था और वह गालियाँ बकती हुई दर्द से छटपटा रही थी।

पापा शाम को दुकान से लौटे तो उसकी आँख पर पट्टी बँधी हुई थी और उसने मुझे पापा से ख़ूब पिटवाया। उन्होंने अकेले ही उसी रस्सी से मुझे उस कुर्सी पर बाँध दिया और अपनी चप्पल उतारकर मेरे गालों पर मारते रहे। एकाध बार गर्दन और सिर पर भी। वह अपनी आँख पर हाथ रखकर कराहती जाती थी और पापा मारते जाते थे। मैं यहाँ जोड़ता हूँ कि हथेलियों पर रस्सी के निशानों की तरह मेरे बाएँ गाल पर बाटा के बी की हल्की-सी छाप अब भी है। वह हमारा पारिवारिक चिन्ह नहीं है। वह सिर्फ़ मेरे हिस्से आई।

माँ, जो सुन्दर हँसती थी और अच्छा चूरमा बनाती थी, मैं उसकी कसम खाकर कहता हूँ कि उस दिन मेरी आँखों से एक भी आँसू नहीं टपका। मैं लगातार उस औरत को ही देखता रहा और यदि यह अतिशयोक्ति नहीं है तो मेरा पूरा जीवन-दर्शन और दुनिया को समझने का आधार उस देखने से ही शुरू होता है।

पापा जब थक गए तो उसे लेकर अपने कमरे में चले गए। कमरा बन्द हो गया। दीदी ने आकर मेरी रस्सी खोली और मुझे चूमते हुए घंटों तक रोती रही। वैसा प्यार मुझे कभी किसी ने नहीं किया, माँ ने भी नहीं।

अगले दिन पापा उसे लेकर कहीं चले गए। बुआ हमारी देखभाल के लिए आ गई। बुआ को ऊँचा सुनता था, वह कमर झुकाकर चलती थी और दिन-भर झुँझलाती रहती थी। दीदी के भाग जाने से पहले (कभी न कभी भाग जाना हमारे जीन में ही है) वह हम दोनों को सामने बिठाकर बताती रहती थी कि हमने पिछले जन्म में ज़रूर कई बड़े पाप किए हैं...शायद गौहत्या।

—बलात्कार भी बुआ?

मैं पूछता था। वे सिलबट्टा उठाकर मुझे मारने दौड़ती थीं। उन क्षणों में मैं और दीदी ख़ूब हँसते थे। शायद कभी-कभी हमें अच्छा भी लगता था कि पापा चले गए हैं। उस औरत के आने के बाद से जो मनहूसियत घर पर छा गई थी, वह धीरे-धीरे हटती जा रही थी। लेकिन कुछ दिन बाद ही दीदी उस हटने को अपने साथ लेकर फुर्र से कहीं उड़ गई।

वह एक भला-सा लड़का था, जो मुझे बिल्कुल भी पसन्द नहीं था। वे कुछ ही दिन थे, जो बहुत धीरे-धीरे बीते। उन दिनों ने मुझे कल्पना करना और देर तक उदास रहना सिखाया। पच्चीस-तीस दिन—जब तक दीदी नहीं लौटी—मैं बुआ के साथ अकेला रहा। हम धीरे-धीरे अपने सब मज़ाक़ और समझाइशें भूलते गए। बुआ ने बुढ़ापे में और मैंने बचपन में वह सत्य जान लिया, जिसे एकान्त कहते हैं।

—कहाँ रही थी तुम इतने दिन? और क्या करती थी सारा दिन?

कुछ साल बाद दीदी की शादी से कुछ दिन पहले मैंने अकेले में उससे पूछा था।

—वह मुझे दिल्ली ले गया था।

वह बिना किसी संकोच के बोली।

—क्या तुम दोनों ने...?

—हाँ हम दोनों ने...।

फिर मैं दीवारों और जालों को देखता रहा।

—कैसा लगता है दिल्ली देखकर?

—ऐसा लगता है कि अभी बहुत जल्द किसी क्षण में हमें मर जाना चाहिए। वहाँ मृत्यु एक फ़र्ज़ की तरह आती हुई दिखती है।

—तुमने अच्छा किया कि तुम लौट आई।

—हमारे पैसे ख़त्म हो गए थे।

—जो पैसे कभी न ख़त्म होते तो तुम कभी ना लौटती दीदी?

—हाँ, हम कुछ दिन वहीं रहते और फिर देहरादून चले जाते।

—तुम्हें मेरी याद आती थी?

उसने मुझे अपने सीने से चिपका लिया और चुप बैठी रही।

वे कुछ नहीं बोलतीं। वे आपकी स्मृतियों में बसी रहती हैं और लौटती नहीं। आपको लगता है कि वे बहुत स्वार्थी हैं और उन्हें खुशियाँ बहुत प्यारी हैं। लेकिन एक सुहावनी सुबह में वे सारी सम्पन्नता ठुकराकर कहीं जंगलों में चली जाती हैं।

बहुत दिन तक भूखे या बेरोज़गार नहीं रहा जा सकता। सब आपकी विवशता पढ़ लेते हैं और भीख के दाने या अपमानित कर देने वाली नौकरियाँ ऑफ़र करते हैं। एक दिन जीजाजी ने मुझे चालीस-पैंतालीस की उम्र के एक आदमी से मिलवाया। वह आप सबकी तरह एक भला आदमी था। वह बहुत हँसता था और अपेक्षा करता था कि आप भी हँसें। दिल्ली में उसकी ग्यारह करोड़ की संपत्ति थी। उसने मुझे मार्केटिंग के किसी काम के लिए रखा और उसी दिन मैंने जीजाजी का घर छोड़ दिया। पहले दो दिन उसने मुझे अपने दफ़्तर की ठंडक में आराम से बिठाए रखा। वहाँ कम्प्यूटरों पर गाने चलते रहते थे और सो जाने का मन करता था। उस आदमी ने, जिसका नाम हरदीप सिंह था, तीसरे दिन मुझे एक औरत से मिलवाया।

यह एक संयोग ही था कि वह औरत जिस गली में रहती थी, उसका नाम पतंग वाली गली था और उस औरत की आँखें भी हमेशा कुछ खोजती- सी रहती थीं। जब वह मेरे सामने खड़ी थी तो उसकी आँखें पूरी सड़क को देख रही थीं। उसने मुझे काग़ज़ पर एक पता लिखकर दिया और एक लिफ़ाफ़ा उस पते पर पहुँचाने को कहा।

—क्या है इसमें?

मैंने ऐसी बहुत-सी फ़िल्में देखी थीं, जिनमें ऐसे लिफ़ाफ़ों में ड्रग्स होती थी।

—खोलकर देख सकते हो।

मैंने उसे खोला। उसमें आठ-दस तस्वीरें थीं। आधी, आधी नंगी और बाक़ी आधी, नंगी। मुझमें उत्तेजना-सी जगी। उसने मेरे हाथ से तस्वीरें लेकर वापस लिफ़ाफ़े में रख दीं और लिफ़ाफ़ा मेरे हाथ में दे दिया। मैंने वे तस्वीरें उस पते पर पहुँचाईं। वहाँ हरदीप सिंह की उम्र का ही एक मोटा आदमी था, जो पंजाबी के लहजे में हिन्दी बोलता था। उसने मुझे चाय पिलाई और उनमें से एक लड़की चुनी। मैं वापस पतंग वाली गली में गया (और गली के उस नाम पर मुझे बार-बार रोना आता है) और उस औरत से मिला। उसका नाम गुड्डी था। उसने मुझे मोनिका का करोलबाग का पता बताया। मैं फ़ोन करने के बाद करोलबाग में मोनिका के घर के बाहर सड़क पर खड़ा रहा। वह शायद अपने परिवार के साथ रहती थी। दस मिनट बाद वह दो-तीन किताबें लेकर उतरी और हम ऑटो से डिफ़ेंस कॉलोनी गए। उसमें शिल्पा शेट्टी और मनीषा कोइराला की तस्वीरें चिपकी थीं।

आप लोग नहीं जानते कि मैं क्या चीज़ था। वह सिर्फ़ मैं जानता था या मेरा ख़ुदा। मैं दुनिया बदल देना चाहता था, भूकम्प के झटकों की तरह मेरा दिमाग़ रात-रात भर काँपता रहता था और अजीब से अद्‌भुत ख़याल आते थे। ऐसा होता था कि मेरे पेन की रिफ़िल या कमरे के ख़ाली काग़ज़ ख़त्म हो जाते थे और मैं आटे की लेई से दीवार पर लिखने की कोशिश करता था। मेरे पास सिर्फ़ दो जींस ऐसी थीं, जिन्हें बाहर पहना जा सकता था और दो-तीन पुरानी जींसों को ऐसी ही किसी रात में मैंने स्कूल का डिजाइन बनाने के लिए फाड़ डाला था। मैं जिस किराए के कमरे में रहने लगा था, किसी दिन मैं उसमें बम लगाकर उसे उड़ा भी सकता था। मुझे पूरी दिल्ली से और पूरी दिल्ली को मुझसे ख़तरा था।

वे सब लोग, जिनकी दुकानों से मैं टूथपेस्ट या बिस्किट ख़रीदता था, वे डाकिए और कूरियर वाले, जो मेरे कमरे के ऊपर-नीचे, दाएँ-बाएँ के सब कमरों में चिट्ठियाँ लाते थे, लेकिन मेरे कमरे में कभी नहीं, वे लड़कियाँ, जिन्हें ऑटो में बिठाकर मैं ग्रीनपार्क या डिफ़ेंस कॉलोनी के बड़े घरों के दरवाज़ों तक छोड़कर आता था, उन घरों के मालिक वे अमीर लोग, जिनकी शरीफ़ पत्नियाँ वेश्याओं-सी लगती थीं, कभी समझ ही नहीं सकते थे कि मैं क्या था।

वह जो सन्ध्या थी, जिसे आप सब टीवी पर रणबीर कपूर या उसके पिता का इंटरव्यू लेते हुए देखते होंगे, मुझे भूल गई थी। मुझे आप कई बार भूल सकते थे। उन दिनों मैं आपके दरवाज़े पर दिन में कई बार आता, तब भी आप मेरी पहचान पूछते। इसमें आपकी ग़लती नहीं है। दरअसल आपकी परवरिश उसी तरह हुई है और उस परवरिश को आपने अपने ऊपर इस कदर हावी हो जाने दिया है कि आप उन्हीं लोगों को याद रखते हैं जो अख़बार या टीवी में दिखते हैं या जो आपके काम आ सकते हैं।

मैं ग्रीन पार्क और डिफ़ेंस कॉलोनी के जिन लोगों के काम आता था, उन्हें मेरा मोबाइल नम्बर जुबानी रटा हुआ था। रीना, लिली, सारा, मोनिका को भी। वे मुझे शहर की सबसे ख़ुश और आज़ाद लड़कियाँ लगती थीं। उनमें से जिनके परिवार थे, उनका कभी घर लौटने का मन नहीं करता था। वे खुलकर गालियाँ देती थीं, हँसती थीं और मेरे सपने सुनती थीं।

पापा कभी नहीं लौटे। पुलिस की एफ़आईआरों और बुआ के साथ कुछ महीनों के बाद वह औरत लौट आई और मैं सालों तक उसके पीछे लगा रहा कि वह क्या करती है, किस-किस से मिलती है, लेकिन पापा को कोई सुराग नहीं मिला। उसने

बाद में क़स्बे के कई बच्चों को अनाथ किया। समय के साथ वह आश्चर्यजनक रूप से अमीर होती गई। पाँच साल बाद उसने क़स्बे में एक धर्मार्थ अस्पताल खोला और अमर हो गई।

वह शाम मेरे दिमाग़ पर चढ़कर बैठ गई थी, जब मैंने अदिति को अपनी बहन के पति सुधीर माथुर के साथ बिस्तर पर देखा था, जब वहाँ सुगन्धित फूल खिल आए थे और उन दोनों को केवल अपने शरीर याद थे। मैं उस शाम के चित्र को गोली मार देना चाहता था या चीर-फाड़कर किसी गटर में फेंक देना चाहता था...रुकिए, उसका नाम अदिति नहीं, सन्ध्या है। मैं तुम्हारा नाम कैसे भूल सकता हूँ सन्ध्या? ये कैसे दिन आ गए हैं?

ख़ैर, सारा पच्चीस साल की थी। आठ साल के अपने इस करियर में वह दिल्ली में चालीस-चालीस लाख के दो फ़्लैट ले चुकी थी। वह एक दिन मुझे अपने घर ले गई।

—तुम दुबले होते जा रहे हो।

यह आम वाक्य था। यह कोई भी, किसी से भी कह सकता था। इसकी प्रतिक्रिया में मैंने उसे अपने आगोश में भर लिया। उसने कोई प्रतिरोध नहीं किया। उसके हाथ हवा में मरे हुए से लटके रहे। मुझे बुरा लगा और मैंने छोड़ दिया। मैं सिर झुका कर बैठ गया।

—तुम्हें सेक्स करना है?

वह मेरी बगल में बैठकर मेरी हथेली अपनी हथेलियों के बीच रखकर प्यार से बोली।

क्या मैं इतना बेचारा लगता था? इतना कुंठित और अकेला? वह ऐसे क्यों कह रही थी, जैसे रहम खा रही हो?

मैं हाहाकार की तरह ज़ोर से हँस दिया। मैंने बेफ़िक्री से अपनी हथेली छुड़ाई और खड़ा होकर चहलक़दमी करने लगा। मैंने गुलाब के फूलों और डॉक्टर लड़कियों के बारे में बात की। मैंने उसे कॉर्पोरेट कम्पनियों के धन्धा करने के तरीक़े समझाए और अपने क़स्बे की दो असफल प्रेम-कहानियाँ सुनाईं। मैंने उससे कहा कि उसे अपने घर में एयरकंडीशनर लगवा लेना चाहिए। मैंने उसे अपनी माँ के बारे में बताया, साथ ही मकर संक्रान्ति और पतंगों के बारे में। मैंने उस गड्ढे के बारे में बताया, जिसमें माँ गिरी थी। मैंने बचपन की वे जगहें उसे बताईं, जो हर रात मुझे सपने में दिखती थीं।

—सारा, आदमी की ज़िन्दगी का एक मक़सद है...यहाँ बहुत गर्मी है...। मुझे माँ की याद आती है...यह शहर...मैं जवान नहीं होना चाहता था...मैं बहुत बहादुर हूँ सारा...चाँद से मुझे मोहब्बत-सी होती है...रिक्शे वाले को...। चार पैसे

के लिए आदमी क्या-क्या नहीं करता...सुना है कि आंत्रशोध में नींबूपानी पीना चाहिए, ऐसा पढ़ा था मैंने...फाटक से पार करते हुए रेल के नीचे आ जाने पर...सन्ध्या सारा...टीवी में बहुत-सी दिक़्क़तें हैं...वह हमें लाचार बनाता है...

मैं बकता रहा, जब तक उसने आकर मेरे होठों को चूम नहीं लिया। मेरी आँखों से पानी बह रहा था। समय बहुत निर्मम था और सारा, जो दुनिया की सबसे ख़ूबसूरत और अच्छी लड़की थी, उसने मेरे कलेजे पर फाहे रखे।

जब वह मुझमें थी, मुझे ग्लानि होनी शुरू हुई। एक भयंकर अपराधबोध। मुझे सन्ध्या की याद आई। बेशर्मों और हृदयहीनों की तरह मैंने सारा को दुत्कारा। फिर अगले ही क्षण माफ़ी माँगी और फिर प्यार किया। इतना प्यार, जितना सिर्फ़ उसे किया जा सकता था।

बाद में वह चाय बनाकर लाई और उसने मेरा चेहरा अपनी हथेलियों में भरकर प्यार से मुझे समझाया—तुम सेक्स को इतनी अहमियत क्यों दे रहे हो? उन दिनों का उन दोनों का प्यार तुम्हें इतना नहीं खाता, जितना उनके बीच का सेक्स।

—हाँ, सच है सारा, तुम सच कह रही हो। पर मैं कर नहीं पाता कुछ...वह लड़की मुझे भूल गई है और कहती है कि बिजी है। मेरे जी में आता है कि कभी उसकी शक्ल न देखूँ, लेकिन यह सोचने के बीस मिनट बाद ही मैं बुरी तरह तड़पने लगता हूँ। मुझे ठीक से साँस नहीं आती...मैं कुछ काम भी नहीं कर पाता सारा...

—जिस शाम तुम्हारे पापा ने उस औरत के लिए तुम्हें बाँधकर मारा था, उस शाम तुमने अपने पिता को उल्टा क्यों नहीं मारा? उस दिन तुम उन्हें जान से मार डालते और अनाथ हो जाते तो शायद आज इस तरह बेचैन न होते।

—पर सारा। अब उन्हें कहाँ ढूँढ़कर मारूँ मैं?

वह कुछ नहीं बोली। उसने मुझे गले से लगा लिया और देर तक मेरे बाल सहलाती रही। चाय ऐसे ठंडी हो गई, जैसे ठंडी होने के लिए ही बनी हो। शाम इस तरह छाती गई कि रोशनदान के दोनों कबूतर दिखने बन्द हो गए। सड़क का शोर पहले बढ़ा और फिर कम होता गया। फिर सारा ने टीवी ऑन कर दिया। सन्ध्या का शो 'चटपटी चैट' शुरू हो चुका था। हम बहुत से लोगों की हत्या कर देना चाहते हैं। ऐसा भला बेवजह क्यों होता होगा? एक दोपहर दीदी ने रोते हुए मुझे फ़ोन किया था और कहा था कि वह डिप्रेशन के समन्दर में डूबती जा रही है। तब मैं हमारे क़स्बे वाले घर में था और वह महीनों बाद मुझे फ़ोन कर रही थी। दीदी ने कहा था—सिद्धार्थ, मैं निनि को लेकर कहीं मर जाऊँगी। बाक़ी उसने कुछ नहीं बताया था। मैं उसी समय कुछ कपड़े लेकर बस में बैठ गया था। सुबह जब मैं दिल्ली पहुँचा तो दीदी और निनि घर में नहीं थे। जीजाजी को भी नहीं पता था कि वे अचानक कहाँ चले गए?

—क्या आप लोगों के बीच कोई झगड़ा रहता था?

थाने जाने से पहले और लौटकर मैं रोज़ उनसे पूछता था। वे हमेशा सिर हिलाकर 'नहीं' में उत्तर देते थे। दीदी का फिर कोई फ़ोन भी नहीं आया। मैं यह सोचकर नहीं आया था कि अब कभी नहीं लौटूँगा, लेकिन कुछ दिन बाद मैंने ऐसा ही तय कर लिया था। जीजाजी सामान्य से ही रहते थे। बस कभी-कभी थोड़े उदास। वे मुझसे बातें करना चाहते थे, मगर कुछ कहने की हिम्मत भी उनमें नहीं थी। सन्ध्या उनके घर आती थी। फिर मैं उससे प्यार कर बैठा और फिर वह शाम आई, जब टीवी पर गुलशन कुमार कोई भजन गा रहा था।

उस घर की दीवारों का यदि कोई धर्म होता तो वह मेरे और दीदी के दुख के नियमों से बना होता। उसके मंत्र हमारे चीख़ने की आवाज़ में होते और हम वहाँ इसलिए मर रहे होते क्योंकि हमें क्षमा करना पड़ता था या हम ख़ुद ही क्षमा कर देते थे। क्षमा वहाँ आत्महत्या जैसी होती।

बीच के ब्रेक में एक फ़िल्म का ट्रेलर आया और उसमें जो गाना चल रहा था, उसकी दो लाइनें मेरी एक कविता की पंक्तियों से हूबहू मिलती थी। वह बहुत बड़ी फ़िल्म थी। उतनी बड़ी, जितना किसी हिन्दी फ़िल्म को सोचा जा सकता है। मैं जब उनसे मिला था तो उन्होंने मुझे चाय पिलाई थी और भविष्य के लिए बहुत सारा हौसला बँधाया था। उन्होंने मेरी कॉपी लेकर रख ली थी और कहा था कि पढ़कर बताएँगे। उन्होंने कभी नहीं बताया। यह सब था, लेकिन वह समय यह सब सोचने का नहीं था। ब्रेक ख़त्म हुआ तो सन्ध्या आई। उसने कैमरे की आँखों से मेरी आँखों में झाँककर देखा और मेरी जान ही निकाल दी। वह अमिताभ बच्चन का इंटरव्यू ले रही थी और उसमें लीन सारा किसी बात पर ज़ोर से हँसी, उसी क्षण मैंने तय कर लिया कि मैं सन्ध्या से प्यार करता हूँ और प्यार पवित्र ही हो, यह ज़रूरी नहीं। मेरे लिए उसे पाना, ज़िन्दा रहना था। जो बातें मैं भूल नहीं पा रहा था, उन्हें भूलने के लिए मुझे परिदृश्य से दीदी की और अपनी आत्महत्या हटानी थी। हाँ, क्योंकि मुझे भी किसी और की तरह उतना ही ख़ुश और सफल रहकर जीने का पूरा अधिकार है, इसलिए मुझे हमारे परिवार का स्थायी धर्म क्षमा बदलना था। मुझे सब माफ़ियों को ज़मीन में गाड़ देना था और अपने चेहरे पर कालिख पोतकर अपने रुदन को ललकार या अट्टहास में बदलना था।

मैंने सारा को चूमा और तेज़ी से बाहर निकल आया। वह हैरान-सी पीछे से पुकारती रही।

आपने चाहे कितना भी दृढ़ निश्चय किया हो और आपके भीतर कितना भी लावा फूट रहा हो, मगर फिर भी किसी की हत्या कर देना आसान काम नहीं है। आपका

अपना अस्तित्व ही आपको बार-बार पीछे खींचता है। जब आप चाकू से उसका गला रेत रहे होते हैं, तब उसकी चीख़ें आपको भविष्य के किसी अन्तहीन पश्चाताप के प्रति आगाह भी करती हैं। आपको उसके साथ बिताया हर क्षण उन दो-तीन मिनट में दिख जाता है। मैं जब जीजाजी को मार रहा था तो मुझे फ़्रिज में रखी वह खीर लगातार दिखाई देती रही, जिसे वे मेरे लिए बनाकर रखते थे और चिट छोड़कर सो जाते थे। जिस पैर से वे छटपटाकर मुझ पर वार करते रहे, वह वही पैर था, जो वे सोते हुए अनजाने में मेरे पैर पर रख देते थे।

मुझे लगा था कि सब कुछ नाटकीय होगा। मैं पहुँचूँगा तो मुझे सन्ध्या उनकी बाँहों में मिलेगी और मुझे ज़ोरों से ग़ुस्सा आएगा। सब कुछ भयानक ढंग से होगा। मगर सब कुछ कारुणिक-सा था। वे सोफ़े पर बैठे पढ़ रहे थे। बाद में जब वे दर्द से चिल्ला रहे थे तो मैं उनके साथ ही रोने लगा और मैं उन्हें उठाकर अस्पताल ले जाना चाहता था। मगर वे उस कॉकरोच की तरह थे, जिसे अधमरा छोड़कर मैं उसकी बाक़ी ज़िन्दगी को और बुरा नहीं बनाना चाहता था। मैंने बार-बार अपनी सारी इच्छाशक्ति समेटी और उन पर चाकू से बेतहाशा वार किए। हाँ, उनका यही अन्त होना चाहिए। उन्होंने मेरी बहन को मार डाला...मेरी छोटी-सी भानजी को...और सन्ध्या कभी उनकी प्रेमिका थी, जिसके साथ वे बेशर्मी से इसी बिस्तर पर सोते थे। टीवी पर भजन चलाकर। इस तरह मैं अपने पिता को भी मार रहा था, जिन्होंने दो छोटे-छोटे बच्चों को जीते जी मार डाला था और ख़ुद को भी, जिसने एक पतंग के लिए अपनी माँ मार डाली थी। हाँ, पुरुष ऐसे ही होते हैं और उनका यही अन्त होना चाहिए।

मगर प्रायश्चित यूँ नहीं होते। उनके लिए आपको ज़िन्दगी-भर आग में जलना पड़ता है। आप बहुत कुछ पाते हैं। सुकून के कुछ छोटे और कुछ लम्बे अन्तराल, पहाड़-सी शक्ति, इन्द्रधनुष-सी शोहरत, काँच के महँगे महल और अपनी सन्ध्या, मगर वह आग बार-बार आपके पास लौटती है। उसे बुझाने के लिए कोई पानी नहीं है। अपने दुखों को मिटाने वाले प्रायश्चित के लिए कोई गंगाजल नहीं और यह कितना त्रासद है कि आपको लगातार जीवित और ख़ुश रहने की कोशिश भी करनी है!

मैं राह भूले बेपरवाह मुसाफ़िर की तरह सीटियाँ बजाता हुआ अपने बचपन की गली में लौटता हूँ। वह मेरे लिए सबसे सुरक्षित खोह है। जब मैं सात साल का हूँ और मेरी एक माँ है। मैंने सोच रखा है कि मैं एक बड़ा और शरीफ़ आदमी बनूँगा और सम्मान का जीवन जिऊँगा। मेरी नज़र बिल्कुल भी धुँधली नहीं है और जब बारिश होती है, तब उसमें भीगते हुए मैं आसमान को साफ़ देख सकता हूँ। मैं वहाँ लौटा हूँ, जहाँ कोई दुख नहीं है। सच में वे ऐसे ही जादुई दिन थे, जब हम सबको गुमान था कि ये दिन हमेशा हमारे साथ रहेंगे। सर्दी की रातों में मैं रजाई में

माँ की गोद में दुबककर टीवी के जासूसी धारावाहिक देखता था और मुझे पूरा यक़ीन था कि कोई आएगा तो माँ मुझे बचा लेगी। वे सब कुछ टूटने और हमें नंगा छोड़ जाने से पहले के दिन थे। तब हम बेफ़िक्री से ठहाके मारते थे और ख़ूब खाते थे। हमें गहरी नींद आती थी और दुनिया हमें बर्फ़-सी सफ़ेद लगती थी। हम इतने स्वस्थ थे, जैसे भगवान हों। मुझे उस याद में कोई दर्द याद नहीं आता। पैर छिलने का दर्द भी अँधेरे सा ठंडा लगता है।

जब आपको पता होता है कि आपके साथ, आपके पीछे आपकी माँ खड़ी है तब आप अपने पड़ोस के बच्चे को गाली देकर भाग सकते हैं, इम्तिहान बिगड़ने पर भी निश्चिंत होकर घर लौट सकते हैं और इज़्ज़त की एक छोटी-सी, छोटे शहर की ज़िन्दगी जी सकते हैं।

जब माँ वहाँ नहीं होती, जहाँ उसे होना चाहिए, तब आप तेज़ाब पी लेना चाहते हैं, दुनिया ख़त्म कर डालना चाहते हैं या राजा बन जाना चाहते हैं।

राजा बनना आसान नहीं, मैं बस सुकून का एक छोटा-सा अन्तराल पाने के लिए सब आरोपों और सज़ाओं से बचकर भागता हुआ सन्ध्या की शरण में पहुँचता हूँ और वह मुझे निराश नहीं करती। क्या वह हमेशा से ही ऐसी थी? मुझसे मिलने के लिए बेक़रार, तड़पती हुई और हर क्षण यही चाहती थी कि मैं उसके पास मुम्बई आ जाऊँ और यह कहना भी नहीं चाहती थी। वह बताती है कि वह मुझे कुछ सिखाना नहीं चाहती थी और न ही मेरा हाथ पकड़कर उठाना चाहती थी। वह मुझे मेरे अपने अन्दाज़ में हुलसकर जीते हुए और तिल-तिलकर मरते हुए देखना चाहती थी।

क्या तुम सच कह रही हो सन्ध्या? और दिल्ली में बहुत सारे बादल थे, जो बरसते थे तो मेरा मर जाने का मन करता था...और तुम नहीं जानती कि मेरे हाथों से क्या हो गया है।

वह मुस्कुराती है, जैसे दुनिया की हर बात जानती हो।

यह भी हो सकता है कि बीच में—जब पेज थ्री पर फ़ोटो के साथ यह ख़बर छप रही थी कि एक पार्टी में सन्ध्या की ड्रैस का फीता खुल गया था और एक फ़ोटोग्राफ़र ने उसके उभारों को अपने कैमरे में क़ैद कर लिया था और शाबासी के तौर पर प्रमोशन पाया था—कोई और भी आया हो, पराग अग्रवाल या रोहन शर्मा—और अब वह फिर से अकेली हो गई हो। मुझे नहीं लगता कि मुम्बई में इतने महीनों तक वह मेरी याद में तड़पती रही थी। जो तड़पते हैं, उन्हें समझदारी याद नहीं रहती। और आप नहीं जानते कि वह कितनी सुन्दर थी और एमटीवी में कितने हैंडसम वीजे थे और कितने प्रतिभावान प्रोड्यूसर।

ये सब—यहाँ के अख़बार और मेरी बिल्डिंग के लोग—मुझे बताते हैं कि मैं इस शहर के हिसाब से नहीं ढला तो यह शहर मुझे मार डालेगा। इसीलिए वे मुझसे कहते हैं कि शुरू के दिनों में मुझे पेज थ्री नहीं पढ़ना चाहिए और न ही सन्ध्या का शो देखना चाहिए। मुझे सब चीज़ों से निरपेक्ष होकर संन्यासियों की तरह समुद्रतट पर घूमना चाहिए। इस शहर के हिसाब से ढलने का यही पहला चरण है।

वैसे ख़ुशख़बरियाँ और भी हैं। एक आदमी है, जो कहता है कि मुझे कहानियाँ कहने का कोई जादुई ढंग आता है। वह मेरे सपने सुनकर गद्गद हो जाता है और उसकी आँखों से प्रशंसा और स्नेह के आँसू गिरने लगते हैं। वह मेरे भटकते हुए वाक्यों को अर्थ देता है और मुझे टीवी के विज्ञापनों की तरह घर-घर तक पहुँचा देने का वचन भी। वह मुझे बताता है कि मैंने बहुत दूर तक जाने के लिए जन्म लिया है। भले ही ये सब बातें झूठ हों या झूठ निकलें, लेकिन उसकी आँखों का रंग कहीं न कहीं उस पतंग जैसा ही है। मैं यह बात उस आदमी को कभी नहीं बताऊँगा।

सन्ध्या मुझे अपनी बाँहों में भरकर बहुत लाड़ से कहती है कि वह जीवन-भर उस आदमी की कृतज्ञ रहेगी। हम अपने आसपास के अँधेरे को अपनी हँसी से भर देते हैं और बदले में कुछ नहीं माँगते। हे ईश्वर! यदि तुम कहीं हो तो हमें तुमसे कुछ और नहीं चाहिए।

तीन महीने बाद

—क्या बात है तुम्हारी इस कहानी में तो! पता ही नहीं चलता कि कितनी सच्ची है और कितनी झूठी...

उस पतंग के रंग जैसी आँखों वाला, वह सीधा-सा दिखने वाला आदमी अपनी जगह से उछल ही पड़ा है।

—बस इसमें दो चार ड्रैमेटिक ट्विस्ट डालने पड़ेंगे और तुम प्लीज बुरा मत मानना पर हीरो को थोड़ा कम दुखी दिखाना पड़ेगा। उसे थोड़ा बोल्ड होना चाहिए, थोड़ा ख़ुशमिज़ाज और कभी-कभी मस्ती भरा गाना गा सकने लायक ज़िन्दादिल भी। मौजां ही मौजां टाइप! और चीज़ों को इस तरह नहीं छोड़ा जा सकता कि कोई प्रायश्चित ही नहीं है। लास्ट के मर्डर को थोड़ा जस्टिफ़ाई करेंगे...और जो भी है, ये क्या...सुधीर माथुर, इसे थोड़ी और डार्क शेड देनी पड़ेगी। यह हेल्पलेस-सा लगता है। ऐसे इनसान को कोई क्यूँ मारेगा भला? और सन्ध्या को इससे दूर रखना चाहो तो रखो but can you bring that Sara to act in our film? एकाध real लोग होंगे तो और भी अच्छा काम होगा। देखो तुम पर्सनली मत लेना किसी भी चीज़ को। इसमें जो सच भी हैं, उन अनुभवों से भी डीटैच्ड रहना सीखो। और अब

हम मिलकर लिखेंगे इसे फिर से...फिर देखना...हम कितनी लाजवाब फ़िल्म बनाते हैं...mind blowing type...

—पर हम पिक्चर का नाम पतंग ही रखेंगे सर...—नहीं यार...—वह हल्का-सा झुँझला गया है—इसीलिए तो मैं इतनी देर से समझा रहा हूँ। this sounds offbeat...

—नहीं सर, प्लीज़ पतंग ही...

—और इसकी दीदी वाली पूरी कहानी पर अलग से एक फ़िल्म बनाएँगे। उसमें वूमैन वाला इश्यू हाइलाइट करेंगे तो शायद कुछ सरकारी फंड भी मिल जाए।

—पर इस पिक्चर का नाम सर...

यहाँ वहाँ कहाँ

बूढ़े ने शीशम के पेड़ के सहारे ब्लैकबॉर्ड टिकाया और जेब में से मोटे काँच वाली ऐनक निकालकर आँखों पर चढ़ा ली।

—अ से... ?

बूढ़े ने तीन का अंक बनाया, उसके बीच से एक लेटा हुआ डंडा खींचा और उसके दूसरी ओर एक खड़ा हुआ डंडा खींचा। फिर सामने टाट-पट्टी बिछाकर बैठे बच्चों की ओर देखने लगा।

—अर्जुन...

एक बच्चा बोला।

—अकबर...

दूसरा बोला।

—अरहर की दाल।

एक और बोला।

—अनार...

बूढ़े ने कहा और घबराकर मुँह फेर लिया। फिर उसने 'आ' लिखा।

—आ से ?

—आग...

पहला बच्चा बोला।

—आग..., —आग..., —आग...।

तीन और बच्चों ने भी पुष्टि की।

तभी कहीं से एक जवान लड़का आ गया।

—खाना खा लो।

बूढ़े ने बच्चों से पूछा—खाना खाओगे ?

—नहीं...

—नहीं...

—नहीं...

—माँ ने मना किया है।

बूढ़ा डर गया। कुछ दिनों से वह छोटी-छोटी बिना बात की बातों पर डरने लगा था। उसने घबराकर ऐनक उतार ली।

—बच्चों, आज का अन्तिम प्रश्न। हमारा देश कौन-सा है?

बच्चे चुप रहे।

—बूढ़े का देश कौन-सा है?

एक बच्चे ने अपने पास बैठे बच्चे के कान में पूछा।

—बच्चों, कल ही मैंने बताया था। कौन-सा है हमारा देश?

बच्चे चुप रहे।

—ठंडा हो जाएगा...

जवान लड़के ने कहा तो बूढ़ा निराश होकर चलने लगा। बच्चे अपनी टाट-पट्टियाँ उठाकर भाग लिये।

—बूढ़े का देश कौन-सा है?

तीसरे बच्चे ने अपना सामान समेटते हुए चौथे बच्चे के कान में कहा।

—कोई दूसरा है...

चौथे बच्चे ने उत्तर दिया।

—कोई दूसरा है..., —कोई दूसरा है...

सब बच्चे भागते हुए अपने-अपने कानों में फुसफुसा रहे थे।

बुढ़िया ने लकड़ी की थाली में खाना परोसकर उसके सामने रख दिया।

—ठंडा हो गया है।

बूढ़े ने कहा। वह आई और थाली उठाकर ले गई।

—दे दो। खा लूँगा ऐसे ही।

कुछ देर बाद भूखे बूढ़े ने कहा तो वह वही थाली रख गई।

—तुम आजकल झुँझलाई हुई क्यों रहती हो?

बुढ़िया मशीन जैसी लगती थी। उसके हाथ-पैर भी किसी पुर्जे की तरह काम करते हुए लगते थे। उसके चेहरे पर कोई भाव नहीं आता था। बूढ़े को लगता था कि उसके मन में भी कोई भाव नहीं आता।

—मुझे अच्छा नहीं लगता...

—क्या?

—यहाँ की औरतों के बाल सफ़ेद नहीं होते। मेरे हो गए हैं।

—अच्छा क्यों नहीं लगता?

—सब पड़ोसनें मुझे अलग मानती हैं।

—इस उम्र में यहाँ के सब मर्दों की कमर झुक जाती है। मेरी नहीं झुकी...। मुझे भी अच्छा नहीं लगता।

—तुम भी कमर झुका कर चला करो।

बुढ़िया ने दो रोटियाँ लकड़ी की थाली में रख दीं।

—तुम भी कोयले के पानी में बाल धोया करो।

—उससे काले हो जाते हैं?

—पता नहीं। क्या पता, हो जाते हों...

फिर चुप्पी रही। बूढ़े ने इधर-उधर देखा। लड़के को घर में न पाकर उसने पूछा—यह लड़का कहाँ रहता है दिन-भर?

—दरवाज़े पर खड़ा रहता है...

—कल दोपहर में छत पर क्या कर रहा था?

—एक लड़की है पड़ोस में...।

—उसकी माँ के बाल कैसे हैं?

—काले।

—लड़की के?

—भूरे।

बूढ़े के दिल को हल्का-सा सुकून मिला। लेकिन अगले ही क्षण उसके चेहरे पर फिर घबराहट आ गई।

—उसका बाप तो झुककर चलता होगा...

वह बड़बड़ाया।

—सुनो...

फिर थाली में हाथ धोते हुए धीरे से बोला, ताकि बुढ़िया के सिवा कोई और न सुन ले।

—क्या?

—आज के बाद यह मूँग की दाल मत बनाना।

—क्यों?

—यहाँ सब अरहर की दाल ही खाते हैं।

—ठीक है।

दोपहर हो गई थी। लड़का लड़की के साथ पेड़ की डाली पर बैठा था। लड़की कोई गीत गुनगुना रही थी।

—इसका अर्थ क्या है?

लड़के ने पूछा।

—तुम्हें नहीं पता?

—नहीं, मैंने पहली बार सुना है।

—तुम हमारे वाले गाने नहीं सुनते। तुम्हारे यहाँ दूसरी तरह के गाने बजते रहते हैं।

—दूसरी तरह के कैसे?

—मुझे समझ में नहीं आते।

—मुझे भी तुम्हारे गीत समझ में नहीं आते...।

उसके बाद लड़की ने गुनगुनाना बन्द कर दिया। वह हल्की-सी उदास हो गई थी। वह हाथ बढ़ाकर ऊपर की डाल की पत्तियाँ तोड़ने लगी।

कुछ देर बाद वह बोली—तुम्हारी माँ कभी-कभी कोई और भाषा बोलने लगती है।

—कौन-सी?

—मुझे क्या पता...

—मुझे तो नहीं लगता।

—तुम्हें समझ में आती होगी, इसलिए पता नहीं चलता होगा कि कब दूसरी भाषा बोलने लगी है।

—यह भी हो सकता है...

लड़का धीरे-से बोला और वह भी उदास होकर पत्तियाँ तोड़ने लगा।

—मैं तो तुम्हारी भाषा ही बोलता हूँ।

—अपनी माँ के साथ तो दूसरी बोलते हो।

—अच्छा?

—तुम्हें नहीं पता?

—नहीं। मुझे पता नहीं चलता होगा कि कब दूसरी बोलने लगा हूँ।

—मुझे अच्छी नहीं लगती...

—मेरी माँ?

—तुम्हारी भाषा...

—अब से नहीं बोलूँगा।

लड़का यह वचन देने के बाद और उदास हो गया। उसके चेहरे को देखकर लड़की भी चिन्तित लगने लगी थी।

—तुम्हारा घर कहाँ है?

वह कुछ देर बाद बोली।

—सामने...तुम्हारे घर के साथ वाला ही तो है।

वह इस व्यर्थ के प्रश्न पर झुंझला गया।

—नहीं, जहाँ से तुम लोग आए हो।

—मैं तो यहीं से आया हूँ। जन्म के बाद कहीं भी नहीं गया।

—पिताजी कहते हैं कि तुम कहीं और से आए हो।
लड़की धीरे-से बोली। वह अपने अँगूठे से पेड़ की छाल कुरेदने लगी थी।
—बाबा आए थे बहुत साल पहले।
—तुम पिताजी कहा करो। यहाँ कोई बाबा नहीं कहता।
लड़का चुप रहा।
—क्या हुआ?
—कुछ नहीं।
—तुम्हें बुरा लगा?
—नहीं, मुझे बुरा नहीं लगता।
—देखो, अब रोने मत लगना।
—नहीं...।
—हमारे यहाँ लड़के नहीं रोते।
—हमारे यहाँ भी...।
—तुम्हारा यहाँ कहाँ है?
वह फिर अपने प्रश्न ''' आ गई थी।
—पता नहीं...
—तुम शादी के बाद सिर पर पगड़ी रखा करोगे?
—यहाँ रखते हैं?
—हाँ...
—मैं भी रख लूँगा।
लड़की के चेहरे पर मुस्कान के रँग की एक रेखा खिंच आई।
—लेकिन तुम झुककर नहीं चलोगे?
—पता नहीं...
—तुम्हारे पिताजी तो नहीं चलते।
—मेरी माँ आज शाम को बाल रंग लेगी।
—कोयले से?
—तुम्हें कैसे पता?
—उधर एक और मास्टर रहता था। उसकी घरवाली भी कोयले से रँगती थी।
—वह कहाँ का था?
—यहाँ का नहीं था।
—यह यहाँ कहाँ तक है?
—मालूम नहीं।
दोपहर धीरे-धीरे ख़त्म हो गई। पेड़ भी बुझ गया।

उनके घर एक मूँछों वाला काला आदमी आया हुआ था। लड़का घर लौटा तो बुढ़िया ने बताया कि वह बूढ़े का बचपन का दोस्त है। बुढ़िया ने कहा कि लड़के को उसके पैर छूने चाहिए। लड़के ने कहा कि वह सोना चाहता है। बुढ़िया लौकी काटने लगी। लड़का जाकर अन्दर वाली कोठरी में लेट गया। उसे नींद नहीं आ रही थी। उसे बैठक की बातें सुनती रहीं। बुढ़िया बीच-बीच में खाँस रही थी। लड़के ने एक बार भीतर से चिल्लाकर उसे धीरे खाँसने के लिए कहा। बुढ़िया ने कहा कि छौंक लग जाएगा तो उसकी खाँसी रुक जाएगी। कुछ देर तक करवटें बदलते रहने के बाद लड़का उठकर बैठक में चला गया। उसने मूँछों वाले आदमी को हाथ जोड़कर नमस्ते की। मूँछों वाले आदमी ने खड़े होकर उसके सिर पर हाथ फेरा। ऐसा करते हुए वह इस तरह झुक गया जैसे लड़का झुककर उसके पैर छू रहा हो और उसे भी आशीर्वाद देने के लिए झुकना पड़ा हो।

मूँछों वाला आदमी बूढ़े को बता रहा था कि उसने सुना है कि यहाँ सस्ती क़ीमत में अच्छी गायें मिल जाती हैं और वह यहाँ से गायें ख़रीदकर गाँव में ले जाकर बेच देगा।

लड़के ने पूछा—कौन-से गाँव में?

—हमारे ही गाँव में।

जवाब बूढ़े ने दिया। लड़के ने देखा कि आज बूढ़े की आँखें चमक रही हैं। लड़का चुप रहा।

बूढ़े ने मूँछों वाले से पूछा—तुम्हें कैसे पता चलेगा कि किसकी गाय बिकाऊ है?

—मैं 'गाय बेच लो...गाय बेच लो' बोलता हुआ गली-गली घूमूँगा।

लड़के ने कहा—'गाय बेच लो' की बजाय 'गाय बेच दो' बोला जाना चाहिए।

—नहीं, 'गाय बेच लो' सुनना किसी सुनहरे अवसर की तरह लगता है, जैसे बदले में कुछ बड़ा मिलने वाला हो।

उसने लड़के से आँखें बन्द करके अपनी बोली सुनने के लिए कहा। उसने 'गाय बेच लो' को दो तीन बार बोला। फिर लड़के ने आँखें खोलकर सिर हिलाकर उसकी बात की पुष्टि की।

मूँछों वाला आदमी कुछ देर बाद लड़के से बोला कि उसे अब पढ़ाई छोड़ देनी चाहिए।

—क्यों?

—हमारी तरफ़ के सब लड़के आजकल राजमिस्त्री का काम सीख रहे हैं।

—क्यों?

—यहाँ बहुत मकान बन रहे हैं और यहाँ के लोगों से यह काम नहीं होता।

—तो वे सब लड़के यहाँ आकर मकान बनाएँगे?

—हाँ। आजकल यहाँ से वहाँ पैसे भेजना भी बहुत आसान हो गया है।

—कहाँ?

—कहीं भी भेजना आसान हो गया है वैसे।

—वहाँ मकान नहीं बनते?

—बनते हैं पर यहाँ ज़्यादा पैसे मिलते हैं।

अबकी बार बूढ़ा बोला। लड़का कुछ देर सोचता रहा। फिर बूढ़े ने उसे खाना लाने के लिए कहा। लड़का चलने लगा तो मूँछों वाले आदमी ने उसे एक थैला दे दिया।

—गाँव से गुड़ लाया हूँ।

अगली सुबह मूँछों वाला आदमी दो गायें ख़रीदकर चला गया। शाम को बूढ़ा देर से घर लौटा।

—कहाँ रह गए थे?

बुढ़िया ने उसी यंत्रवत तरीक़े से पूछा।

—माँ, तुम यह भाषा मत बोला करो।

लड़के ने बीच में ही टोक दिया।

—क्यों?

—यहाँ कोई नहीं बोलता।

बुढ़िया चुप रही। बूढ़ा आकर खाट पर बैठ गया। वह झुककर चल रहा था।

बुढ़िया ने ही उसे झुककर चलने की सलाह दी थी, लेकिन उसे झुककर चलते देख वह चौंककर बोली—क्या हुआ तुम्हें?

—उन्होंने कहा है कि झुककर चला करूँ।

—किन्होंने?

—यहीं के कुछ लोग थे। चेहरे से पहचानता हूँ, नाम से नहीं।

—उनके हाथ में क्या था?

लड़के ने व्यग्र होकर पूछा।

—कुछ नहीं...

—कुछ और भी कहा?

बुढ़िया अब वहीं की भाषा बोल रही थी।

—कहा कि अबकी बार कोई गाय ख़रीदने आया तो बहुत बुरा होगा।

—कुछ बुरी बात भी कही?

—नहीं, कमर को मोड़ने में मदद की। यहाँ के लोग बहुत अच्छे हैं।

—हाँ, यहाँ के लोग बहुत अच्छे हैं।

लड़के ने भी सहमति जताई।

—तुम्हें दर्द हो रहा होगा?

बुढ़िया ने पूछा। बूढ़े को पहली बार लगा कि बुढ़िया के मन में भी भावनाएँ आ सकती हैं। इस ख़याल से ही वह घबरा गया और उसने इनकार में गर्दन हिला दी।

बूढ़ा खाट पर लेट गया। लड़का उठकर बाहर को चलने लगा तो बूढ़े ने टोक दिया।

—कहाँ जा रहा है?

—पेड़ पर।

—वहाँ तो अँधेरा होगा।

—वह दीया लेकर आती है।

—उसके बाल किस रंग के हैं?

—पहले भूरे थे...। अब काले होने लगे हैं।

—मुझे डर लगता है...

बुढ़िया बोली।

—वहाँ कोई नहीं आता माँ।

—यहाँ के पेड़ों पर साँप रहते हैं। हमारे यहाँ की बात कुछ और थी।

—हमारा यहाँ कहाँ है माँ?

—अपने बाबा से पूछ।

लड़के ने बूढ़े की ओर देखा। वह आँखें बन्द करके सोने का दिखावा कर रहा था। लड़का बिना पूछे ही चला गया।

—आज हमारा त्योहार है।

लड़की कई दिए लेकर आई थी।

—पिछले साल भी तो आया था।

—हाँ, लेकिन तब हम पेड़ पर नहीं मिलते थे।

—तब यह पेड़ छोटा था।

—तुम लोगों ने पिछली बार भी नहीं मनाया था।

—क्या?

—हमारा त्योहार...। तुम घर में अँधेरा करके जल्दी सो गए थे।

—तुम्हें किसने बताया?

—अगले दिन सब कह रहे थे।

—हाँ, हम जल्दी सो जाते हैं।

—लेकिन यह त्योहार का अपमान है।

—त्योहार तो तुम्हारा है...

—हाँ...यहाँ का...

—तुम भी तो हमारे त्योहार के दिन व्रत नहीं रखती।

—यहाँ कोई नहीं रखता।

—वह भी तो अपमान है...

—नहीं है।

कुछ देर बाद लड़की ने पूछा—तुम भी मकान तो नहीं चिनने लगोगे?

—चिनते कैसे हैं?

—हम मकान बनाने को चिनना कहते हैं।

—मुझे थोड़े ही कहीं पैसे भेजने हैं।

—कहीं कहाँ?

—यही तो कह रहा हूँ कि कहीं कहीं नहीं है।

—तुम्हारे यहाँ के सब लड़के यही करते हैं, इसलिए मुझे डर लगता है।

कहकर लड़की चुप हो गई। उसके घर में ख़ुशी का माहौल था। वह ख़ुश होकर ही पेड़ पर आई थी, लेकिन वहाँ उसका मन भारी होने लगा था। वह उठकर चलने लगी।

—तुम जल्दी जा रही हो?

—आज हम सब घर के सामने देर तक नाचेंगे।

—मैं भी चलूँ?

—नहीं, तुम्हें उस तरह नाचना नहीं आता।

—मैं सीख लूँगा।

—मत चलो...।

लड़की उसके इस प्रस्ताव पर सकपका गई थी।

—ठीक है, मैं अपने घर जाकर सो जाता हूँ।

—अँधेरा मत करना।

—हमारे घर में चाँदनी नहीं पड़ती।

—ये दीए ले जाओ। दीवार पर रख देना।

लड़की ने दीयों की थाली लड़के को पकड़ा दी। वह चलने लगी।

—यहाँ के पेड़ों पर साँप रहते हैं?

—हम उनकी पूजा करते हैं।

लड़का भी चल दिया। वे साथ चलते रहे।

—कल दोपहर को मिलते हैं।

—नहीं, कल मत आना।

—क्यों?

—मुझे डर लग रहा है—

—साँपों से?

—मालूम नहीं किससे, पर लग रहा है।

—ठीक है, नहीं आऊँगा।

—आज तुम्हारे पिताजी झुककर चल रहे थे।

लड़की ख़ुश थी।

—माँ ने कोयला भिगो दिया है। अब सुबह रँगेगी।

—तुम बहुत अच्छे हो...।

—तुम भी। यहाँ के सब लोग बहुत अच्छे हैं।

लड़की मुस्कुराती हुई अपने घर में चली गई। लड़के ने अपने दरवाज़े में घुसते हुए फूँक मारकर दिए बुझा दिए। बूढ़ा-बुढ़िया सो चुके थे।

मोहल्ले वाले नाचते रहे। उनके घर में रात-भर अँधेरा रहा।

—बूढ़े को बाहर भेजो।

बुढ़िया कोयले के पानी में बाल भिगोकर बैठी ही थी कि दरवाज़े पर शोर-सा हुआ। वह बाहर गई तो बाहर खड़े लोगों ने बूढ़े को भेजने के लिए कहा। बुढ़िया ने उसे भेज दिया और ख़ुद दरवाज़े की झिर्रियों में से झाँककर देखने लगी।

—तूने रात-भर घर में अँधेरा क्यों रखा?

—पास वालों ने दुमंज़िले पर कमरा बनवा लिया है, इसलिए हमारे आँगन में चाँदनी नहीं पड़ती।

—दीए जलाने थे।

दूसरे ने कहा। इस पर बूढ़ा चुप रहा।

—बूढ़े का घर जला दो, फिर अँधेरा नहीं होगा।

उन लोगों के साथ खड़े एक बच्चे ने कहा। बूढ़ा पढ़ाता था तो वह सबसे अगली पंक्ति में बैठता था।

तभी लड़का भी बाहर आ गया। उसे देखकर बच्चे ने इशारा किया—यही है।

—तू पेड़ पर लड़की के साथ बैठता है?

—हाँ।

—वह मेरी बेटी है। अब से उसे देखना भी मत...

—हम शादी करेंगे।

—बूढ़े का घर जला दो। इसने त्योहार का अपमान किया है।

बच्चा फिर से अपने पिता का हाथ खींच-खींचकर कहने लगा।

—अपने लड़के को समझा ले। यहाँ की किसी लड़की को देखा भी तो तुममें से कोई नहीं दिखेगा।

—मैं भी यहाँ का हूँ। सिर पर पगड़ी भी रखूँगा।

लड़का बोला तो सब हँसने लगे। बच्चा भी हँसा।

—बूढ़े से पूछ कि तू कहाँ का है?

बच्चे के पिता ने लड़के की गर्दन पकड़कर बूढ़े की ओर घुमा दी।

—पिताजी, हम कहाँ के हैं?

लड़के ने 'पिताजी' शब्द पर अधिक ज़ोर दिया। बूढ़ा चुप रहा। बुढ़िया भी दरवाज़े की आड़ से निकलकर बाहर आ गई।

—बूढ़े का घर...

बच्चा फिर से कहने लगा तो बूढ़ा उसके पैरों पर गिर पड़ा।

—मुझे माफ़ कर दीजिए...

बच्चा बहुत ख़ुश हुआ। उसने बूढ़े के सिर पर पैर धर दिया और ज़ोर-ज़ोर से हँसने लगा। लड़के ने झुककर बूढ़े को उठा लिया। अब सब हँसने लगे, लेकिन इससे बच्चा नाराज़ हो गया। फिर से अपने पिता का हाथ खींच-खींचकर कहने लगा—बूढ़े का घर जला दो। इसका लड़का यहाँ की लड़की को पेड़ पर ले जाता है। ये सब त्योहार का अपमान करते हैं।

बच्चे के धाराप्रवाह बोलने पर वहाँ उपस्थित सब लोग फिर ज़ोर से हँसे। बूढ़ा, बुढ़िया और लड़का सिर झुकाकर खड़े रहे।

बच्चा फिर बोल पड़ा—बूढ़े का घर...

अब एक कनस्तर लिये हुए भीड़ में से एक नवयुवक घर के अन्दर गया और तेल छिड़ककर आग लगा दी।

बच्चा ताली पीटने लगा।

ग्यारहवीं-A के लड़के

हम वही देखते हैं, जो हम देखना चाहते हैं

मैं भी सनकी था। जैसे सपना भी यह दिखता था कि दो दोस्तों के साथ सिनेमा हॉल में फ़िल्म देखने गया हूँ और जब वे दोनों क़तार में मुझसे आगे लगे हुए मेरा टिकट भी लेकर अन्दर घुस गए हैं तब मुझे याद आया है कि मैं अपनी चप्पल पीछे ही कहीं सीढ़ियों पर छोड़ आया हूँ। मैं दौड़कर चप्पलों के लिए वापस लौटता हूँ। जबकि चप्पल तीन साल पहले ख़रीदे जाने के वक़्त सौ रुपए की थी और अब ज़्यादा से ज़्यादा पचास रुपए की रही होगी। पचास में भी कोई दुकान वाला नहीं लेगा, इसकी मैं शर्त लगा सकता हूँ। और टिकट सत्तर रुपए की है।

वापस भीड़ को चीरते हुए मैं सीढ़ियों पर दौड़ रहा हूँ, उस रिक्शा की तरफ़ जिसे मैं किसी सरकारी कॉलोनी से चलाकर यहाँ लाया था और मेरे दोस्त मेरे पीछे बैठे थे। (मैं आपको बता दूँ कि सपने में भी मैं रिक्शे वाला नहीं था। हमें एक रिक्शा सड़क पर खड़ा मिला था। हमारे पास वक़्त कम था और चोरी की नीयत ज़्यादा।)

तो रिक्शे की तरफ़ दौड़ते हुए मुझे स्कूल का कोई पुराना दोस्त मेरे पुराने नाम से पुकारता है। वह सरदार है। उसका अमरजीत जैसा कोई नाम था। उसकी दाढ़ी बेनहाए रूप से उलझी हुई है। वह पढ़ाई में होशियार था और इतने साल बाद भी सफ़ेद शर्ट के साथ स्कूल की यूनिफ़ॉर्म की खाकी पैंट पहने हुए है।

मेरा ख़याल है कि कहानी अब शुरू की जानी चाहिए।

यदि मर्द ख़ूबसूरत हो सकते हैं तो वह तब ख़ूबसूरत था। हम लाख चाहते थे कि उसकी दाढ़ी-मूँछ और बाल काटकर उसे शाहिद कपूर बना दें लेकिन ऐसा नहीं कर पाते थे। उन्हीं दिनों उसके बड़े भाई की शादी हुई। बड़े भाई का बलजीत जैसा कोई नाम था। वह कोई काम नहीं करता था, दिन में तीन बार नियम से शराब पीता था और उसका मानसिक सन्तुलन या तो बिगड़ा हुआ था या कुछ

ज़्यादा ही दुरुस्त। अमरजीत की भाभी का नाम रानी था। सबके एक-एक जोड़ी माता-पिता भी थे।

यदि चाँद पर दोपहर होती होगी तो सर्दी की दोपहर भी निश्चित रूप से होती होगी। रानी को देखकर लगता था कि वह उसी दोपहर से आई है। हम सब दोस्तों के लिए रानी भाभी ऐसा पटाखा थी जिसे हम अपनी छाती पर और बाक़ी जगहों पर फोड़ना चाहते थे। अमरजीत के सामने ही हम उनके स्तनों के कसीदे पढ़ते हुए मदहोश हुआ करते थे और अपनी फैंटेसियाँ सुनाया करते थे। अमरजीत पढ़ाकू क़िस्म का लड़का था और आई ए एस बनना चाहता था। वह कामुक गालियाँ नहीं दे पाता था और आख़िर में अपनी किताबें उठाकर चला ही जाता था। ऐसा भी नहीं था कि बाक़ी लड़कों या अपनी ही भाभियों के बारे में हमारे इरादे कुछ पवित्र हों लेकिन रानी की बात ही कुछ और थी। मस्तराम की कहानियों में पच्चीस साल की शादीशुदा लड़की का कोई भी नाम हो, उन्हें पढ़ते हुए हमारे ज़ेहन में रानी की कलर्ड तस्वीर ही होती थी। हम तब ग्यारहवीं 'ए' में पढ़ते थे और हमें लगता था कि जल्दी ही ऐसा कोई दिन आएगा, जब धरती सूरज को छोड़कर हमारे चारों ओर घूमेगी। रानी भाभी ही क्या, मल्लिका शेरावत भी उन दिनों हमें दूर की कौड़ी नहीं लगती थी। हम एक अनजानी तरह से पत्थर होते जा रहे थे। हमारे आसपास या हमारे ख़यालों में भी जो नर्मी थी, उसे जब तक नहीं कुचल देते, हम परेशान रहते।

मेरे अलावा तीन और लड़कों ने रसीली बातें बनाने की सीमा लाँघकर रानी पर ट्राई मारी। उनमें से एक ही उनके घर की वह सीमा लाँघ पाया जहाँ अमरजीत की मोटी माँ सरबजोत दिन-भर चारपाई पर बैठी रहती थी। दिन के अधिकांश समय वह स्वेटर बुनती या फिर ऊँघती रहती। तब, जब बलजीत धुत्त होकर पड़ा होता, सरबजोत की चारपाई घर के इकलौते दरवाज़े के सामने सरबजोत रेखा बनी होती। उसने अपनी बाक़ी की ज़िन्दगी शायद इसी मिशन पर लगा दी थी कि उसके बेवक़ूफ़ शराबी बेटे के अलावा कोई उसकी सुन्दर बहू की सुन्दरता को 'उस' तरह से न देख पाए।

लेकिन जिस तरह हर सेनापति की अपनी कमज़ोरियाँ होती हैं उसी तरह सरबजोत का मोटापा उसके मिशन का दुश्मन था। अन्दर या चौबारे पर ज़रा भी हलचल होने पर वह उठकर बैठ जाती और 'रानी, रानी' चिल्लाती रहती लेकिन रानी उस समेत घर में किसी से बोलती तक नहीं थी और हलचल के घटना-स्थल तक पहुँचने में सरबजोत को कम से कम पाँच-छः मिनट लगते। और आप तो जानते ही होंगे कि ग्यारहवीं 'ए' के लड़के पाँच-छः मिनट में क्या-क्या कर सकते हैं।

मेरे अलावा उस घर में दाख़िल होने वाला इकलौता लड़का सुखपाल था। वह सरदार था और रानी भाभी को सिख लड़के सख़्त नापसन्द थे। वह कई बार

उनके लिए बाज़ार से दस-दस किलो सामान लाया, उनके बालों में कंघी की, ज़रूरत पड़ने पर तीन-तीन सौ रुपए तक उधार दिए और भूल गया, केबल की कुंडी लगाई (एक बार तो उस वक़्त, जब केबल वाले ने चोरों से बचने के लिए तार में करंट दौड़ाया था और पौन सेकेंड के अन्तर से श्री सुखपाल बचे थे)। मैं स्वीकार करता हूँ कि सुखपाल उससे मेरी अपेक्षा कहीं ज़्यादा प्यार करता था। इतना कि एक बार उन्होंने उसे अपने प्रेग्नेंसी टेस्ट की रिपोर्ट लेने भेजा था और वह ख़ुशी-ख़ुशी लाया था (जबकि उसने रानी को दो बार बस चूमा भर था और वह जानता था कि गर्भ का यह भय उसकी मेहरबानी नहीं है।)

सुखपाल प्रेम में कमोबेश उतना महान था ही, जितना सतरह-अठारह साल के किसी लड़के की औक़ात होती है। बस उसकी दाढ़ी-मूँछ और केश उसकी कमज़ोरी थे जिन्हें वह हर शाम कटवाने की सोचता और सुबह तक सच्चे बादशाह से इजाज़त न ले पाता। सुखपाल की कहानी इतनी ज़रूरी नहीं इसलिए मुझे पहले अमरजीत और शायना के बारे में आपको बता देना चाहिए।

शायना मेरी हमउम्र बहन थी और ग्यारहवीं 'बी' में पढ़ती थी। ग्यारहवीं 'बी' में क्लास की सारी लड़कियाँ और कुछ भाग्यशाली तथा *** क़िस्म के लड़के थे। अमरजीत हमारी क्लास का सबसे होनहार लड़का था और सब मास्टरों को लगता था कि वह किसी दिन कुछ बड़ा उखाड़ेगा। उसे भी ग्यारहवीं 'बी' में रहने की विशेष सुविधा दी गई थी। लेकिन जिस तरह बहुत ख़ूबसूरत लड़कियाँ कई बार घुटनों में दिमाग़ लिये पैदा होती हैं और बहुत दिमाग़दार कई बार दुनिया की सबसे बदसूरत नाक लिए, सेनापति अमरजीत के घर की आर्थिक तंगी उसकी कमज़ोरी थी। उसे किसी चीज़ का शौक़ नहीं था लेकिन जब वह अपनी ज़रूरत की कोई किताब भी नहीं ख़रीद पाता था तो डिप्रेशन में चला जाता था। यह वजह मुझे डिप्रेशन में जाने के लिए दुनिया की आख़िरी वजह के भी बाद की वजह लगती थी। ख़ैर, जैसे अहिल्या का उद्धार करने राम आए, उससे कुछ अलग तरह से शायना अमरजीत की ज़िन्दगी में आई।

शायना ने ही मुझे पहली बार अमरजीत के चेहरे की चॉकलेटी बॉय वाली सम्भावनाओं के बारे में बताया था। यह भी कि क्लास की लगभग सभी लड़कियाँ अमरजीत पर इस हद तक फ़िदा हैं कि उसके साथ एक रात बिताने के लिए एक साल फेल होने की क़ीमत भी उन्हें टॉफ़ी जितनी लगती है। मैं हैरान था। उस पूरी रात मुझे नींद नहीं आई। मैं हर तरह से अमरजीत का विलोम-शब्द था और अपनी क्लास की सब लड़कियों की ऐसी घटिया पसन्द इसके बाद ग्यारहवीं 'ए' के लड़कों को पहले गहरी चिन्ता और बाद में अमरजीत-विरोधी भावनाओं से भर देने वाली थी। इसी के बाद हम उसके सामने उसकी भाभी को लेकर इतने बेशर्म हुए थे।

शायना ने कुछ दिन बाद मुझे बताया कि वे जो फेल होने को टॉफ़ी समझने वाली लड़कियाँ थीं, उनमें शायना का नाम पहले नम्बर पर था। मेरी सगी बहन की पसन्द ऐसी थी, शायद इसी तथ्य ने मुझे यह मान लेने के लिए प्रेरित किया कि ईश्वर नहीं होता। क्या होगा ऐसी दुनिया का, जहाँ माल लड़कियाँ अवकलन की किताब में ज़िन्दगी तलाश रहे बिल्कुल घटना-विहीन, यहाँ तक कि हादसा-विहीन लड़कों पर फ़िदा होती हैं?

सरबजोत उस दोपहर दरवाज़े के आगे अपनी चारपाई लगाकर सो रही थी। दरवाज़ा खुला ही रहता था और कभी-कभी उसकी हमउम्र पड़ोसनें आते-जाते उससे पूछ लिया करती थीं कि वह ज़िन्दा है क्या? वह स्वेटर बुनते हुए ही सोई थी और ऊन के फन्दों में उलझी हुई सलाइयाँ उसके चेहरे पर पड़ी थीं।

मैं उसे लाँघकर भीतर घुसा। वह मेरी रानी से पहली मुलाक़ात थी। मैं उसकी इस बात से बहुत प्रभावित था कि वह घर में अचानक घुस आए अनजान लड़कों को देखकर चीख़ती नहीं थी। मैंने उसे बताया कि मैं सुखपाल की तरह के प्यार पर थूकता हूँ। इस पर वह ख़ूब हँसी। मैंने बताया कि मैं न केबल के तारों में उलझूँगा, न दालें ख़रीदकर लाने में। यह एक तरह से मेरा परिचय था। मैं किसी नौकरी के लिए इंटरव्यू देने जाता तब भी कुछ इसी तरह अपने बारे में बताता। रानी ने कहा कि वह देखना चाहती है कि मैं कितना बड़ा हो गया हूँ। मैंने कहा—अगली बार—और मैं बादशाहों की तरह लौटने लगा।

मैं बिल्कुल स्लो मोशन में सरबजोत को लाँघ रहा था कि मेरा पैर लगने से उसके ऊन के गोले हिले, उनसे आधी बुनी स्वेटर में फँसी सलाइयाँ और वे बिल्कुल एक तरह से उसकी दोनों आँखों में जा घुसीं।

उसके चीख़ने और ख़ून की धार निकलने के बीच ही मैं भागा। मुझे एक पड़ोसन ने घर से निकलते हुए देखा और उसी समय सरबजोत की चीख़ सुनकर वह मुस्कुराई।

सरबजोत अन्धी हो गई। उसके पति की हल बनाने की दुकान थी। उसके बाद सरबजोत के लिए वह हल के स्पर्श की दुकान हो गई। टीवी के सारे प्रोग्राम टीवी का आकार बन गए। उसकी जितनी भी यादें थीं, उनमें उदास हरा रंग भर गया। वह यहाँ तक कहने लगी कि गुलाब और गेंदे के फूलों का रंग हरा होता है। वह हवा की गति से पहचानती थी कि दरवाज़े के सामने खड़ी है या दीवार के। वह वैल्डिंग की गन्ध से अपने पति को पहचानती थी, शराब की गन्ध से बलजीत को और किताबों की गन्ध से अमरजीत को। रानी के शरीर की कोई गन्ध उसे नहीं मिलती थी और चूँकि रानी किसी से बोलती भी नहीं थी इसलिए कुछ दिनों के बाद सरबजोत रानी को मरा मान बैठी। उसे लगने लगा कि जो चोर उसकी आँखों

में सलाइयाँ घुसाकर भागा था, उसने उससे पहले भीतर रानी की हत्या कर दी थी। यह उसके दिमाग़ को इतना जमा कि उसने कभी इसकी पुष्टि की ज़रूरत भी नहीं समझी। शुरू के दो महीने उसकी बहन उसके पास आकर रही तो वह दिन-भर यही सोचकर हैरान रहती थी कि साठ पार की उसकी बहन पूरे घर को कैसे सँभाल पा रही है जबकि वह उसके पास से भी कभी नहीं हटती।

जिस दिन बहन जा रही थी, सरबजोत ने उससे पूछा कि अब इस घर को कौन सँभालेगा?

बहन ने कहा—अब तक भी रब ने सँभाला है, आगे भी वही सँभालेगा।

अगले ही दिन चाय का कप पकड़ते हुए सरबजोत का हाथ रानी के हाथ से छू गया। उसे लगा कि यह रब का हाथ है। उसके हाथ से चाय का कप छूट गया (जिसके छींटों ने रानी के नए सलवार पर वे दाग लगाए, जिन्हें बाद में मैंने उतारा) और उसने रानी के सामने हाथ जोड़ लिये। आँसुओं की धार उसकी हरी फ़िल्म वाली आँखों से बह निकली। —प्रभु जी, माफ़ करो मुझ पापिन को और मुझे अपने साथ ले चलो।

रानी ने बदले में उसके सिर पर हाथ फेरा। इसके बाद रानी ने सरबजोत की ज़िन्दगी में वह जगह पा ली जो पैंतालीस साल पहले उसके पहले प्रेमी ने साढ़े तीन मिनट के लिए पाई थी—'आप ही मेरे सब कुछ हो' वाली जगह।

अगले दिन से जैसे ही उसे रानी के आसपास होने का आभास होता, वह अपने सारे पाप उसे बताने लग जाती जैसे इस तरह प्रायश्चित हो जाएगा। उसने रानी को अपने सब प्रेमियों के बारे में बताया, यह जोड़कर कि उसने कभी भी एक समय में एक पुरुष से प्यार नहीं किया। वह यह बताते हुए फूट-फूटकर रोई कि जब उसकी माँ का हाथ घास काटने वाले गंडासे में आकर कट गया था और ज़्यादा ख़ून बह जाने से वह वहीं मर गई थी, तब वह पीछे अनाज वाले कमरे में घास काटने के लिए रखे गए लड़के के कपड़े उतार रही थी। उसने बताया कि कैसे बहन की शादी के दिन ही उसने गले लगते हुए अपनी बहन की सोने की चेन उतार ली थी, कैसे उसने अपनी गूँगी हो गई सास को एक हफ़्ते तक न अन्न दिया था, न पानी।

मेरी गन्ध से सरबजोत बेहोश हो जाती थी लेकिन जब मैं रानी के आगोश में होता तो उसे मेरे होने का पता भी नहीं चलता था। तब मैं ईश्वर का अंश होता था—ख़ुदा का बच्चा।

एक दिन, जब उसकी चारपाई के नीचे मैं और रानी गुत्थमगुत्था थे, तब सरबजोत ने पन्द्रह साल के उस लड़के के बारे में बताया जो बलजीत का दोस्त होने के नाते बीस साल पहले उनके घर में आता था और जिसे सरबजोत ने दिखाया था कि औरत कैसी होती है।

मुझे रानी ने यह दिखाया और समझाया। काश कि मेरे पास ऐसे शरीफ़ शब्द होते जिनमें मैं रानी की मेहरबानियाँ आपसे साझा कर सकता!

इस बीच मैंने और शायना ने तय किया था कि हम एक-दूसरे की मदद करेंगे। वह अमरजीत को एक किताब ख़रीदकर देने के बदले उसके कुछ घंटे माँगती थी और इस तरह मुझे और रानी को एकान्त मिल जाता था। बलजीत का तो होना, न होना ऐसा था कि मैंने बहुत बार उसके सामने रानी को चूमा और इस पर वह खिलखिलाकर हँसा। वह मुझसे अक्सर विज्ञान की पहेलियाँ पूछा करता था। ऐसे सवाल कि सूरज क्यों उगता है, मौसम क्यों बदलते हैं और तारे दिन में कहाँ जाते हैं? वह दिन-ब-दिन इतना भोला होता जा रहा था कि उससे किसी को कोई ख़तरा हो ही नहीं सकता था। या तो उसके सवालों के जवाब देकर हम उसे चुप करवा देते या नहीं दे पाते तो उसे कमरे में बन्द कर देते। तब वह ग़ुलाम अली की ग़ज़लें सुनता और धीमे-धीमे रोता। उसने शराब पीना भी अपने आप ही छोड़ दिया था। मुझसे किया यह वादा भी उसने कभी नहीं तोड़ा कि मेरे वहाँ आने के बारे में वह किसी को नहीं बताएगा। इन सब चीज़ों का असर यह हुआ कि मुझे उस पर तरस आने लगा। वह पैंतीस साल का हट्टा-कट्टा आदमी मुझे और रानी को सिर्फ़ चार-छः झापड़ मारकर ठीक कर सकता था लेकिन उसने हमसे कभी ऊँची आवाज़ में भी बात की हो, मुझे याद नहीं आता। रानी को भी उस पर प्यार आने लगा था। एक दोपहर जब मैं पहुँचा, वह उसका सिर अपनी गोद में रखकर उसे सुलाने की कोशिश कर रही थी।

—यह हमारा बच्चा है...

रानी ने मुस्कुराकर मुझसे कहा और बलजीत का माथा चूम लिया।

इसके बाद हम उसके सामने ऐसी-वैसी हरकत करने से बचने लगे। हममें एक नैतिकता-सी जाग गई थी। हम उसके जागने के दौरान एक-दूसरे को छूते भी नहीं थे। वह उसके लिए खाने की अच्छी-अच्छी चीज़ें बनाती थी और मैं उसके लिए कॉमिक्स और 'घरेलू चीज़ों से जादू सीखें' जैसी किताबें लाता था। वह अपने छोटे भाई जितनी तल्लीनता से ही पढ़ने लगा था और जादू भी सीखने लगा था।

कुछ दिन उसने हमें ताश के पत्तों वाले जादू दिखाए। फिर वह अंगूर या अमरूद को ग़ायब करने लगा। फिर उसने चम्मच को कटोरी और कटोरी को चम्मच में बदलना शुरू किया। फिर एक दिन जब मैं सरबजोत की चारपाई के पास से गुज़रा तो वह उठ बैठी और मुझे देखकर बोली—ओए लड़के, कहाँ घुस रहा है?

मैं वापस दरवाज़े की ओर भागा और बाहर निकल गया। मेरे बाहर आते ही बलजीत दौड़ा-दौड़ा आया—डरो मत, मैं दिन में दो मिनट के लिए उसकी आँखों की रोशनी ला सकता हूँ। अभी इससे ज़्यादा नहीं हो पा रहा...और वह रोशनी वापस खोते ही तुम्हें देखने वाली बात भूल जाएगी। अन्दर आ जाओ।

मैं अन्दर गया तो वह चारपाई पर लेटकर सो रही थी। क्या रोशनी वापस आने के दो मिनटों में मेरी गन्ध और उससे बेहोश होना भी भूल गई थी? हालाँकि मेरे और रानी के चक्कर के लिए यह घातक था लेकिन मैंने चाहा कि उसकी आँखें ठीक हो जाएँ।

मैंने बलजीत को शाबासी दी और अब थोड़ी और महँगी किताबें उसके लिए लाने लगा। हम दोनों भाई-बहन अपने पैसे उन दोनों भाइयों की किताबों पर ही ख़र्च कर रहे थे और बदले में मालूम भी नहीं कि कुछ पा भी रहे थे या नहीं। मैं तो शायद सुखपाल की तरह बनता जा रहा था, उसका हश्र पता होने के बावजूद। अब मुझे रानी के शरीर को पाने की कोई जल्दी नहीं रहती थी और मुझे उससे बातें करना अच्छा लगता था। कभी-कभी बहुत देर तक बातें करने के बाद मुझे लगता था कि मैं उससे ऐसे विषयों पर बातें कर रहा था जिन पर लड़कीनुमा लड़के करते हैं। हम टीवी सीरियलों और कपड़ों के डिजाइन पर भी बातें करते थे। मैं बिना कहे घर के कामों में उसकी मदद करने लगा था। सब्ज़ियाँ ख़त्म होती देख खुद ही ला देता और पैसे कभी न लेता। इसी तरह एक दिन जब वह बहुत बीमार थी, मैंने उनके बाथरूम में अपने आपको उसका वही सलवार धोते पाया, जिस पर ईश्वर से पहले साक्षात्कार के दिन सरबजोत ने चाय गिरा दी थी।

मैं सुखपाल को मक्खी की तरह बाहर की नाली में डाले जाते देख चुका था और ऐसा होने के लिए यहाँ तक नहीं आया था। मैंने तय किया कि मुझे लौटकर वही बनना होगा—ग्यारहवीं 'ए' का लड़का। उसी दिन घर लौटने पर मैंने शायना को अमरजीत के साथ अपने कमरे में बन्द पाया। इससे पहले भी दसियों बार मैं अपने घर में उसके होने को अनदेखा करता रहा था लेकिन उस दिन खिड़की आधी खुली थी और मेरा मन किया कि अन्दर झाँककर देखूँ।

वह अमरजीत नहीं रह गया था। उसके बाल मुझ जितने छोटे हो गए थे और मेज़ पर शीशा उसके सामने रखकर शायना प्यार से उसकी दाढ़ी बना रही थी। मुझे जलन हुई। पता नहीं क्यों? मैं अपने कमरे में आकर लेट गया और शाम के खाने के वक़्त भी नहीं निकला।

हमारे माता-पिता ऐसी नौकरियाँ टाइप कुछ करते थे कि पापा मंगल और बुध को ही घर आते थे और मम्मी सोम-मंगल को। बाक़ी चार दिन मैं और शायना रहते थे, पचास साल के नौकर गोपाल के साथ जिसे हमारी हिन्दी समझ नहीं आती थी। बस वह खाना लाजवाब बनाता था।

ग्यारहवीं 'ए' के लड़के किसी भी उम्र की औरत को मसलने के पैमाने पर ही जाँचते थे। रानी निःसन्देह 10 नम्बर वाली थी और कई लड़के मेरी सफलता को देखकर जलते भी थे। प्यार में पड़ना ग्यारहवीं 'ए' के किसी भी लड़के के लिए ज़हर खाकर, गले में पुल से बाँधा हुआ फन्दा डालकर नदी में कूद जाने की सज़ा

के बराबर अपराध था। ऐसा किसी ने किया नहीं था लेकिन सुन्दर शरीरों को पाने के लिए किसी को मार देना भी ग्यारहवीं 'ए' के संविधान के विरुद्ध नहीं था। मैंने ख़ुद को यह सब याद दिलाया लेकिन उससे पहले ही अमरजीत और बलजीत के पिता सरदार मलकीत सिंह मूलपुरा वालों की दुकान पर एक ग़ुमनाम चिट्ठी आई, जिसमें मेरे और रानी के सम्बन्ध का सचित्र और सविस्तार वर्णन था। उन्होंने मुझे सड़क पर रोककर ख़ूब मारा और जान से मारने की धमकी दी। मैंने भी पिटते-पिटते कहा कि देख लूँगा।

अगले दिन, जब घायल मैं, रानी और बलजीत उनके घर में थे (सरबजोत भी, गुरु ग्रन्थ साहिब के दोहे जपती और रोती हुई), तभी बलजीत ने कहा कि उसने नया जादू सीखा है। फिर उसने आँखें बन्द करके अपना हाथ हवा में आगे किया। एक मिनट बाद सरदार मलकीत सिंह उसके सामने खड़े थे।

—खाना खाओगे पापाजी या दुकान में खा लिया?

बलजीत ने आदर से पूछा। उन्होंने पानी पीने की इच्छा ज़ाहिर की। फिर कहा कि आजकल पीछे से लोहा ख़राब आ रहा है और लोग उन्हें गालियाँ देते हैं। रानी पानी लाई तो उन्होंने वहीं खड़े-खड़े पानी पी लिया। मेरी तरफ़ उन्होंने देखा भी नहीं।

फिर बलजीत ने उनसे पूछा कि क्या वे वापस दुकान जाना चाहेंगे? उन्होंने थके से स्वर में 'हाँ' कहा। बलजीत ने फिर आँखें बन्द कीं और हाथ हवा में आगे किया। सरदार मलकीत सिंह ग़ायब हो गए। बाद में पता चला कि वे दुकान पर तो पहुँचे ही नहीं। उस दिन के बाद वे कभी दिखाई नहीं दिए। शायद उनकी गन्ध वहाँ तैरती रही क्योंकि सरबजोत कई बार उनका नाम ले-लेकर अपने घुटने के दर्द के बारे में कहती दिखाई देती थी।

बलजीत के जादू सीखने में कोई कमी रह गई थी। मलकीत सिंह को उसने ग़ायब करके रवाना तो कर दिया लेकिन दूसरी तरफ़ रिसीव करने वाला कोई नहीं था। पुलिस में दर्ज रिपोर्ट में लिखवाया गया कि वे दोपहर में घर से पानी पीकर निकले और दुकान पर नहीं पहुँचे।

कुछ लोगों ने उन्हें फव्वारे वाले मोड़ तक तो देखा लेकिन उसके बाद देखने वाला कोई गवाह नहीं मिला।

मलकीत सिंह के ग़ायब होने के बाद मूलपुरा वालों की लोहे की दुकान बलजीत और अमरजीत को सँभालनी थी। पति के लापता होने के बाद सरबजोत अचानक कुछ ज़्यादा ही मुक्त और ख़ुश हो गई थी। अगले ही दिन जैसे वह अपने अन्धे होने को भूल गई और चारपाई से उठकर पहले से कई गुना तेज़ी से पूरे घर में घूमने लगी। वह किसी सामान या दीवार से भी नहीं टकराती थी। वह सबके चेहरे की ओर देखकर इस तरह बात करती थी, जैसे सब कुछ दिखता हो। मुझे

लगने लगा था कि बलजीत ने उनकी आँखों पर कोई स्थायी जादू कर दिया है। मैं दो-तीन दिन तक उनके दरवाज़े से ही लौटता रहा।

सरबजोत ने बलजीत को आदेश दिया कि वह दुकान सँभाले। दुकान पर काम करने वाले तीनों लड़के सरबजोत के सामने इस तरह सिर झुकाए खड़े थे जैसे मलकीत सिंह की गुमशुदगी में उन्हीं का हाथ हो। बलजीत ने नेताओं की तरह अपना हाथ हवा में हिलाया और कहा कि उसके लिए जादू अधिक महत्वपूर्ण है। दुनिया का यही इकलौता काम है जिसमें उसे सन्तुष्टि मिलती है। सरबजोत के लिए रानी मर चुकी है—इस तथ्य का भी उसने अपने पक्ष में इस्तेमाल किया। उसने कहा कि उसकी न बीवी है, न बच्चे और न ही होंगे। तब वह क्यों लोहे में सर खपाए?

बीवी के न होने वाली बात पर गोपीराम नामक लड़के ने उसे टोकना चाहा लेकिन तब तक सरबजोत अमरजीत से मुख़ातिब हो चुकी थी।

—अब तुझे ही दुकान सँभालनी है और अपने निकम्मे बाप का सारा कर्ज़ा उतारना है। अगली उन्नीस को तेरा ब्याह होगा।

अमरजीत सिर झुकाकर खड़ा रहा और फिर तीनों लड़कों को लेकर दुकान पर चला गया। उसने सारी किताबें एक बैग में भरकर रख दीं और शायना को फ़ोन करके कहा कि अब उसके लिए कोई किताब न ख़रीदे। हो सके तो अगली उन्नीस को उसकी शादी में कोई ठीक-सा तोहफ़ा लेकर पहुँच जाए। उसने कहा कि वह शादी में शायना की पसन्द की कम से कम एक मिठाई ज़रूर बनवाना चाहता है इसलिए वह सोचकर अगली बारह तक कम से कम एक मिठाई का नाम ज़रूर बता दे। शायना ने फ़ोन पटक दिया।

ग़ायब करने वाले जादू की असफलता ने बलजीत को एक नए जुनून से भर दिया था। अब वह रात में बस दो घंटे ही सोता और बाक़ी वक़्त पढ़ने और प्रयोग करने में ही लगा रहता। इन्हीं प्रयोगों में घर की चीज़ें भी गायब होने लगीं। उनमें से आधी कभी नहीं लौटीं। एक रात जब मैं और रानी प्यार कर रहे थे, हमारे पीछे वाली दीवार ग़ायब हो गई और हमने अपने आपको गली में पाया। हमने जल्दी-जल्दी कपड़े पहने। मैं भाग आया और रानी चादर ओढ़कर सो गई। अगली शाम तक दीवार लौट आई थी।

सरबजोत अपनी बहुएँ छाँटकर लाती थी, चाहे उसकी आँखें हों या न हों। परी अपने नाम के अनुरूप रानी से इक्कीस ही थी। शायना ने उस पूरी रात अपनी सहेलियों के साथ तबाह हुए लड़कों के स्टाइल में शराब पी और प्रण लिया कि मूलपुरा वालों का सर्वनाश करके ही रहेगी। शायना की पसन्द के पेड़े उस शादी में बने, जिन्हें हम खा नहीं पाए।

उन शराब पी हुई लड़कियों में से एक से मैंने उस रात कहा कि मैं उससे प्यार करता हूँ। माहौल कुछ ऐसा था कि उसने मेरी बात को सीरियसली ले लिया।

उसका नाम पायल था। उसके परिवार में सबने प्रेम-विवाह किया था और वह भी करने के लिए उतावली हुई जा रही थी। दो दिन बाद एकादशी को उसने माँग में मेरे नाम का सिन्दूर भरा और करवाचौथ का व्रत रखा। उसके घरवाले इस पर बहुत ख़ुश हुए।

मगर मेरी निगाह परी पर थी। कुछ ही दिन बाद उसने दुकान के एक हिस्से में दीवार खिंचवाकर 'परी ब्यूटी पार्लर' खोल लिया। ऑटो मार्केट में भला ब्यूटी पार्लर कितना चलता? लेकिन वे दोनों ज़्यादा से ज़्यादा वक़्त साथ गुज़ारना चाहते थे। उन्हें ज़िन्दगी प्यार के लिए छोटी लगती थी। अजीब बंडल लोग थे। वह और अमरजीत साथ-साथ जाते और साथ लौटते। इस क़िस्म के जोड़ों से मुझे कोफ़्त होती थी। वे सारे शहर के सामने जैसे हर पल सिद्ध करना चाहते थे कि हमारी पूजा करो क्योंकि हम दो शरीर एक आत्मा टाइप लोग हैं।

परी के ब्यूटी पार्लर खोलने के बाद सरबजोत फिर पुरानी 'पापिन, गुरु ग्रन्थ साहिब और रोना' वाली स्थिति में जाने वाली ही थी, तभी उसे याद आया कि उसे जादूगर बलजीत से भी बदला लेना है। एक दोपहर जब रानी परी के ब्यूटी पार्लर में फ़ेशियल करवा रही थी और बलजीत छत पर प्रयोग कर रहा था कि दिन में सूरज को कैसे बुझाया जा सकता है, सरबजोत ने घर की सारी किताबें एक जगह इकट्ठा कीं और उनमें आग लगा दी। फिर उसने चिल्लाकर कहा—अब तेरा जादू ख़तम बलजीते!

बलजीत लपटें देखकर छत से कूद गया। आँगन में एक बैग और उससे निकली किताबें पड़ीं जल रही थीं। उसके पैर की हड्डी टूट गई थी लेकिन उन किताबों में जादू की किताबें न पाकर वह ख़ुशी से चिल्लाया और अपनी माँ को एक अश्लील गाली दी। तब सरबजोत को लगा कि उसने अमरजीत की ही किताबें जलाई हैं। वह गिर पड़ी और पुरानी स्थिति में लौट गई।

फ़िज़िक्स की किताबें उस आग में नहीं जलीं। बलजीत को लगा कि इसमें कोई सन्देश छिपा है। उसने उस दिन से जादू के साथ-साथ फ़िज़िक्स पढ़ना भी शुरू कर दिया। जब उसका पैर ठीक हुआ तो उसने अपनी माँ को कई लातें जमाईं। वह खाट पर पड़ी विनती करती रही कि उसे सच्चे बादशाह की शरण में भेज दिया जाए।

कुछ दिन बाद, जब एक रात बलजीत अपने कमरे में थ्योरी ऑफ़ रिलेटिविटी पढ़ रहा था और रानी उसके सिर पर तेल की मालिश कर रही थी, तब उनके कमरे की आधी छत गिर गई। यह जादू से नहीं हुआ था। बलजीत उस समय अपने प्रयोग कर रहा होता तो सबका शक उसी पर जाता। कई घंटों तक बलजीत ने कोशिश की लेकिन छत के टुकड़े जादू से वापस अपनी जगह नहीं लगे। हताशा में उसने देर तक दुनिया-भर के जादूगरों को गालियाँ दीं और तीन दिन तक जादू से दूर रहने

की कसम खाई। उसकी पढ़ने की गति इतनी बढ़ती जा रही थी कि उन तीन दिनों में उसने फ़िज़िक्स की कम से कम आठ किताबें पूरी कर दीं। चौथे दिन वह मेरे पास आया। उसके पास जादू और फ़िज़िक्स की किताबों की एक सूची थी—कम से कम पैंतीस किताबें। अगर एक किताब औसतन पाँच सौ रुपए की भी हो तो सतरह हज़ार पाँच सौ रुपए की किताबें। मैंने हाथ खड़े कर दिए। वह वहीं लेटकर ज़मीन पर पैर पटक-पटककर रोने लगा। आख़िर में शायना ने उससे कहा कि हम कोई रास्ता ढूँढ़ निकालेंगे। वह अगले दिन आने का कहकर चला गया। शायना ने उसके जाने के बाद मुझे जो रास्ता बताया, उसे सुनकर मुझे लगा कि शायना को ग्यारहवीं 'ए' में होना चाहिए था।

लेकिन हमने सही मौक़े का इन्तज़ार किया। उन दिनों मेरा रानी से मिलना कम हो गया था। मैंने अमरजीत से दोस्ती बढ़ा ली थी और दिन के कई घंटे उसकी दुकान पर बिताता था। वह अक्सर चुपचाप बैठा कुछ सोचता रहता। काम करने वाले लड़कों के लिए भी वह मालिक का एक प्रतीक-भर था जो हर सवाल के जवाब में हाँ बोलता था और ग्राहक से पैसे लेकर गल्ले में रख लेता था। जब परी के पार्लर में कोई ग्राहक नहीं होती थी तो वह दोनों दुकानों के बीच की दीवार पर लगी छोटी-सी खिड़की में से अमरजीत को देखती रहती। एक दिन मैं उठकर उस खिड़की तक गया और ख़ुद ही अपना परिचय दिया—मैं अमरजीत का बहुत पुराना दोस्त हूँ। शादी में आ नहीं पाया था लेकिन आप बहुत ख़ूबसूरत हैं।

खिड़की बन्द हो गई। गोपीराम मेरी ओर देखे बिना हँसा।

मैं तुरन्त रानी के पास चला गया। उसका रंग साँवला पड़ता जा रहा था, आँखें छोटी लगने लगी थीं। अब वह सरबजोत के पास बैठकर उससे बातें भी करती थी। सरबजोत के सामने एक और रहस्योद्घाटन हुआ था कि ईश्वर दरअसल एक औरत है। कभी-कभी उसका यह बात चिल्ला-चिल्लाकर सबको बताने का मन भी होता था लेकिन उसे लगता था कि यह उसकी तपस्या और कष्टों के बाद मिली उपलब्धि है इसलिए किसी को मुफ़्त में बताना ठीक नहीं।

मैं गया तो रानी उठकर अपने कमरे में आ गई। छत की मरम्मत कर दी गई थी। बलजीत शायद रोकर सोया था। हम दोनों ने ही बेमन से प्यार किया। उसके बाद वह चाय बनाकर लाई।

—मैं पेट से हूँ।

—ओह!

मुझे समझ में नहीं आया कि और क्या कहूँ। मैं राहुल या प्रदीप को यह बात बताता तो वे पूरी क्लास को बताकर मुझ पर हँसते। माशूका का प्रेगनेंट होना क़िस्मत के काग़ज़ पर हथौड़ों का पड़ना था। कोई ज़िम्मेदारी पड़ जाने वाला डर हमें परेशान नहीं करता था। हमारे पास पचासों रास्ते थे जिनसे होकर हम ऐसे बच

निकलते थे जैसे इस लड़की को कभी देखा तक नहीं। वैसे भी कोई कुँवारी लड़की तो बच्चे को जन्म देने की हिम्मत करती नहीं थी और विवाहिताओं के पास देने को पिता का एक स्थायी नाम था ही। हमें दुख यह था कि लड़की के माँ बन जाने के बाद हमें न उसे भोगने की कोई चाह रह जाती थी और न ही उसे पटाना उपलब्धि होता था। हमारा बस चलता तो बच्चे पैदा करने को दुनिया का सबसे जघन्य अपराध घोषित कर देते।

—आज तक जितने भी लड़के मेरी ज़िन्दगी में आए हैं उनमें तुम सबसे अलग हो। तुम्हारे जैसा कभी कोई और नहीं था।

मैं ऊबने लगा था। ऐसी बातें तो फ़िल्मों तक ठीक हैं।

—हाँ हाँ...

—तुम अभी छोटे हो और मैं कोई बोझ नहीं डालना चाहती। बस मेरे लिए ऐसे ही रहना...

मुझे लगा कि अभी कुछ दिन और इसे पटाए रखना चाहिए। कम से कम तब तक, जब तक परी लाइन देना शुरू नहीं करती। मैंने रानी को प्यार से बाँहों में भरा और उसके माथे को चूमा। उसकी आँखों से आँसू छलक आए। उसके बाद वह सामान्य हो गई और लड़कियों वाली बातों से उसने मुझे देर तक बोर किया।

मैंने उस रात राहुल को अपने अब तक के जीवन का निचोड़ सुनाया—आख़िर में सब औरतें एक सी ही होती हैं बॉस। वही बारिश, चाँद, बाज़ार और बिन्दी-टिक्कियों की बातें। मेन पॉइंट तक आने में सालों लगा देती हैं और जब आती हैं, तब तुम किसी और के मेन पॉइंट पर पहुँचना चाहते हो।

राहुल ने ईर्ष्या से कहा—पर तुझे तो ड्रीम औरत मिली है...

मैं हँसा जैसे सफल लोगों को कम सफल लोगों द्वारा मिली तारीफ़ पर हँसना चाहिए।

प्रेगनेंसी वाली बात मैंने किसी को नहीं बताई। मगर उसके बाद रानी सुखपाल की तरह का प्यार करने लगी। जो लड़के ऐसा प्यार झेलते थे, मुझे उन पर तरस आता था। सारा दिन इमोशनल होकर पड़े रहो और महीने में किसी एक दिन किस पा लो। इससे अच्छा तो कुत्ते बन जाओ।

और अब रानी मुझे भी कुत्ता यानी सुखपाल बनाना चाहती थी। लेकिन उनकी एक पारिवारिक कमज़ोरी—पैसा—सब भावनाओं पर भारी पड़ी।

बलजीत की किताबों की दुबारा की फ़रियाद से पहले रानी ने पूरे हक़ से मुझसे पाँच सौ रुपए माँगे। उसने कहा कि दुकान से थोड़ी-बहुत कमाई आती है लेकिन वह अमरजीत से कुछ माँगना नहीं चाहती। मैंने तुरन्त प्रेमी वाला चोला उतार दिया

और काम की बात पर आ गया। मैंने उसे कहा कि एक काम है, उसे करोगी तो फिर किसी के सामने हाथ नहीं फैलाने पड़ेंगे।

काम बताने से पहले ही वह नीली-सी पड़ने लगी। उसने मुझे हमारी पहली मुलाक़ात याद दिलाई जब उसके चेहरे की चमक से चौंधियाकर मेरी आँखें बार-बार बन्द हो रही थीं। वे दुपहरियाँ, जब बच्चों की-सी उत्सुकता से मैं उसके अंगों और उनके कपड़ों से खेलता था। फिर बलजीत आकर मेरे पैरों पर गिर पड़ा। उसे लगता था कि वह जल्द ही कोई बहुत बड़ी खोज कर देने वाला है। उसने कहा कि वह जादू को वास्तविकता से जोड़ने वाला ऐसा समीकरण बनाने वाला है जिसके बाद असलियत जादू में और जादू असलियत में बदला जा सकेगा। बस उसे कुछ किताबों की ज़रूरत थी। उसने कहा कि उसे जब भी पुरस्कार मिला करेंगे, वह स्टेज पर मेरा नाम ज़रूर लिया करेगा। वह रोने लगा और रानी माँ की तरह उसे चुप करवाने लगी।

फिर मुझे शायना की बात याद आई—यह सुनने में ही इतना गन्दा लगता है। बाद में वे हमारा अहसान मानेंगे।

मैंने रानी और बलजीत को अपने पैरों से हटाया और इस तरह पीठ फेरकर बोलने लगा जैसे पुरानी फ़िल्मों में अभिनेता कैमरे की ओर चेहरा करके बोलते थे।

—मैं तुम्हें धन्धा करने को नहीं कहने वाला, इसलिए पहले तो रोना बन्द करो। मेरे पास एक नया बिजनेस प्लान है। जिस तरह कुछ लोग पढ़ाते हैं, कुछ लोहा बेचते हैं, कुछ घर बनाते हैं, यह काम भी उसी तरह का है। आज कुछ लोग इसे बुरा मान सकते हैं लेकिन लोग तो कहानियाँ लिखने को भी अच्छा काम नहीं मानते।

—लेकिन काम है क्या?

—तुम लोगों ने अख़बार में चटपटी बातें, गरमागरम बातें वाले एड देखे होंगे?

—हाँ...

—उनमें विदेशों के फ़ोन नम्बर होते हैं। हम यहाँ के नम्बर पर वही सुविधा देंगे।

बलजीत तुरन्त नहीं समझ पाया लेकिन रानी समझ गई। वह जानती थी कि कैसी बातें करनी हैं।

हमने एक बैंक अकाउंट खोला और दो मोबाइल फ़ोन ख़रीदे। मैं और शायना बिजनेस के मालिक थे और रानी हमारी कर्मचारी। एक फ़ोन मेरे पास रहता था और एक रानी के। अख़बार के विज्ञापन में हम मेरा नम्बर देते थे। फिर जो फ़ोन पर लड़की से बातें करना चाहता था, उसे हमारे खाते में डेढ़ हज़ार रुपए जमा करवाने होते थे। पैसे जमा होने पर मैं उसे रानी का नम्बर देता था। इस तरह हमने भारत के नम्बर पर काम करने वाली पहली फ़ोन फ़्रेंडशिप सर्विस खोली।

पहले हफ़्ते दस लोगों ने पैसे जमा करवाए। पन्द्रह हज़ार में से मैंने ढ़ाई हज़ार रानी को दिए। मैंने उससे कहा कि यदि वह परी को मेरे लिए पटवा दे तो अगली बार से उसे दुगुने पैसे मिला करेंगे। पहले हफ़्ते के बाद ही मैं और शायना हवा में थे जबकि रानी के पेट में मेरा बच्चा था जो दिन-भर हिन्दी और पंजाबी में अपनी माँ की वे बातें सुनता था।

उन सारे पैसों से रानी ने बलजीत के लिए कुछ किताबें मँगवाईं। वह उसे पढ़ते हुए उसी तरह मुग्ध होकर देखती थी, जैसे पांडु यदि जीवित रहते तो अर्जुन को धनुर्विद्या सीखते हुए देखते। दिन-भर उनके कमरे की अजीब स्थिति रहती। पूरे कमरे में रसोई के बर्तन बिखरे हुए रहते जिन पर बलजीत चुम्बक और बिजली के तारों से प्रयोग करता रहता। उसका कहना था कि दुनिया में ऐसी कोई आकृति नहीं जो रसोई में इस्तेमाल होने वाले बर्तनों में न हो। उसके इर्द-गिर्द मुस्कुराती हुई रानी टहलती रहती और एक के बाद एक कस्टमर से फ़ोन पर हर सम्भव और असम्भव आसन में सम्भोग करती। कुछ बेवकूफ़ आदमी प्यार-मोहब्बत की 'तुम मेरे दिल, मेरी आँखों में रहती हो जानेमन' जैसी बातों के लिए भी डेढ़ हज़ार रुपए और कॉल का खर्चा बर्बाद करते थे। उन प्यारे क़िस्म के लोगों में से एक रानी के नम्बर से मेरे पते तक भी आ पहुँचा था और कह रहा था कि उससे शादी किए बिना नहीं लौटेगा। यह और बात थी कि उसे लौटाने के लिए एक थप्पड़ ही काफ़ी रहा।

लेकिन अब रानी मुझसे प्रोफ़ेशनल व्यवहार करती। काम के अलावा एक भी इधर-उधर की बात नहीं। मैं उसे छूता तो मेरा हाथ झटक देती। साथ ही उसने सीधे कस्टमर भी बनाने शुरू कर दिए थे जिनका पता मुझे बहुत बाद में चलना था।

उसने बच्चा भी गिरा दिया। पहले मुझसे पूछा या बताया भी नहीं। यह मैं कह तो ऐसे रहा हूँ जैसे वह मेरे जिगर का टुकड़ा था और उसके मरने की बात जानकर मेरा आत्महत्या करने का मन हुआ। ख़ैर! तब उसने तीन दिन तक छुट्टी रखी। सरबजोत को कुछ बुरे की गन्ध आती रही और खाने के वक़्त वह अमरजीत से बार-बार पूछती रही कि क्या उसके पिता लौट आए हैं?

रानी ने परी को पटाने वाली बात पर ज़रा भी काम नहीं किया। यह मुझे अपनी हार लगी। फ़ोन वाले बिजनेस को शुरू हुए चार हफ़्ते हुए थे और इस हफ़्ते हमने बत्तीस हज़ार रुपए कमाए थे। रानी के चेहरे पर लाली लौटने लगी थी और बलजीत की ज़रूरत की आधी किताबें तो आ ही गई थीं। अब मेरी और रानी की मुलाक़ात सिर्फ़ उसे पैसे देने के लिए ही होती थी। हमारे पेपर नज़दीक आ रहे थे और मैं पढ़ाई छोड़कर फुलटाइम यही बिजनेस करने के फ़ैसले से कुछ घंटे की दूरी पर ही था। तभी मुझे लगा कि रानी को उसकी औक़ात दिखानी चाहिए। मैं उसे अपने बिजनेस से अलग करना चाहता था। लेकिन मैं जानता था कि अब वह

अकेले भी यह कर सकती है और मेरे पास दूसरा विकल्प भी नहीं था। मतलब मुझे उसकी ज़्यादा ज़रूरत थी।

एक दिन मैंने थोड़ी हिम्मत जुटाकर शायना से कहा कि अगर हम दोनों ही इसमें हिस्सेदार रहें तो ज़्यादा मुनाफ़ा होगा। उसने कहा कि वह तो शुरू से ही यही सोच रही थी। मैंने पूछा कि क्या वह रानी जितनी क्रिएटिव हो पाएगी? उसने कहा—तुम मुझे जानते ही कितना हो?

और हम ख़ूब हँसे।

लेकिन उसने एक शर्त रखी जो मेरे भी फ़ायदे की थी। मुझे मूलपुरा वालों के सर्वनाश के उसके संकल्प को पूरा करने में उसकी मदद करनी थी। इस बार मैं थोड़ा हिचका लेकिन फिर उसने मुझे याद दिलाया कि हम इससे बड़े-बड़े काम निडर होकर कर चुके हैं। हमें अपने आप पर गर्व हुआ और बहुत दिन बाद हमने रात का खाना टीवी देखते हुए नहीं खाया।

उनकी दुकान के आस-पास ज़्यादातर दुकानें स्पेयर पार्ट्स की ही थीं। वहाँ ग्रीस से सने हुए कपड़ों में काम कर रहे मैकेनिक शायना को आकर्षक लगते थे। उन्हें दिन की रोशनी में देखने का मोह छोड़कर शायना मेरे साथ अँधेरा होने पर मूलपुरा वालों की दुकान पर गई। यह वह वक़्त था जब लड़के चले जाते थे और अमरजीत और परी जाने की तैयारी कर रहे होते थे।

मैंने आपसे पहले ही कहा है कि हमें कुछ असम्भव नहीं लगता था। हमें दुनिया खिलौनों की दुकान लगती थी जिनके पुर्जों से हम बलजीत की तरह खेलते और प्रयोग करते रहते थे। मौत फ़िल्मों के दृश्यों की तरह थी जो कई बार रिहर्सल के बाद ठीक से आती थी और फ़िल्म पूरी होने के बाद लौट जाती थी। पाप और पुण्य, प्यार की तरह बेवकूफ़ लोगों के लिए ही थे। हमें न गधों की तरह पढ़ने, काम करने वाले लोगों का दर्शन समझ आता था और न दुखी होने की अवधारणा। मैं और शायना इन सतरह सालों में कभी उदास नहीं हुए थे। अपमान और गर्व हमें महसूस होता था, लेकिन स्नेह और वियोग हमें नौटंकी के लिए रची गई भावनाएँ लगती थीं।

अमरजीत नाटक के किरदार की तरह उदास बैठा था। परी अपने ब्यूटी पार्लर में किसी की आईब्रो बना रही थी। हम दोनों ने अमरजीत से हाथ मिलाया। उसने शायना से माफ़ी माँगी। उसने कहा कि उसका जीवन निरुद्देश्य हो गया है क्योंकि अब वह चाहकर भी आईएएस नहीं बन सकता।

शायना ने कहा कि अगर वह चाहता होता तो यह नामुमकिन था कि वह न बन पाता। उसने कहा कि तुम सुविधाओं में पले हुए लोग हो, तुम नहीं समझोगे।

शायना ने पूछा कि क्या फिर से दाढ़ी और बाल बढ़ाते हुए अच्छा लग रहा है?

उसने कहा—नहीं, लेकिन यही होना था इसलिए यही हो रहा है।

शायना ने उठकर थूका और उसका हाथ पकड़कर दुकान के भीतरी हिस्से की ओर चली। वह उठकर उसके पीछे-पीछे चल दिया। शायना ने लाइटें बुझा दीं। तभी आईब्रो बनवाने वाली लड़की परी की दुकान से बाहर निकली, जैसे उसे लेखक ने इसी क्षण निकलने को कहा हो। उसकी नज़रें मुझसे टकराईं। वह पायल थी। मुझे देखते ही वह दौड़कर आई। उसने शर्माने की कोशिश की लेकिन नाकामयाब रही। मुझे लगा कि मेरे चेहरे पर कीलें उग आई हैं। यह लोहे की दुकान का असर नहीं था।

—तुम कल शाम फ़्री हो ?

मैंने उससे पूछा। उसने कहा—हाँ।

—हमारे घर आ जाना और बताकर आना कि सुबह लौटोगी।

उसने मुझे ऐसे देखा जैसे मैंने उसकी माँ से शादी की बात कर दी हो। वह अपने चारों ओर एक दैवीय पवित्रता का भ्रम लिये फिरती थी जिसे मैंने बिना छुए तोड़ दिया। वह भाग गई, यह चाहती हुई कि उसकी भवें फिर से बेतरतीब हो जाएँ, शहर में बेहाली छा जाए, ईश्वर काले कपड़ों में आए और दुनिया को एक बूँद पानी में डुबोकर ख़त्म कर दे।

मैं लेखक के कहने पर ब्यूटी पार्लर में घुसा और दरवाज़ा अन्दर से बन्द कर लिया। परी तुरन्त खिड़की से चिल्लाई—अमरजीत...लेकिन वह शायना के सामने अन्दर स्टोर में अनुयायियों की तरह खड़ा था। मैंने खिड़की बन्द कर दी।

उसी रात बलजीत ने वह समीकरण खोज लिया जो जादू को यथार्थ से जोड़ता था। उसके अनुसार जादू और यथार्थ एक ही घटना के रूप थे और हर क्षण साथ-साथ घटते थे। किसी भी रूप को यथार्थ समझा जा सकता था और बाक़ी हर रूप को जादू। जैसे सरबजोत यदि उठकर कमरे की ओर चलती है तो वह कमरे के दरवाज़े को देख भी रही है और नहीं भी देख रही। एक रूप में तो वह चल भी नहीं रही। किसी और रूप में सरबजोत कभी जन्मी ही नहीं और इसलिए बलजीत भी नहीं जन्मा और यह समीकरण किसी और ने रचा है।

यदि दो सम्भावनाओं की ही बात करें तो राम कह सकता है कि सरबजोत का दरवाज़े को देखना जादू है जबकि श्याम उसी आत्मविश्वास से कह सकता है कि अगर वह नहीं देख पा रही तो यह जादू है। बलजीत का कहना था कि क्या देखना है, यह या तो हम अपनी सुविधा के हिसाब से तय करते हैं या हमारी परवरिश और दिमाग़ की सीमाएँ यह तय करती हैं। हममें से ज़्यादातर लोग किसी भी घटना का एक हिस्सा ही देख रहे होते हैं और बाक़ी अनन्त हिस्सों पर यक़ीन ही नहीं करना चाहते। कोई और उन्हें सच कहे तो हम लड़ने को भी तैयार बैठे रहते हैं।

इस समीकरण की स्थापना के साथ ही बलजीत ने सिद्ध किया कि उसके पिता मलकीत सिंह ग़ायब भी थे और दिखते भी थे। उसने चार पेज में यह प्रमाण द्वारा सिद्ध किया कि वे हर सुबह नहाकर दुकान जाते हैं और शाम को घर लौटते हैं। यह लिखने के बाद उसने अपना पेन और कॉपी एक तरफ़ रख दिए और रानी को पुकारा। रानी एक मारवाड़ी ग्राहक से बात कर रही थी। बलजीत के पुकारे जाने का ढंग इतनी ख़ुशी से भरा था कि उसने फ़ोन ऑफ़ करके उसका सिम बाहर निकालकर फेंक दिया और आकर बलजीत से लिपट गई।

बलजीत ने उसे बताया कि वह यह समीकरण अगर दुनिया को दिखा दे तो उसे नोबेल पुरस्कार भी मिल सकता है लेकिन तब भी, जैसा यह समीकरण कहता है, ऐसे बहुत से लोग होंगे जो देख रहे होंगे कि बलजीत अब भी तीन वक़्त शराब पीता है और उसकी बीवी दूसरे मर्दों के साथ सोती है।

रानी ने उसके होठों पर हाथ रख दिया और बताया कि उसने बच्चा गिरा दिया है। बलजीत ने कहा—नहीं, तुम्हारा बच्चा तो मैं हूँ। चाहे लोग इस पर यक़ीन न करें।

जब रोती हुई परी घर लौटी और उसने बताया कि उसका बलात्कार हुआ है और अमरजीत को मार दिया गया है, तब सरबजोत ने छाती पीटते हुए कहा—आज मेरे पिताजी ज़िन्दा होते तो दुनिया का रंग ही कुछ और होता—और लेटकर मर गई।

बलजीत ने रानी से कहा कि वह चाहे तो इन घटनाओं पर भरोसा कर सकती है लेकिन उसका कोई फ़ायदा नहीं है। एक अच्छा विकल्प यह है कि माँ की आँखों की रोशनी वापस आ गई है और परी ने एक नाटक में हिस्सा लिया है, जिसकी तैयारी वह घर में इस तरह कर रही है।

रानी जाकर खाना बनाने लगी और रोती हुई परी से उसने पूछा कि वह कितनी रोटियाँ खाएगी।

❂❂❂